战国谣

傅剑仁
——
著

花山文艺出版社
河北·石家庄

图书在版编目（CIP）数据

战国谣 / 傅剑仁著. —石家庄:花山文艺出版社,
2017.11（2023.11 重印）
ISBN 978-7-5511-1755-5

Ⅰ.①战… Ⅱ.①傅… Ⅲ.①散文集—中国—当代
Ⅳ.①I267

中国版本图书馆CIP数据核字(2017)第264746号

书　　名：战国谣
著　　者：傅剑仁

策　　划：张采鑫　王玉晓
责任编辑：刘燕军
责任校对：李　鸥
封面设计：博文斯创
美术编辑：胡彤亮
出版发行：花山文艺出版社（邮政编码：050061）
（河北省石家庄市友谊北大街330号）
销售热线：0311-88643299/96/17/34
印　　刷：金世嘉元（唐山）印务有限公司
经　　销：新华书店
开　　本：700 毫米×1000 毫米　1/16
印　　张：16.75
字　　数：200千字
版　　次：2018年1月第1版
2023年11月第3次印刷
书　　号：ISBN 978-7-5511-1755-5
定　　价：35.00元

目　录

《战国谣》导读

战国天下风起云涌，生动灵诡，酷似一场旷日持久、颠覆性的大改革。这一改革，激活了全社会各个领域的整体联动，更激活了全社会所有人的智慧和创造力。因而传统的、反传统的，习惯的、反习惯的，人们理解的、不理解的，世事万象，全部汇聚到战国这口大锅，一波一波地翻滚开来。

《战国谣》只是从这口大锅里舀出几勺，进行分析品味，试图寻觅其决定战国天下发展走势的密码。

第一章　七雄解码的战国活力

春秋没落的密码，掌握在战国手里……

老祖宗为春秋创立的礼制，春秋后期就已经不适应了，甭说春秋五霸，就连为周王朝高举礼制大旗讨伐他国的鲁国，都带头践踏礼制……

礼制，已经成了社会活力的束缚……

于是，君王站出来，权臣站出来，大夫站出来，士人站出来，庶民站出来，为活力而战……

于是，战国七雄用各自的崛起，解码战国活力……

于是，战国天下精彩纷呈，活力迸发……

但这活力，是双刃剑，剑的另一刃，是血腥……

第二章　鬼谷子布局的战国天下

鬼谷子心地极其善良，道德操守极高，却写了一本属阴的《纵横学》……

他先把庞涓、孙膑打发下山，用他俩各自高超的军事谋略，挑起战国纷争，把魏国独强，打成天下诸国都强……

他再把苏秦、张仪打发下山，一个推销“合众弱以攻一强”的合纵，一个推销“事一强以攻众弱”的连横，将相互对立的两种推销，统一于战国天下的布局之中……

合纵与连横对弈的结局是：强者助其强，弱者助其亡……

毕竟，中华民族的版图，不是分成无数个小国才好……

毕竟，国家不是越小越好，而是越大越好……

第三章　和氏璧演绎的赵国故事

老祖宗爱玉……

玉，代表地位，代表尊贵……

甭说达官显贵，就是庶民百姓死后，嘴里都要塞上一块玉……

当一块珍美绝伦、价值连城的宝玉问世后，几乎战国天下所有的王公大臣、达官显贵，都会瞬间瞪大眼睛紧盯……

盯着盯着，便会生出占有的奢望……

与奢望同行的，即是绞尽脑汁的阴谋和凶残流血的战争……

和氏璧，是契合天地大德、世间大美、民生大福的一块宝玉，它的问世，必将唤醒诸多英豪，鞭笞卑鄙小人，演绎诸多故事……

第四章　战国四公子因诟病而扬名

齐国孟尝君、赵国平原君、魏国信陵君、楚国春申君，是战国赫赫有名的四君子……

四君子门下养士众多，学士、策士、术士、食客，鱼龙混杂，不乏高手……

四公子既是王室成员，又号称君子，必有王室成员才有的特权，还得有称之为君子的风范……

问题在于，王室权谋的尔虞我诈，必然限制那些想成为君子的人，最终当不成君子……

因诟病而扬名，就这样成就了四君子……

第五章　士人书写的战国多彩

战国的法则，就是没有法则……

战国的规矩，就是不讲规矩……

战国只认本事、能力、才智……

治国理政、辅政安民、权谋争斗、外交游说、战争征伐等领域，只认同唯才是举……

士，在没有法则、不讲规矩的战国天下，扯平世袭权贵、书香门第、布衣庶民的血统贵贱，站在同一起点上，书写风流……

于是，战国天下风起云涌，丰富多彩，波谲灵动……

第六章　秦国的血腥统一

春秋时期，中原国家蔑称秦国为西戎……

秦穆公登上西域霸主的高地，秦国仍不被中原国家从蛮夷行列除名……

秦孝公要求参加中原诸国的会盟，被拒……

被人鄙视和抗拒鄙视，是一种动力……

这动力能量超常，迸发出来时，就不只是血性，更是血腥……

智慧是血腥的，谋略是血腥的，治国理政是血腥的，战争攻伐更是血腥的……

刚刚从春秋脱胎出来的战国，不适应这种血腥，而当适应与不适应进行磨合时，血腥便是赢家，中华一统便是必然……

当战国的大幕缓缓合拢时，秦王嬴政站在舞台中央。此时，三皇、五帝的全部光辉，聚焦到了他一人头上。

第一章　七雄解码的战国活力

春秋没落的密码，掌握在战国手里……

老祖宗为春秋创立的礼制，春秋后期就已经不适应了，甭说春秋五霸，就连为周王朝高举礼制大旗讨伐他国的鲁国，都带头践踏礼制……

礼制，已经成了社会活力的束缚……

于是，君王站出来，权臣站出来，大夫站出来，士人站出来，庶民站出来，为活力而战……

于是，战国七雄用各自的崛起，解码战国活力……

于是，战国天下精彩纷呈，活力迸发……

但这活力，是双刃剑，剑的另一刃，是血腥……

魏国的解码是“王道”

公元前403年，晋国的魏、赵、韩三大家族，把另一智姓家族灭了，并瓜分了智家的土地和财产。实际是，进一步瓜分了晋国的土地和财产，晋国从此分为魏、赵、韩三国，并得到周王朝的认可和册封。

魏国的第一位国君文侯魏斯，就这样带领魏国闪亮登场，走进战国。

从地理位置看，魏国地处物产富饶的中原地带，一马平川，几乎没有水旱之灾，但凡风调雨顺，大地就能给国人奉献丰硕的果实。

从文化积淀看，魏国是春秋时期中华文明进化的主要演绎场，儒、墨、道、法、兵、卦等思想文化，轮番登场，相互碰撞，极大地提升了中原地区的文明水准。因而，魏国跨进战国门槛，是战国开局的王者来兮。司马迁特地写了几件小事，予以铺垫和佐证。

一件是，魏国有位德高望重的老学者，叫段干木。文侯魏斯每次路过段干木的住所时，都低头致敬。有人看到时低头致敬，黑夜里没人看到，也低头致敬。

另一件是，魏斯与臣僚喝酒，杯来盏去喝得十分高兴，突然天降大雨，魏斯想起与虞人约定的打猎，因下雨应当改期了，便备马出发，前去告知。左右官员齐劝，说大家喝得正高兴，你就别去了。魏斯说，约定了打猎时间，我不去跟他说，人家会冒雨等，怎么能不去呢！

还有一件是，魏国攻陷中山国后，魏斯打算把中山国的土地作为儿子魏击的封邑，但也心有顾忌，便在上朝时征求臣僚的意见。几乎所有臣僚都夸他是仁慈的君主，只有大臣任座谈了不同看法，说你得到土地，不封给你弟弟，而是封给你儿子，这怎么称得上仁慈呢？魏斯一听立马翻脸，任座便赶紧退出。魏斯自找台阶，问大夫翟璜，自己到底是个什么样的君主。翟璜回答说："臣闻君仁则臣直，向者任座之言直，臣是以知之。"他说的是，君主仁慈，臣僚才能正直。任座那么直率地对您提出批评，这不正说明您是仁慈的君主吗！魏斯听了很舒服，派翟璜请任座回来，并亲自下台阶迎接。

不仅如此，魏国从秦国手里抢得西河重镇阴晋后，设西河郡。为使当地的秦人归附，进一步弘扬王者之道，魏文侯魏斯把当时的名士大儒，请到西河，设稷门学宫，让这些大学者齐聚西河讲学传授。汇聚到这里的，有百岁大儒子夏，有子夏的弟子公羊高、穀梁赤、段干木，还有子贡的弟子田子方等。如此众多的大儒齐聚西河，形成了儒学史上著名的"西河流派"。

司马迁写这一连串小事，想要说的是，魏文侯施行的是王道。"文侯由此得誉于诸侯"，"四方贤士多归之"。

是的，在魏斯的麾下，儒学大家子夏、田子方、段干木等人，治国雄才李悝、翟璜、西门豹等人，战将吴起、乐羊等人，在政治、军事、治国理政等方面施展才华，使得魏国在战国的开局之中陡地雄起。

"西门豹治邺"，便是魏斯为君时创作的历史佳话。

邺，古地名，今邯郸临漳县，是魏国抑制赵国南进中原的战略要地。魏斯选择西门豹为邺令。

《史记》载：西门豹一上任，便"会长老，问民之疾苦"。

令西门豹深感震惊的，竟是"为河伯娶妻"的怪事！

邺地常有水灾，当地官员、三老便拿“为河伯娶妻”敲诈百姓，说：“即不为河伯娶妻，水来漂没，溺其人民。”不仅如此，每年搜刮百姓钱财几百万，用其中的很少一部分为河伯娶妻，其余的装进了这些贪官、三老和巫婆的私囊。不仅如此，每到为河伯娶妻的日子，巫婆以为河伯选妻为由，到庶民人家巡查，选中的漂亮女子，便下聘礼，为她洗头，做新衣裳，并在河边搭个帷帐，让女子住进去斋戒。当地官员、三老和巫婆装神弄鬼地搞一套祭祀仪式，大吃大喝十几天后，把女子放在一张装饰点缀好的床上，把床放在河中漂浮，漂不了多久便沉了，按巫婆的话说，就是被河伯娶走了。不管河伯要不要年年换妻，当地的官员、三老、巫婆都要每年给他送一个。因而当地有女儿的人家，特别是女儿长得漂亮的人家，纷纷带着女儿逃走。

西门豹治邺，便拿这一怪事开刀。

到了为河伯娶妻的那天，西门豹到了，他也要送送这个女子。

当地官员、三老、有钱有势的人，以及一个老女巫带着十来个小女巫，打扮得花枝招展地来了，看热闹的群众数千。

西门豹说：叫河伯的新媳妇过来，我看看长得漂亮不漂亮。

女巫扶着一个女子走出帷帐，来到西门豹面前。

西门豹认真端详了一番这个女子，然后转身对官员、三老和围观群众说：这女子长得不漂亮，那就麻烦大巫婆去向河伯禀报，重新找个漂亮的女子，过几天送去。

西门豹这么一说，跟随他的差役便抱起大巫婆扔到河里。

正在大家惊愕不已时，西门豹开口了，他说：大巫婆为什么去这么久，叫个弟子去催催她。

差役们抱着一个小女巫扔到河里。

过了一会儿，西门豹说：这弟子为什么也这么久，再派一个去催催。

差役们又抱着一个小女巫扔到河里。

还不见回来，西门豹又叫差役往河里扔了一个小女巫。

扔了三个小女巫后，西门豹对跟在他身后的三老和当地官员说：巫婆和她的弟子，都是女人，不能把事说清楚，还是请三老走一趟吧！

差役们抱起三老扔到了河里。

三老被扔进河以后，西门豹弯着腰，微垂首，一副恭敬虔诚的样子，等着三老回来。久等不来，便转身对当地官员和长老说：巫婆、三老都不回来，要不请你们走一趟？

当地官员和长老早已吓得魂飞魄散，听西门豹这么一说，纷纷跪地叩头，叫停都停不下来。

从此以后，邺地官员以“为河伯娶妻”为由搜刮民脂民膏的事没人敢提了，延续多年的恶习刹住了。

西门豹征发百姓兴修水利，开挖了十二条渠道，旱时引黄河水灌溉农田，涝时以渠道排涝，邺地百姓旱涝无灾，政府财力宏厚，邺地成了抗击赵国军队南进魏国的坚强屏障。

邺地兴旺富裕了，但诋毁西门豹的声音，不断传到魏文侯的耳里，说邺地官仓无存粮，府库无金银，武库无兵器，百姓对西门豹怨声载道。魏文侯没有听了就信，而是到邺地考察。当打开粮仓、府库、武库，真的看不到存粮、兵器和金银后，非常愤怒，要对西门豹问罪。

西门豹解释道：官仓无粮，是因为粮食积储在百姓家里；府库无银，是因为金银都在百姓兜里；武库无兵器，是因为邺地人人皆兵，武器都在百姓手中。为让魏文侯相信，西门豹登上门楼敲击战鼓，把百姓拉出来搞演习，以便让魏文侯看看他所说是否属实。战鼓一击，百姓披盔戴甲，手执兵器，迅速集合到楼下；战鼓再击，又从四面八方涌来百姓，用车装着粮食来到楼下集合。

一看这阵势，魏文侯高兴极了，连连称赞，并叫西门豹停止演习。西门豹不干，他也许想起了周幽王烽火戏诸侯的历史悲剧，坚持要把演习搞下去，否则百姓受骗，以后就不好再动员了。

魏文侯不好制止了。西门豹于是提出，燕国常来邺地侵扰，掠杀百姓和财物，不如把这次演习，直接变成对燕国的进攻。魏文侯同意，西门豹便率领民众组成的军队，攻打燕国，大获全胜，不少被燕国夺走的土地被重新夺回。

被魏文侯召到麾下的还有吴起，这可是战国初期赫赫有名的战将。战国的历史证明，哪个国家得吴起，哪个国家就战无不胜。

吴起，卫国人，少年家贫，但志向宏大，四处求学，以图在官职上施展才华。离家与母亲诀别时，吴起咬破手指，向母亲立下血誓：不当上公卿将相，绝不踏回卫国一步。吴起先是投奔到儒学大师曾子门下，潜心学习儒术。不久其母亲去世，吴起信守誓言，没有回家奔丧。曾子容不得吴起如此不孝，断绝了与吴起的师生关系。吴起没辙，学儒不成，只好改道赴鲁，还是不踏回卫国一步。

吴起到鲁国后，改习兵法，谋略大增，得到鲁国国君赏识，想拜他为将，却遭到一些小人阻挠，挑唆说，吴起的妻子是齐国人，将来齐鲁一旦发生战争，吴起不会效忠鲁国。那意思很明确，除非吴起想法断绝自己的后路，不会成为鲁国的后患，才能重用。吴起为了实现自己对母亲发过的血誓，忍痛把妻子杀了，以表达自己对鲁国的忠诚。于是，鲁国国君拜吴起为将，吴起不负重托，在与齐国作战中，出战即胜，威名大震。

司马迁写道，吴起身为大将，却跟最低微的士兵同甘共苦，穿一样的衣服，吃一样的食物，睡觉时不架床，和士兵一样睡在地上，行军时徒步，绝不骑马。公元前四百多年的中国，将军与士兵是有天壤之别的，一个横刀立马的将军，与最低微的士兵同甘共苦，仅此描写，就足以看出吴起与众不同的性格、品质。

更撼人心魄的，是司马迁写吴起的那个故事。

行军途中，吴起看到一个士兵肩上长着疽疮，已经化脓，吴起即亲口为那个士兵吸吮脓血。这个士兵的母亲听说后，失声痛哭，说“吾儿必死”。这位母亲当然不会记恨吴起用嘴为她儿子吸吮脓血，但她非常清楚，从此以后，她的儿子就会为吴起卖命，战死沙场。因为这位母亲的丈夫，也曾是吴起手下的士兵，也长疽疮化脓，也是吴起亲口为他吸吮的脓血，之后他便冲锋陷阵，战死在沙场的。不难想象，一位统率数十万雄兵的战将，一位在兵勇群中威风八面的将军，为一个如草如芥般的士兵吸吮脓血，这样的将军统领的军队，能不所向披靡，战无不胜吗！

吴起的名气大了以后，鲁君身边的小人又出来诋毁了，他们不仅搬出吴起杀妻的残忍问题，而且搬出他母亲去世不回去奔丧的不孝问题，还搬出“小小鲁国能破强敌，将招致各国联合进攻”的歪理，动摇鲁君再用吴起的决心。鲁君糊涂，罢了吴起的将。吴起不得不走了，不走将有杀身之祸。

逃到哪里去呢？魏国的魏斯贤明，就到魏国去吧。

魏国得吴起为将，首战秦国，占五座城池而返，打得秦国不敢向东进犯；再战韩、赵，打得韩国、赵国对魏国唯命是从。

公元前389年，秦国集结五十万大军向东杀来，在魏国重镇阴晋城外列阵布营。魏文侯慌了，问吴起如何是好。吴起则胸有成竹，只派出五万精兵迎战。

吴起这五万精兵，是他精心训练出来的“魏武卒”。每次打了胜仗后，吴起都请魏文侯举行庆功宴。宴会上，在战场立了“上功”的，坐第一排，桌上有牛、猪、羊三牲，餐具是金银制品；立了“中功”的，坐第二排，桌上有猪肉，餐具是铜制品；没有立功的士兵，坐第三排，不上肉，餐具是陶制品。宴会结束后，在大门外对士兵的家属论功行赏，当然也是赏立了“上功”“中功”的士兵家属。

如此持续了多年，立了“上功”的还想再立功，立了“中功”的，想立“上功”，没有立功的，都摩拳擦掌，想上战场立功。面对秦国的进攻，五万渴求立功的士兵，像饿虎一样，一个个拼死搏杀，以一当十，把秦国的五十万大军打得落花流水，也创造了战国史上以少胜多的著名战例。

魏国在战国开局中的崛起，延续了春秋的道义，上演的是王者之道。

所谓王者之道，是君主贤明，奉行德治；能招揽治国理政的各路人才，使之各尽其用；尊崇义战，即复仇之战，征伐他国，也不用战争的手段斩尽杀绝、断了人家的祭祀等。

史学巨匠司马迁是王道的推崇者，因而在他的刀笔之下，挑选的历史事件，更多的是王道之为。

魏、韩、赵是从晋国分离出来的兄弟之邦。史载：韩国与赵国关系生变，双方都想攻击对方，觉得战胜的把握不大，便拉魏国加盟。先是韩国拉魏国进攻赵国，魏斯明确拒绝，说魏、韩、赵是兄弟之邦，我不能帮一个兄弟去打另一个兄弟。后是赵国拉魏国进攻韩国，魏斯还是用同样的话拒绝。拒绝，使得韩、赵非常愤怒，但当时间消弭了这种愤怒的情绪之后，特别是知道魏国不帮一个兄弟打另一个兄弟的立场后，韩、赵两国的君臣非常感动，主动到魏国朝觐。

朝觐，是对王者的尊崇；主动朝觐，便是打心里认定被朝觐者为王者，为老大。

但春秋延续下来的王道，到战国不灵了，战国奉行的是霸道。

所谓霸者之道，奉行的是专制，是强权，是以强凌弱，是以大欺小。比如战争，春秋视战争为荣耀，士大夫以参战为荣；战场有血性而无血腥，讲究战争礼仪；作战的时间很短，一旦决出胜负，便收兵回撤，绝不赶尽杀绝。战国就不同了，一场战争常常一开打就是几个月甚至几年，杀人无数，还将几十万俘虏活埋，攻下城池后屠城等野蛮行径，成了战国时期的军事常态。

但司马迁还是把魏国的衰落，归咎为王道的没落。

如司马迁写魏斯的儿子魏击的一件小事，便能看出他的笔端走向。

魏击，即魏斯之后的魏武侯，还是太子时，在路上遇到田子方，便急忙下车，在道旁下拜。田子方没搭理他，旁若无人地从他身边走过。魏击火冒三丈，拦住田子方质问：普天之下，是富贵值得骄傲，还是贫贱值得骄傲?

田子方则回答说：这还用问，当然是贫贱的人可以骄傲，富贵的人怎能骄傲呢?

田子方接着教训魏击：国君骄傲则失去他的封国，大夫骄傲则失去他的家族。像我们这些贫贱之辈，进言不被采纳，行为不合主人的要求，那就简单了，穿上鞋走人，反正走到哪里都是一样贫贱。

光脚的不怕穿鞋的，战国就是这样的世道。

史学巨匠刀笔下的这么一个细节，要说明的，是王道没落。儒学大家、站在士人行列游说八方的田子方，该还礼不还礼；太子魏击因田子方不还礼而火冒三丈，还拦着人家理论。这两个人的做法，都背离了王道的礼数。

还有一个细节是这样的：魏武侯魏击在黄河乘坐御舟，顺流而下，看到河水奔腾，峭壁夹岸，非常兴奋，对同行的将军吴起说，多么美丽的锦绣江山啊，固若金汤，这可是我们魏国的至宝啊!

吴起回答说：我不认为地理形势有多么重要，国家的安危，在领导者的品德，而不在关隘的险阻。他联系历史上三苗部落左有洞庭湖，右有鄱阳湖，关隘险阻万无一失，却因领导者的堕落昏庸而被消灭，以及夏王朝、商王朝都有关隘险阻，却因领导者暴虐无道而覆灭的历史，强化王道的核心要义：国家的安危，在领导者的品德，而不在关隘的险阻。

这些看似不起眼的细节，都发生在魏武侯魏击身上，接下来史学家要揭示的，是魏国的继承人，之所以没有继续魏国的强大，是因为其背离了王者之道。

推崇王者之道、令魏国威震战国天下的战将吴起，在魏击手里被陷害而出逃。

魏国丞相叫公叔，他的妻子是魏国公主。自己是当朝丞相，老婆是当朝公主，地位之高，权势之大，可想而知。但面对战功赫赫的吴起，公叔总感觉底气不足，总担心自己丞相的交椅被吴起坐了。于是，设下一串陷阱，陷害吴起。

公叔先是对国君魏击说，吴起是一位了不起的英雄，是一个难得的治国安邦之才，只是魏国是一个小国，恐怕留不住他，而留住他的唯一办法，是许配给他一个公主，使他成为魏君的女婿。待魏击一同意，第二个阴谋便出笼了。公叔邀吴起到家里做客，同时请公主作陪。酒食桌上，公主按公叔的授意，对吴起百般侮辱，历数他出身贫贱，母亲死了不回去奔丧，为求做将军杀死妻子等罪过。公叔则在一旁帮腔，择要害处对吴起进行侮辱。吴起始料不及，气呼呼地跑到魏击那里，明确表示无法消受公主这个金枝玉叶。魏击一听傻了，不敢相信自己的耳朵，堂堂一国之君的女儿，想叫谁做女婿不成？挑上谁是谁的福分。可吴起竟明确表示拒绝，这能使魏击相信自己的耳朵吗？

望着魏击那惊愕的眼睛，吴起这才醒过味来，发现这是一个阴谋，自己已经上当。从国君府一出来，吴起便跑了。

治国良将吴起被逼走了，之后的军事家孙膑被剜去双膑而逃离，再后来是可以扭转乾坤的商鞅，又被排斥出魏国，再后来是创造“远交近攻”大战略的范雎，被屈打逃出魏国。如此往下走的魏国，能在强国的行列站立而不出局吗！

司马迁把魏国的陡地崛起与快速衰落，聚焦于实行王道与否，其实战国就是这样，不认王道，只认霸道。

秦国的解码是“变法”

秦国，是春秋时的西域强国，站上过春秋霸主的舞台。

但是，秦国一直被中原国家瞧不起，认为是蛮族部落。直到历史走到战国时的公元前362年，中原各国召集的会盟，仍把秦国排斥在外。

秦国占据黄河和崤山西边的大片土地，而东南边，便是齐、韩、赵、魏、燕、楚六个强国，及无数个小封国。魏国为了防拒秦国，从陕西华县沿洛河到陕西绥德，修筑了一条长城；而楚国占据的自汉中经重庆到湖南沅陵的大片土地，又把秦国挤压在贫瘠的黄土高原。也就是说，直到战国中期，秦国仍看不到雄霸天下的出路。

秦国的历史，在秦孝公嬴渠梁手里被改写了。

严格说，是战国的历史被改写了。

嬴渠梁是秦献公的儿子，他披上秦孝公君袍时，只有二十一岁。

秦孝公改写历史的举措，只有一招，即招募人才。他如是说：“宾客群臣有能出奇计强秦者，吾且尊官，与之分土。”秦孝公公开征聘贤才的范围，包括秦国的，还包括天下的。换句话说，即当时战国天下的贤才，秦国都聘以重任，不仅可以当高官，而且封食邑，待遇十分优厚。

可以想象，战国天下兴起的士人阶层，求的就是高官厚禄，秦国开出这么优厚的条件，对他们具有强大的吸引力。因而当时各国的贤才都往秦孝公的招贤令下聚集，其中最重要、最突出的一个治国理政人才，就是商鞅。

甚至也可以说，改写秦国历史，继而改写战国历史的，是商鞅。

商鞅，卫国公子，也叫卫鞅。他笃信法家学说，对法律有很深入的研究，是法家学派巨子。他见到秦孝公后，先谈帝道，即尧舜禹这些先贤的部落之道，秦孝公不感兴趣；再谈王道，即周文王、周武王、周穆王等的邦国之道，包括君臣父子这一套，秦孝公也不感兴趣；最后谈到霸道，即以强凌弱，以大欺小，实行集权统治的强国之道，秦孝公听得两眼放光，神采飞扬。

是的，秦孝公是个明白人，世道变了，不行霸道出不了头。

秦孝公授商鞅左庶长官阶，支持商鞅变法。

商鞅推出了几大方面的变法：

组织民众，十家编成一组，相互监督，一家有罪，九家连坐；

鼓励告密，凡举报犯罪的，与疆场上杀敌同一功勋，知情不报或掩护犯罪的，与阵前降敌者同一处罚；

建立军功的，受上赏；

不诉诸官府而自相斗殴的，依情节轻重处罚；

在各自岗位努力工作，农夫农妇从事耕种纺织，有超额生产的，免除其赋税；

商人工匠，因懒惰而陷于贫穷的，家产没收，男当奴隶，女当婢仆；

皇亲国戚，如不在战场上立功，一律排除在皇亲国戚之外；

爵位官级，分上下尊卑等级，按规定顺序升迁，并在田庄、姬妾、衣服样式上区分出来；

对国家有功勋的，赐其荣耀，无功勋的富有人家，即便金钱再多，也没有光彩。

在这诸多方面的改革举措中，最切中要害的，是论军功，不论血统。包括皇亲国戚在内的所有贵族，爵位世袭统统归零，按军功大小，重新确定尊卑、贵贱、爵位、俸禄。没有军功的皇亲国戚和贵族，爵位、俸禄没份了，充其量只是个富人。而有军功的，布衣庶民包括不是秦国的人都可以按顺序升迁，获得爵位、俸禄，进入秦国的领导层和决策层。

而爵位再高，也不过封侯，虽有封地，但无产权，无治权，只有财权。也就是说，只能收租税，而不能理民事。

这可是伤筋动骨的大变法，是前无古人的大变法，是重新构建国家集权统治的大变法。

在这套改革举措推出之前，秦孝公、商鞅，和另一位大臣甘龙有过一次讨论。

商鞅："夫民不可与虑始，而可与乐成。论至德者不和于俗，成大功者不谋于众。是以圣人苟可以强国，不法其故。"

甘龙："不然，缘法而治者，吏习而民安之。"

商鞅："常人安于故俗，学者溺于所闻，以此两者，居官守法可也，非所与论于法之外也。智者作法，愚者制焉；贤者更礼，不肖者拘焉。"

秦孝公："善。"

君臣三人讨论的核心是，要搞一项重要的改革，普通人开始不支持，等到成果出来了才支持；而高贵者不随波逐流，建不世之功的人，绝不征求每个人的意见；普通人习惯于惯性，专业学者限于专业局限，所以不能跟他们讨论政纲国策，先知先觉者创立政纲国策，后知后觉的人执行；贤者改变现状，庸者抱着现状死也不放。

秦孝公的抱负是建不世之功，当然期望通过改革而改变现状，所以支持商鞅这套大刀阔斧的改革。

抵制并反制这套改革的，必然是两股势力，一股是皇亲国戚和世袭贵族，因为这套改革触及了他们的切身利益，因而抵制并反制是发自内心的。必须看到，这股势力是商鞅最难对付的。另一股是民众的惯性，习惯了祖传的那一套做法，如今要改掉习惯，适应新法，也会形成抵制。但从根本上看，这套改革是对民众有利的，因而适应一段以后便习惯了。

分析看，商鞅最担心的，是皇亲国戚、贵族与民众的反抗合流，要是那样的话，力量太强大，无法阻挡，改革便会夭折。

怎么办？商鞅经过谋划，想了一招。

变法令颁布后，民众不相信，认为不可能实行。于是，商鞅在秦国首都栎阳的南市，竖了一根三丈长的木杆，告示说，谁要是把它移到北门，给二百两黄金的报酬。告示贴出后，围观的群众很多，但没有人去碰它，觉得这点事给二百两黄金，太离谱了，靠不住。商鞅又贴出告示，给一千两。人们更觉得离谱了，这怎么可能呢？有好事之徒，觉得移个木头不费多大劲，不给钱也没什么了不起，如果真兑现了，不就捡了大便宜吗！于是，他就把这根木头移到了北门。木头往那儿一竖，商鞅就付给他一千两黄金。

这下炸窝了，消息迅速传遍秦国大街小巷，人们议论纷纷，觉得商鞅这个人说话算数，颁布的新法能够实行。

但抵制和反制变法的大有人在，暗流汹涌。到首都栎阳控诉新法弊端的各地民众络绎不绝，民怨愈积愈大，舆论一片哗然。就在这个关节点上，太子嬴驷触犯新法，瞬间把全国民众的目光，聚焦到了商鞅如何依法处置上。

如不依法处置，推行了一年的新法，便会半途而废，政府的公信力便会一落千丈。怎么办？

商鞅是个内心非常强大的人，意志力刚毅，实行新法的态度非常坚决。他如是说：“法之不行，自上犯之。将法太子。太子，君嗣也，不可施刑，刑其傅公子虔，黥其师公孙贾。”太子是储君，不能上刑，那就对太子的师傅嬴虔，实施劓刑（割掉鼻子），对皇家教师公孙贾，实施黥刑（脸上刺字）。

嬴虔的鼻子一割，公孙贾脸上的字一刺，秦国上下震撼，控诉新法弊端的人，一夜之间全部哑口，依仗财富、权势而对新法行险侥幸的人，一夜之间全部规矩起来了。史载："明日，秦人皆趋令。"又载："行之十年，秦民大说，道不拾遗，山无盗贼，家给人足，民勇于公战，怯于私斗，乡邑大治。"

这才是秦孝公所期待达到的治国目标。

强大起来的秦国，历史做了如下记载：

公元前358年，秦国在陕西东部，击败韩国军队；

公元前354年，秦国在陕西澄湖，击败魏国军队；

公元前352年，秦国以商鞅为将，率军攻击魏国，转年，占领魏国的固阳；

公元前350年，商鞅在咸阳筑城建殿，秦国首都从栎阳迁到咸阳。

就在这一年，商鞅再颁新法：

"严禁父母兄弟姐妹儿媳同睡一室。"商鞅的这条新法，是文明的，进步的！中国北方冬天寒冷，靠火炕取暖，一家人包括父母、姐弟、儿媳、孙儿全挤在一个炕上睡觉。有些人家穷，烧不起第二个炕，或情有可原。而一些富裕人家，有条件改善居住条件，仍挤在一个炕上，成了一种弊俗。商鞅的新法，无疑是革除这种弊俗的进步！

"把若干村落集结成一县，设县令、县丞。"这是郡县制的起源，食邑变郡邑，土地就是国君的。从此，秦国不再有食邑，只有县邑，全国设三十一个县，由县令和县丞负责管理。

"废除井田制，铲除阡陌。"

"制定新的度量衡，统一全国斗、斛、丈、尺。"

以上变法不难看出，商鞅是大手笔在做秦帝国的大构造。

如此，大范围、全方位、深层次的改革，又是在那么短的时间内完成，世俗的反抗可想而知。尤其是基层的保甲制和连坐法，实际是鼓励人们相互监督，相互告发。如此一来，邻里之间，相互有仇的、有怨的、有争的，甚至嫉妒的、眼红的，等等，都成了告发的事由，一时间，冤案、错案、陷害案满天飞，多少人受刑甚至人头落地都数不过来了。据说，商鞅在渭水之滨，一天就处决了七百余人，杀得“渭水尽赤，号哭之声动于天地，蓄怨积仇比于丘山”。

民间如此，官僚层呢？特别是皇亲国戚和贵族们呢？他们对商鞅的痛恨，是刻骨铭心的！只是秦孝公支持商鞅，支持变法，他们暂时不敢出手，而是在等待时机。

公元前343年，周国国王姬扁，封秦孝公为西部盟长。此时的周国，已不是周天子时的王朝，也不是春秋时的所谓“共主”，已经沦落成末流小国，国土面积也就巴掌大，且一分为二了。在这种情况下，周王室仍给强大的秦国册封为西部盟长，是可笑之举。但秦孝公没有不高兴，管用不管用不说，至少是天下的一种认可吧。

公元前340年，商鞅为秦国谋了个大局。商鞅的这个谋划公私兼顾，既有秦国的利益，也有他自己的复仇。商鞅对秦孝公说：魏国是秦国的心腹之患，它位于险要的山岭之西，西面与秦国接壤，有黄河天险阻隔，东面独占崤山以东，魏国强盛时向西侵秦，衰弱时靠东方广漠无隘的平原支撑。这些年魏国衰弱，秦国正可跨过黄河，击溃魏国，并凭借山险之势，把东方广大封国揽入秦国版图。

显然，商鞅要报的是被魏国陷害之仇。

秦孝公怦然心动，令商鞅向魏国进攻。

魏国迎战，令公子魏卬统军。

两军已进入战斗位置，商鞅便派人给魏卬送去一封信，说昔日我在魏国时，我们是好朋友，今天我们成了敌对的两军统帅。我虽是奉国君之命前来作战，但我内心并不想打仗，而是想跟你见面谈谈，用和平手段解决两国纷争，然后举杯痛饮，各自班师。

魏卬认为商鞅说得合情合理，顾念朋友情谊，亲自出席和平谈判。二人一见，甚是欢喜，把酒言欢，不亦乐乎。酒席散后，魏卬准备返营，商鞅突然变脸，把魏卬抓起来，同时下令，对魏军发起进攻。没有统帅的魏军，在秦军凌厉的攻势面前，溃不成军。

魏国国君魏罃肺都气炸了，但作为战败之君，不得不把打碎的牙咽到肚里，派使节前往秦国，献出黄河西岸、陕西东部的大片土地，请求和解。这样一来，魏国的首都安邑直接面对秦国，不得不迁到大梁。

魏罃恨仇万分，说我恨不用公叔痤之言!

公叔痤跟魏罃说了什么呢?

商鞅最早在魏国供职，虽是个一般职员，但他显露出来的气度、才华，被丞相公叔痤欣赏，便打算向魏国国君魏罃推荐。恰在这时，公叔痤害病卧床，魏罃前去探望，见公叔痤奄奄一息，便问：万一你不幸之后，国家大事，我跟谁商量?

公叔痤说：我的随从官商鞅，年纪虽轻，却胸有奇才，盼望您能信任他，把国家交给他治理。

魏罃听了惊愕万分，他简直不相信自己的耳朵，怎么能把国家交给一个他不认识，职位又低的年轻人呢？魏罃觉得是公叔痤病重说胡话，不予接受。

公叔痤望着魏罃惊愕的眼睛，接着说：如不用他，就立即杀掉他，千万别让他跑到别国去，那将是魏国的祸患!

魏罃又是惊愕万分，支吾几句便起身告辞。

魏罃出了相府后，对左右随从说：丞相病入膏肓了，一会儿叫我用商鞅当丞相，一会儿又叫我把商鞅杀掉，语无伦次了。

公叔痤便把商鞅找来，说：对不起，我是国家丞相，必须以国家利益为重，所以先劝国君用你，不用就杀你，现在我告诉你，快逃吧!

商鞅听了公叔痤的话，逃到了秦国，在秦国变法图强，尽情地施展了自己治国理政的才华。但有一个人的话他没听，最终遭五马分尸。

商鞅在秦国为相十年，功勋卓著，但积怨很深。庶民百姓怨他，也只能怨怨而已，而皇亲国戚和贵族怨他，就不是怨怨而已了，他们处心积虑，等待有机会发泄的那一天，把商鞅干掉。

商鞅自己没有看清，但他的好友赵良看清了，特地赶来劝他。

此时的商鞅，权倾朝野，一人之下，万人之上，正春风得意。他问赵良：你看我治理秦国，比百里奚如何？

赵良答：百里奚为相六七年，向东攻郑国取得胜利，晋国三任国君，都由他选任，并使楚国免于灾难；他身为相国，虽疲惫也不坐车，虽酷暑炎热，车上也没有遮盖；他到各地视察，从没有侍从前呼后拥，戒备森严。百里奚去世，秦国人失声痛哭，孩子停止歌唱，农妇停止杵米。而你掌握权柄之后，欺凌贵族，残害人民，割嬴虔的鼻子，在公孙贾脸上刺字。《诗经》云，“得人者兴，失人者崩”。你干的都是失人之事。况且你每每出门，一大串车辆在后压阵，雄壮武士在左右保镖，侍卫全副武装，箭在弦，刀出鞘，吏道奔驰。古语云，“恃德者昌，恃力者亡”。你干的都是恃力之事。一旦秦孝公死了，秦国将用什么办法对付你，恐怕不能想象！

商鞅听了淡然一笑，不以为然。

五个月后，赵良所说兑现。

公元前338年，秦孝公去世，太子嬴驷继位。被割掉鼻子八年没有出门的嬴虔出门来了，他带领其党羽，检举商鞅谋反。嬴驷接到举报，即签发逮捕令。商鞅在没有任何准备的情况下，只得脱掉相袍，赶快逃命。

商鞅打算逃到最近的魏国，魏国拒绝他入境，他只好在秦国边境找店住下。店老板不知他就是商鞅，叫他出示证件，商鞅没有，住店不成。店老板还特地跟商鞅讲了一番“商君之法”，叫“舍人无验者坐之”，简称“连坐”。说的是，商君规定，客人住店都要出示证件，没有就不能收留，如违法收留，而客人如是罪人，那么，罪人判什么罪，受什么罚，店老板也判什么罪，受什么罚。

商鞅感叹“作茧自缚”，原来他制定新法是对付他人的，如今结结实实地砸到了自己头上。

在走投无路的情况下，商鞅集结其党徒，党徒又组织当地的民众，进行顽抗。秦国派大军围剿，生擒商鞅，立即斩首。不过瘾，不解恨，又把商鞅的头和四肢绑在五辆马车上，然后使劲抽打马，把商鞅的尸体瞬间拉扯成五块。

商鞅的尸体被车裂成五块，但他的眼睛肯定不会闭上！因为他在秦国的变法，大写的是中华民族历史上最成功的变法图强！

商鞅虽然死了，但实施了十多年的法令，并没有因为商鞅的死而废弃。人们已经初步形成了守法的惯性，尤其是军队士卒，已经在商鞅的法令规定范围，享受着杀敌建功的各种优厚待遇，即便再恨商鞅变法的秦国君臣，也舍不得废弃商鞅留给他们的这一强秦之策！

赵国的解码是“改革”

“胡服骑射”，是赵国在战国时期上演的改革佳话。

战国时期，中原人穿的是宽袍大袖，不但浪费资源，而且行动也很不方便。尤其参战，宽袍大袖碍手碍脚，延误战机，不利于快速出击，先敌制胜。当时作战，以马拉战车为主，车上乘坐战士，跑跑不快，转转不灵，无论是追击还是逃跑，都很笨重迟钝。而北方的少数民族，穿的是紧身短衣，不拖泥带水，骑的是战马，奔腾在战场，左冲右杀，追击很快捷，逃跑很迅速，与身穿宽袍大袖、乘坐马拉战车的中原国家军队作战，常因机动灵活，夺得先机，打得赢就打，打不赢就跑，创造了不少以少胜多的杰出战例，也使得中原国家与少数民族接壤的地区，常遭少数民族军队的抢掠，民众苦不堪言，中原各国也十分头痛。

赵国处于强国和少数民族包围之中，东邻齐国和中山国，与内蒙古接壤的北面，有燕国和东胡部落，与山西接壤的西面，有楼烦部落和秦国、韩国。尤其是中山国，像一把利剑，把赵国分成南北两块，赵国的国都设在南面的邯郸，而北面的代郡，被中山国分开了，国都邯郸与代郡的联系，只有一条小路，军队和兵车进出十分困难。

令赵国头痛的是，中山国的军队是骑马打仗，而赵国的军队，是士兵乘坐战车打仗。两军一交手，中山国的军队万马奔驰，冲杀迅猛，常常打得赵军落荒而逃。

正是仗着军队的这一优势，每当中原国家发生利益相争时，燕、齐、魏等国，就会贿赂拉拢中山国，帮他们牵制或打击赵国。

可以说，摆平中山国，是赵国的头等大事！“胡服骑射”的历史性改革，就是在这样的背景下出笼的。

提出并推动这一改革的，是赵武灵王赵雍。

公元前326年，赵肃侯去世，赵武灵王继位，年仅十五岁。

秦、魏、齐、燕、楚等国以吊丧为名，纷纷向赵国派出使节，每个使节的后面，都跟着数万军队。明摆着，他们不是来吊丧，而是来“会葬”，企图趁机把赵国埋葬。

年仅十五岁的赵武灵王，雄才大略，向天下发出严正声明。各国军队一律不准进入赵国国境，只允许使节进入。同时下令全国戒严，国都邯郸、代郡、太原郡、上党郡的军队进入战斗状态，坚决击退任何敌军的进犯。此外，联合韩、宋两国，使赵、韩、宋三国军队构成品字形，置秦、魏、楚、齐军队于多方受攻的被动局面；又多方派出使节，贿赂越王、楼烦王和中山国，叫他们在楚、燕的大后方展开骚扰破坏活动，以此牵制楚、燕两国。

这一连串的部署，招招切中要害。进入赵国的五国使节，见到赵国到处是兵，持剑拿枪，弓箭上弦，只好打消了趁丧偷袭赵国的念头。

化解“五国会葬”的危机后，赵武灵王便高高举起了“胡服骑射”的改革大旗，即穿胡人的紧身短衣，骑马作战。

这是一项划时代的伟大改革，一经推出，便遭到了朝野的一致反对。赵武灵王的叔父赵成，第一个站出来反对，他称病卧床，拒绝参加赵武灵王召集的会议。

赵武灵王派使节向赵成捎话：在家当然听命尊长，但在国则必须听命君王。我赵雍已经改穿胡服，而叔父大人不肯更换，恐怕天下人要对你提出指责。“制国有常，利民为本；从政有经，令行为上。明德先论于贱，而从政先信于贵。故愿慕公叔之义以成胡服之功也。”

赵成听不进去，叫使节给赵武灵王捎回话：“臣闻中国者，圣贤之所教也，礼乐之所用也，远方之所观赴也，蛮夷之所则效也。今王舍此而袭远方之服，变古之道，逆人之心，臣愿王孰图之也！”

叔父赵成搬出儒家礼教的那一套，把赵武灵王捎话所说的那一套，硬给顶了回去。

赵武灵王决心已定，绝不放弃，亲自登门给赵成做工作，他说，我赵国周边都是虎狼之辈，“今无骑射之备，则何以守之哉？先时中山负齐之强兵，侵暴吾地，系累吾民，引水围鄗；微社稷之神灵，则鄗几于不守也，先君丑之。故寡人变服骑射，欲以备四境之难，报中山之怨。而叔顺中国之俗，恶变服之名，以忘鄗事之丑，非寡人之所望也”。

话说到这个份儿上，叔父赵成也不好再抵制了。第二天上朝，赵成穿上了胡服，于是，赵武灵王下令“胡服骑射”，全国一致响应。

史载：赵国实行“胡服骑射”后，国力陡增，成了战国后期唯一可以跟秦国抗衡的强国。

公元前306年，赵武灵王率军北上，开疆拓土，抵达与东胡接壤的宁葭，稍事休整，又率军深入东胡部落，一路所向披靡，直抵内蒙古的榆中，在黄河北岸卸下马鞍，领略草原风光。当地的林胡部落酋长，特地率众献马致敬……赵武灵王任命代郡郡守主持蛮族事务，招募胡人充军，把“胡服骑射”的改革效应，从国都邯郸极大地扩展出去。

公元前305年，赵武灵王向中山国发起了雪耻之战。

中山国是赵国的东邻，它曾仗着齐国的撑腰，经常对赵国发起侵略，甚至决河水灌鄗城。按赵武灵王的话说，要不是祖上神灵保佑，鄗城很可能失守。这是赵国从晋国分离出来以后，遭受的最大耻辱。如今，屡遭中山国这等小国欺凌的赵国，实行“胡服骑射”改革后，其国力、军力足以支撑起找中山国复仇雪耻了！

中山国本就是小国，军队虽骑马作战，但数量有限，面对数十倍于己的赵军，骑着高头大马黑压压地冲杀过来，根本就无法招架，似石头砸鸡蛋一样不堪一击。这一战，赵国攻陷中山国的丹丘、爽阳、鸿之塞，占领鄗城、石邑、封龙山、东垣等地，中山国北至今曲阳、西至今鹿泉，东至今正定，南至今柏乡的大片土地，全部划归赵国版图。不仅如此，中山国还割让四个城池送给赵国，以示臣服。

公元前301年，赵国再次进攻中山国，中山国王只好逃奔齐国。

天下各国都对赵国刮目相看！

赵武灵王还有更大的抱负，即拿唯一可以与赵国抗衡的秦国开刀，仗着“胡服骑射”的辐射效应，抢夺天下第一强国头衔。

为此，在公元前299年，赵武灵王又搞了一次重大改革，即主动禅让，把国君的宝座，让给了小儿子赵何，自己则戴一顶太上皇的帽子，继续为赵国打拼。太上皇赵雍的谋划是，让儿子赵何坐镇后方，主持国政，由他率军从内蒙古云中、九原，向南奇袭秦国都城咸阳，从秦国的首脑部位下手，彻底击溃秦国。

太上皇赵雍假扮赵国使节出使秦国，实地勘察山川地形，并亲自观察秦昭襄王嬴稷的为人、做派。

一个是秦昭襄王嬴稷，一个是赵国刚脱下王袍换上太上皇袍的赵雍。两个人见面时，一个是王，一个是使节，双方都在用眼用心观察对方。赵雍是有备而来，尽可能地把自己矮化成使节的样子。秦昭襄王虽无心理准备，但还是从赵雍的气度上，看出了面前的这个使节不像使节，也不像普通臣僚。因而当赵雍告别离宫后，秦昭襄王急忙下令，逮住赵国来的这个使节。赵雍早就参透了秦昭襄王的心机，一出宫就逃，一口气逃出了秦国边境。

但历史在赵雍禅让上，大写了“败笔”二字。

这个“败笔”证明，赵雍的禅让，是一个重大的历史错误，赵国因为这次禅让，走上了混乱与衰败的不归路！

赵武灵王这么做，源于他早先的荒唐一梦。他梦见一个妙龄少女为他抚琴而歌，他被少女的美丽深深吸引了，也被少女凄婉的歌唱而深深打动。从美梦中走出来后，他四处寻找这个梦中美女，见到吴广的女儿吴娃后，一口认定吴娃就是梦中的美女，迅速娶吴娃为妻，称惠后。史载，赵雍对吴娃爱之入骨，数年不出宫门，只与吴娃一人爱抚。生下儿子赵何后，才走出宫门。

在此之前，赵武灵王的后宫，已经为他生了一群孩子，并册封长子赵章为太子，早就做好了赵武灵王百年之后王位的接替安排。但娶吴娃、生赵何、爱吴娃爱得不知如何是好时，赵武灵王便改变既定的王位接替安排，把太子赵章罢黜，册封赵何为太子，决意把王位传给赵何。可能是担心在他死后孩子们抢夺王位而引发祸乱，因而赵雍打算在他活着的时候，凭着自己的权势和威望，把君位让给赵何，把他扶上马，送一程，以保赵家江山永久兴旺发达，强霸天下。

赵武灵王的这着棋走臭了！

首先是，王位不传长子而传幼子，不符合祖传规矩，不仅后宫的一群王子不服气，而且臣僚乃至庶民百姓，都不认同。

其次是，赵章被册封为太子后，已经开始做接班准备了，包括他执政后谁任丞相，谁统大军，哪些人为臣僚等等治国理政的人事安排，早就在心里打下谱了。而期望在赵章手下得到重用的各色人等，早就开始向赵章靠拢，出谋划策，投其所好，甚至极其恭维巴结了。赵武灵王把王位接替人选一换，不要说换成吴娃生的赵何，换成任何一个娃生的儿子，都像是引爆一个赵家王朝的毁灭弹，首先毁灭的，是以原太子赵章为核心的人事布局圈子，也就是赵章构筑的关系网，因而必然遭到赵章及其党羽的强劲反扑。

公元前299年，赵武灵王举行盛大典礼，祭祀禀告祖庙里排列的列祖列宗，把国君宝座，让给幼子赵何。赵何主持朝廷第一次会议，任命了肥义丞相等一干臣僚。赵雍号称太上皇，专做把小儿子扶上马、送一程的工作，并再次北上代郡，跟楼烦部落酋长会面，从楼烦部落为赵国招募兵勇。

公元前295年，太上皇赵雍联合齐国、燕国，攻陷中山国，并将中山国国王流放。回到首都邯郸后，犒赏全国军民，大赦天下，大宴五天。论功行赏时，赵雍把长子赵章封到代郡，号称安阳君，任命大夫田不礼为他的辅佐官。

赵雍的这一封赏，引起朝廷上下极大的不安。

大臣李兑就认为，赵章年轻好勇，态度傲慢，被册封为太子后，交结拉拢了很多党羽，他的欲望是君位，而不是代郡或其他地方的郡守。而田不礼呢，生性好斗，心狠手辣，什么事都敢做。这两个人搅和到一起，必是赵国的祸乱之源。李兑把自己的看法告诉了丞相肥义，肥义也有同感，认为赵章和田不礼，仗着太上皇的宠爱，为非作歹，横肆暴虐。肥义并据此判断，赵章将假托太上皇之命，发动政变。

应当说，从丞相到大臣，对赵章发动政变的潜在祸患，都看得很准，但他们拿不出应对之策，只是肥义对护卫赵王的侍从下令：从今天开始，没有经我同意，任何人不准见赵王，即便说是太上皇召见，也必经我丞相同意！

就在赵国的政局即将发生祸乱的关键时刻，太上皇赵雍突然动了恻隐之心。他在参加朝会时，看到赵章态度懒散，向高坐御椅的弟弟朝拜时，心不在焉，顿生怜悯之情。他这时想的是，本来赵章已被册封为太子，这王位该传给他坐，如今小儿子赵何坐上了，很是亏待了赵章。想到这里，赵雍便突然冒出一个新的主意：把赵国一分为二，赵何为赵王，首都设邯郸；把代郡设为代国，首都设蔚县，叫赵章为代国国王。

虽然太上皇的这个想法没有说出来，他尚需权衡、盘算，但这无疑是个荒唐至极的想法！把赵国一分为二，让原先的太子和今天的赵王各占一国，来个平均分配，平得了吗？是赵何舍得？还是赵章满足？舍不得是祸根，不满足也是祸根！如此一来，完整的赵家一统江山，必然在一国二王的祸乱纷争中分崩离析！

太上皇赵雍携赵何出游离邯郸五十余里的沙丘，想借出游的机会，透个口风，听听他的想法，顺便做做他的工作。父子俩分住两座行宫，赵章和田不礼认为这是难得的机会，立马动手。赵章假传太上皇诏令，召赵何进宫，护卫急忙报告丞相肥义，肥义迅速赶过去询问，一到便被砍掉了脑袋。护卫纷纷拔刀向前，与赵章和田不礼的党羽进行拼杀。难分难解之际，太上皇赵雍的叔叔赵成和大夫李兑率军赶到。赵章、田不礼不是军队的对手，几招一过，田不礼被杀，赵章及其党羽落荒而逃。

在这关键时刻，赵章脑子转得飞快，他不是逃往代郡，而是逃到了太上皇赵雍的行宫。赵成、李兑率军包围赵雍行宫，并强行入宫，搜出赵章，就地处决。

当赵章的脑袋落地之时，赵成、李兑突然醒悟过来，杀赵章事小，包围太上皇行宫，犯的是诛杀九族之罪！

怎么办？

没有退路了，为了自家九族的安危，赵成、李兑一不做二不休，对太上皇行宫的随行人员下令：先出来的，有赏，后出来的，格杀！这令一下，跟随太上皇的人员蜂拥而出。太上皇也急忙出宫，却被官兵挡在宫门。

随着宫门“砰”的一声重重地关上，偌大的行宫之中，只剩下太上皇赵雍一人。

没有宫女，没有随从，只有满地的鲜血，以及搜索赵章时砸得满地的破烂。

当第二天太阳从东边升起，笑出满天的彩云时，太上皇赵雍揉了揉昏花的老眼，眯缝着望着太阳，望着彩云。他走到紧闭的宫门前，使劲捶打，撕心裂肺地呼救，没有换来任何回应，只有宫苑里那棵老槐树上，鸟儿在叽叽喳喳地鸣叫。

没有吃的，没有喝的，没有侍从，除了鸟叫和狂风卷起的黄沙呼号外，再没有任何声音。

可以想象，此时的太上皇赵雍，一定想得起对吴娃的万般宠爱来，一定想得起被他扶上马、往前送的赵何来，一定想得起后宫那一群王子来，还想得起被他任命的众多臣僚和将军来。这会儿他们这些人都在哪里呢？他们会想得起，在离邯郸仅五十来里的沙丘行宫，那个被饿得哆哆嗦嗦爬到树上，掏鸟蛋充饥的小老头来吗？

三个月后，太上皇赵雍耗尽了自身所有的能量，闷死在沙丘行宫。

可以想象，赵雍不是死在床上，而是靠着宫苑里那棵老槐树，头朝着赵都邯郸，眼睛张着，怎么也不肯闭上……

“胡服骑射”后蓬勃兴起、充满活力的赵国，因为赵雍的自乱章法而中止了。从此，赵国雄霸天下的信心丧失了，能力衰减了，完全变成了秦国一统天下这场大戏的配角，秦国怎么摆布，赵国怎么“跑龙套”。

虽然赵国的“跑龙套”因为和氏璧的面世，也演绎过精彩，但在一统天下的大戏中，那只是插曲。

楚国的解码是“蛮性”

楚国向战国走去，“蛮性”不改。

楚人，被称为“南蛮子”。

湖南人至今还有个常用词，叫“霸蛮”。“霸”是血性，是气魄；“蛮”，是率性，是倔强，做事不合常规，不随大流。“霸蛮”不同于蛮干，它有超越蛮干的智慧，和内心的刚毅坚守。

楚人的这种“蛮性”，是楚国的这方山水孕育出来的！

我们不妨把楚国的历史往前翻翻。

周文王姬昌在镐京召开英雄大会，昭告天下部族团结起来，推翻商纣王的残暴统治，一位九十岁的老人，跋山涉水，“霸蛮”到镐京参会来了。这位老人叫鬻熊，“南蛮子”的酋长，周文王拜他为师。

就是这个鬻熊，早就参透了天地运行规律。他认为“物损于彼者盈于此，成于此者亏于彼。损盈成亏，随世随死”。他还认为，物质变化不会短时间完成，所以“间不可察，俟至后知”。

鬻熊在周文王论功行赏时，楚地被封为楚国，爵位低一点，为子爵。后史书称楚王为“楚子”，源于这个封赏。

历史翻到公元前706年，楚国大军北上，“伐庸，扬粤，至于鄂”后，接着伐随。作为交换条件，随国国君跑到周天子那里，为楚国说情，请求将楚国的子爵，调升为侯爵，与中原诸国平起平坐。遭到周天子拒绝后，“南蛮子”的“蛮性”张扬出来了，向天下宣告：“我蛮夷也，不与中国之号谥！”从此楚国来了个大跨越，自称王国，国君就是国王，根本不理周天子封不封侯那一套。

历史翻到公元前689年，楚文王即位。即位之初，他得到两件宝贝，一件是茹黄之狗，一件是宛路之箭。从此他沉湎于驱狗寻猎，常常数月不归，朝政不理。接着又得丹地美女，便坠入女色不能自拔，整整一年不理朝政。主管刑罚的大臣葆申，搬出先王定的规矩，要对他进行笞刑，但又不能真打，只好把五十根荆条捆起来，放到楚文王的背上，放两次，表示笞刑一百下。行刑完毕，葆申请他起来，楚文王的“蛮性”张扬出来了，不肯起来，要求真的挨一百下笞刑。挨过笞刑的楚文王，爬起身便杀了茹黄之狗，折了宛路之箭，放了丹地美女，亲自率军出征，一口气吞并了三十九个周天子册封的诸侯国。

历史翻到了公元前613年，楚庄王即位。头三年，他朝政一概不理，军令一概不出，沉溺于声色犬马，骄奢淫逸。大夫伍举实在气不过，强行入宫劝谏，只见楚庄王左手抱着一个郑国美女，右手搂着一个越国美女，坐在乐队中间，嬉皮笑脸，伍举说什么都不听，气得伍举感慨：有只鸟待在高高的山上，三年不飞，三年不鸣。大臣贾成公强行闯宫，与楚庄王打隐语，问高山上那只鸟，为何三年不飞，三年不鸣？楚庄王回答说：这只鸟三年不飞，是要生长羽翼；三年不鸣，是要观察世间法度。这只鸟一飞，将冲上天空；这只鸟一鸣，将使天下惊恐！果然，这只鸟一飞，便灭庸、侵陈、伐宋，反复敲打郑国，打得中原各国都用惊恐的目光，看着楚军所向披靡，一路高歌，并在周天子的地盘搞军事演习，而后与晋国拉开邲之大战，一举打败晋国，登上春秋霸主的平台。

楚国走到战国时，国力衰了，但仍“蛮性”不改。

公元前387年，魏国陷害吴起，吴起逃到了楚国。

此时的楚国，处于衰败状态。国王芈疑早就仰慕吴起的才华，吴起一到，便被任命为丞相。吴起则放开手脚，施展才华，雷厉风行地推行了一系列改革。如，他以立法的形式，罢黜所有只领俸禄而不干实事的吃空饷官员；撤销了世隔好几代还打着王室血统旗号而享受俸禄的遗老遗少的爵位；精简机构，提高办事效率；整顿军队，加强训练，提高战斗力；坚持独立自主的外交政策，不参与大国无缘无故践踏小国的行动。时间不长，便产生了巨大的改革效应。史载：在吴起剧烈的革新运动下，楚国迅速崛起，数年之间，疆土迅速扩张，南面攻打南越，北面吞并陈、蔡，还有效地阻击了魏、赵、韩三国的南侵，西面数度击溃秦国的进犯，天下各国对楚国的迅速复兴大为忧虑。

但吴起的好景不长，楚国的好景也不长。公元前381年，楚王芈疑去世，尸骨未寒之际，因吴起推行改革而丧失地位、丧失利益的王室贵族，乘丧暴乱，追杀吴起。吴起逃脱不了，便跑进灵堂，趴在芈疑的尸体旁边，以为如此能躲过乱箭的射杀。不承想，早就憋红了眼的那帮芈疑的堂哥堂弟、表叔表舅们，把仇恨集中在弯弓的箭矢上，齐齐射向吴起，射向芈疑的僵尸。

随着吴起的倒下，楚国的崛起也倒下了。

战国的脚步走到公元前329年时，楚国的第二十一任国王芈槐继位，号称楚怀王。似乎已经逐步退化的楚人“蛮性”，在他身上又复发了。

楚国与齐国邦交敦睦，订有共同抗御外患的盟约。秦国打算进攻齐国，担心一战而面对齐、楚两国，于是张仪的那张嘴派上了用场。张仪对楚王芈槐说：假若你与齐国断交，那么秦国就奉送商于之地的六百里土地给你，两国世代结亲，永结兄弟之好。张仪回到秦国后，称病闭门谢客，他要等待楚国的“蛮性”发作。

楚国的“蛮性”果然发作。为讨得秦国高兴，不仅废弃了与齐国的盟约，而且派人到齐国大骂齐国的国王，什么难听挑什么骂，终于激怒齐国，一改与秦国为敌的立场，跟秦国结盟。

张仪看目的达到，“病”也好了，出面召集楚国使节，故作惊讶地说：你怎么还在这里，不去接收我许诺给楚国的六里土地。

六百里变成六里后，楚怀王下令向秦国开战，丹阳首战失利，蓝田再战失利，只好屈服，割让两个城池给秦国。

秦国出于战略考虑，打算用武关换取楚国的黔中。楚怀王的“蛮性”出来了，他为报被张仪欺骗耍弄之仇，提出奉献黔中，不要秦国的土地，而只要张仪。

张仪不顾劝阻，来到楚国，被囚禁天牢，并无任何畏惧。因为在秦、楚交战之前，他已经收买了楚国两个人，一个是宠臣靳尚，一个是宠姬郑袖。张仪一关进天牢，白天是靳尚找郑袖，晓以不能杀张仪而得罪秦国之利害，晚上是郑袖用撒娇的眼泪动摇楚怀王杀张仪之决心。如此，张仪便大摇大摆地从天牢请出来了，还被尊为上宾。

本可换得的武关，楚怀王不要，只要张仪；张仪打进天牢，又放出来。楚国的“蛮性”发作，就这样，黔中白送给了秦国。

公元前302年，楚国派往秦国作人质的太子芈横，跟秦国一位大臣闹翻了，一怒之下，芈横把这个大臣杀了，并逃回了楚国。

这已经引起秦国上下的震怒，更让秦国震怒的是，太子回到楚国后不久，楚国为与齐国修睦结盟，又把他送到齐国去当人质了。于是，在公元前299年，秦国发起了对楚国的大举进攻，攻占了楚国八个城池后，秦昭襄王给楚怀王写信，说：秦、楚两国，国土接壤，王族互相嫁娶，再没有比我们更亲近的了。假如秦、楚两国不能亲善相处，就不可能号令天下。因此提议与楚怀王在武关相会，再续友好盟约。

这时的楚国，楚怀王早已乱了方寸，臣僚也已方寸大乱，七嘴八舌，有反对的，有赞成的，大夫屈原就反复劝谏，反对楚怀王赴约。怀王的儿子芈兰，则坚决赞成。因为他娶的是秦国的王室女子，认为婚姻关系可以仗恃，所以赞成赴约结盟。

楚怀王如期赴约，他一到达武关，便被秦国扣押，并押解到咸阳。秦王嬴稷在章台殿高坐，摆上国宴，把楚怀王当作前来朝贡的封国国君，让他与官员坐在台阶之下。尚未开喝，嬴稷便以下令的口气给楚怀王提出要求，割让楚国的今四川巫山的巫郡，和之前已经抢走的今湖南沅陵的黔中郡给秦国。

楚怀王气得几近昏倒。此时他保持了一份清醒，提出先签订盟约，容他回国后再割让土地。秦昭襄王则绝不退让，坚持先割让土地，再签订盟约，然后放他回国。

此时的楚怀王，“蛮性”又发作了，他大发牛脾气，大骂嬴稷是骗子，并表示绝不从命。

谈不拢，秦国便把楚怀王软禁在咸阳。

楚人的这股子“蛮性”上来以后，九头牛也拉不回去。可以想象，秦、楚被中原诸侯国认为是边患蛮夷，两国从春秋时就交好，楚国被吴国打得支撑不住时，是秦国出手，帮助楚国稳定政局的。秦国被晋国逼得没有退路时，是楚国发兵北上，帮秦国解难的。秦、楚两国世代通婚，楚王的子女与秦君的子女多有嫁娶，子孙的血脉中都流有对方的血。因此，楚怀王被秦国软禁之后，秦国宫廷的楚王室官员前去做工作，劝他先忍下来，以后再图的人不会少。但楚怀王的倔强，使得他怎么也不肯回头。他逃跑过，被抓了回来，最后死在秦国。

“合纵”鼓吹者苏秦认为：“楚强则秦弱，楚弱则秦强，此其势不两立……纵合则楚王，横成则秦帝。”

“连横”鼓吹者张仪认为：“凡天下强国，非楚而秦。”

楚国的阴阳学家楚南公下过一个论断：“楚虽三户，亡秦必楚。”

但历史的走向，常常超出哲人的预判，在改变走向的诸多因素中，君王乃至民众的性格，特别是血性，是一个至关重要的因素，而这，恰恰是难以预判的！

楚国是从春秋完完整整地跨进战国的，它王室的芈姓从未更改，一直到公元前223年，立国五百一十九年才灭亡。楚国在战国时期，除吴起搞过一番改革外，在司马迁的刀笔之下，便没有很有起色的作为。楚国之所以跌跌宕宕一路走来，仍被史学家公认为是唯一有能力抗衡强秦的国家，是因为楚国地大物博，物产丰富，几乎占据了整个江南水乡。而组成“南蛮子”的族群，多是依山、依水而居的少数民族，生性勤劳、勇敢、冒险、刚毅，骨子里就有放荡不羁、特立独行的特质。加之楚国人口众多，一夜之间能征召数十万大军，说要打仗，打着赤脚就走。正是这样的山水养育的子民，支撑着楚国“蛮性”不改，一路跌跌宕宕，一路诠释跻身于战国七雄的密码。

齐国的解码是“德政”

齐国的老祖宗是姜子牙，直到春秋末期，齐国的国君都姓姜，但在走向战国时，国君由姜姓改为田姓。

田姓源于陈国公子陈完，他在陈国内乱时逃到齐国，在齐桓公手下为臣，家业越做越大。陈氏家族每每在民众闹饥荒时，用特制的大容器放租，用小容器收租；寻常百姓需要的木材、鱼盐，陈氏家族从山上、海边采购，进价是多少，就卖给百姓多少，不加价，还搭上运费。如此普施恩惠，因而齐国民众对陈氏“爱之如父母，归之如流水”。在姜姓的齐国败落得再也支撑不起齐国的国政时，陈氏家族取而代之，并在走向战国时，改姓田。

田姓家族是靠向民众施惠而兴起的，走进战国后，仍恪守德政。

实行德政的第一要素，是国君贤明。贤明的要素很多，诸如亲民，诸如用才，诸如听谏，等等。但在战国这种靠腰围、肌肉逞强称霸的大背景下，首要的是明智。君王主一国大事，责系百姓，必须搞清什么是国家大事，并把主要精力、智谋用在如何料理国家大事，特别是民生福祉、国家生死存亡的大事上。如果大事抓不住，抓到手的尽是些鸡毛蒜皮的小事，国家治理不好，也就谈不上有建树有德政。其次是明断。君王处理国家大事，王公大臣断不了要提这样那样治国安邦的建议。这建议是人提出来的，免不了局限性，也免不了带有个人或家族门庭的私欲和感情色彩。君王的德政修明，就得表现在对所提各种建议去伪存真、由表及里的明断上，把于国兴达、于民得利、于政权稳定的建议吸纳并付诸实施，才是最重要的。

田姓齐国的第四任国君田因齐，做了一件被天下各诸侯国刮目相看的事。公元前370年，他前往洛阳，晋谒周烈王姬喜。史载："齐威王来朝。是时周室微弱，诸侯莫朝，而齐独朝之，天下以此益贤威王。"齐威王在"诸侯莫朝"的情况下而"独朝"，行的是一种礼数，发起的是政治造势。他这么一"独朝"，能不引发人们的思古幽情吗？刚刚告别春秋，春秋的遗老遗少正对战国抛弃礼乐的作为感到茫然，齐威王却对没人搭理的周王朝尽晋谒之礼，瞬间吸引了天下的眼球，故此对齐威王有"益贤"之赞誉。

但不得不说，齐国走向战国的过程，是反复挨打的过程。这个过程就发生在齐威王身上。

司马迁是这么写的：齐威王元年，魏、赵、韩三国乘齐威王的父亲去世之机，攻打齐国的灵丘；齐威王六年，鲁国又来打了，攻入齐国的阳关，残存的晋国跟着来打，直打到齐国的博陵；齐威王七年，小小的卫国来打，占领了齐国的薛陵；齐威王九年，赵国来打，占领了齐国的甄城……

为什么实行德政的齐国，像一面破锣一样，谁想来敲打便能敲打一下？

司马迁的解释是："威王初即位以来，不治，委政卿大夫，九年之间，诸侯并伐，国人不治。"司马迁说清楚了，齐威王即位头九年不问政事，搞得民不聊生。

这可不是贤君之所为！

也许是近十年的挨打，被打得清醒了，在齐威王十年即公元前370年，他突然转向，朝德政的方向转了。

齐威王手下有两个大夫，一个在即墨任职，叫即墨大夫；一个在阿邑镇守，叫阿邑大夫。就在齐威王把国事推给卿大夫处理的那段时间里，不断有臣僚对这两地大夫为官情况传小话，传即墨大夫的，都是诽谤的话，传阿邑大夫的，都是赞扬的话。诽谤也好，赞扬也罢，他这个国王连朝政都不理，自然是任由臣僚说去，从不深究。当他清醒过来以后，即派人到即墨和阿邑秘密调查。掌握了实际情况后，他把即墨大夫召来，对他说：自从你到即墨任职，我每天都接到诽谤你的报告。然而我派人去即墨秘密调查，发现你开辟荒野，农作物遍野，人民生活富庶，官吏清廉，齐国东部安定祥和。据我了解，你之所以口碑不好，是你没有巴结我左右臣僚造成的。说完后对即墨大夫进行奖励，增加一万户封邑。

接着，齐威王把阿邑大夫召来，对他说：自从派你到阿邑，我每天都听到对你的赞扬。可我派人前去秘密调查，发现完全不是那么回事，田野荒芜，农民贫困。前些时，赵国攻击我齐国甄城，你不率军救援；卫国占领我薛地，薛地与阿邑接壤，离得那么近，你装作不知道。我了解到，我所听到的那些吹捧你的话，都是你贿赂我左右臣僚，拿钱买来的！说罢下令，架起大锅，将阿邑大夫煮了。同时下令，将收受阿邑大夫的贿赂，帮他说好话、说假话的一批臣僚，统统扔到锅里煮了……

无需再发布什么政令训敕了，这一做法本身，就具有极大的震撼力。史载，锅烹阿邑大夫和一批臣僚后，全国大为震动，官员悚然戒惧，不敢再敷衍塞责了，也不敢用金钱为自己买好话了，大家在各自的岗位上兢兢业业，认真履职，官场风气一夜之间大变，齐国因此大治，一举走上强国之路，各诸侯国有二十年不敢对齐国用兵。

公元前355年，齐威王与魏惠王相约狩猎。两个人的一段对话，值得品味。

魏惠王问：你们齐国有些什么国宝呀？

齐威王答：没有什么。

魏惠王：那太糟了，我的国家虽小，但还有十二颗直径一寸以上，光彩夺目，夜里可以照亮十二辆车子的珍珠。齐国是个大国，难道真没有宝物?

齐威王：我对国宝的定义，跟你对国宝的定义不一样。

魏惠王不解。

齐威王说：在我齐国的政府高级官员中，有位大臣叫檀子，令他镇守南部边城，楚国不敢进犯，泗水流域十二个小封国的国君，都来齐国朝觐；有一位叫田盼的大臣，镇守西部之唐，赵国人不敢到黄河来捕鱼；有一位大臣叫黔夫，镇守徐州，燕国人在北门焚香祈祷，赵国人在西门焚香祈祷，祈祷准予他们移民到齐国来，最后徐州收容了这两国七千余户人家；还有一位大臣叫种首，负责维护齐国的社会治安，他是盗贼的克星，使齐国人民安居乐业，道不拾遗。我这四位大臣，光照千里，岂止照亮十二辆车子!

两位国君对国宝的不同理解，恰在为君是否贤明，也即是在亲民、用才，特别是民生福祉、国家兴旺发达等大是大非问题上，形成了鲜明的对比。齐威王视人才为国宝，使得他的治国理政，聚焦在德政的方向!

公元前354年，魏国大举进攻赵国，包围了赵国首都邯郸。在齐国是否出兵救赵上，齐威王身边聚集了一批决断大事的人才。

有孙膑，他是被同窗好友庞涓骗到魏国，剜去双腿髌骨后废弃，齐国使节把他藏在车里，悄悄运回齐国，担任军师的。

有邹忌，他是能从琴声中听出国君情怀、民生福祉的智者。他对齐威王如是说：大弦急弹，如春风般温暖，是象征国君；小弦声音明辨而清晰，是象征宰相；手把弦抓得紧，而又轻轻地放开，是象征政令；和谐的声音，大小相辅相成，曲折而不相干扰，象征四时；声音往复而不乱，象征政治的昌明；声音连续而行，象征国运长久。所以说，能将琴音调理好，天下就能平治。能从音乐声中听出如此多玄机的邹忌，被齐威王任命为丞相。

邹忌为相，他对齐威王的辅佐非常得力。《战国策》载：邹忌身高八尺多，长得非常帅气。一天早晨，他对着镜子穿戴衣冠，对镜子里的自己非常满意。他问妻子："我孰与城北徐公美？"徐公是齐国公认的美男子，可妻子却说："君美甚。徐公何能及君也。"邹忌虽然听了很高兴，但还是有些不自信，于是问小妾，小妾的回答与妻子说的一样：徐公哪能比得上您呢！第二天，家里来了一位客人，邹忌用同样的问题问客人，结果客人的回答也与妻妾一样。邹忌冷静下来，醒悟道：我的妻子说我漂亮，是因为她偏爱我；小妾说我漂亮，是她害怕我；客人说我漂亮，是他有求于我。其实，他们全说的是违心话。上朝时，邹忌特地联系这件事对齐威王说：齐国的土地纵横千里，有一百二十座城池。大王宫中的后妃和身边的侍从，没有不偏爱大王的；朝廷的群臣，没有不害怕大王的；国内的百姓，没有不向大王求助的。如此看来，大王所受的蒙蔽真是非常厉害啊！齐威王采纳邹忌的劝谏，下令"群臣吏民能面刺寡人之过者，受上赏！上书谏寡人者，受中赏！能谤议于市朝，闻寡人之耳者，受下赏！"此令一下，宫廷内外像集市一样热闹，挤满了前来提意见的人；几个月后，偶尔有人来提意见；一年后，就没有人来了。齐国于是政通人和，燕、赵、韩、魏都到齐国来朝见。

所以在齐国是否出兵救赵的朝议中，群臣不隐不藏，各抒己见，并达成齐国出兵救赵的共识。《史记》载：齐威王拍板，"使田忌南攻襄陵。十月，邯郸拔，齐因起兵击魏，大败之桂陵。于是齐最强于诸侯，自称为王，以令天下"。

齐国虽在进入战国后，用"德政"诠释了占据七雄一席的密码，但"德政"并未接续传承，在齐威王之后的齐国诸王，一个接一个地在背离"德政"的道路上越走越远。特别是齐国第三任国王齐湣王，暴戾贪婪，罔顾民生，政坛大乱，国力日衰。燕国的乐毅率多国盟军进攻齐国时，楚国派大将淖齿率军救援齐国，结果淖齿逮住了正在逃亡的齐湣王，两个人有一段对话是这样的：

淖齿问：齐国从千乘走到博昌一带，天降血雨，你可知道？

齐湣王答：不知道。

淖齿问：在嬴、博一带，大地突然开裂，黑水从地下涌出，奔腾咆哮，你可知道？

齐湣王答：不知道。

淖齿问：这些日子人们常听到孤魂野鬼在夜里呼号，你可知道？

齐湣王答：不知道。

淖齿肺都气炸了，说：天降血雨对你警示，地涌黑泉对你警示，孤魂野鬼用呼吼对你警示，你还这么为非作歹，那我就替天行道，砍了你的脑袋！

毫无疑问，从齐湣王的嘴里，已经听不到一丝一毫的“德政”了！

诚然，战国不推崇“德政”，而只认拳头。但似齐湣王这样的国君，战国天下几乎没有，就连拳头很大很硬的秦王，也不是这样。

韩国的解码是“阴德”

司马迁的《史记》载：“韩厥之感晋景公，绍赵孤之子武，以成程婴、公孙杵臼之义，此天下之阴德也。韩氏之功，于晋未睹其大者也。然与赵、魏终为诸侯十余世，宜乎哉！”

司马迁这个记载，重点讲的是，韩国的祖先救了赵氏孤儿，积了“阴德”；正是因为“阴德”，使得在战国天下没有什么大作为的韩国，延续了十余世。

晋景公三年，即公元前597年，先前受晋灵公宠信的大夫屠岸贾，在晋景公时掌管刑狱，开始追查杀害晋灵公的党徒，牵扯到赵氏家族的掌门人赵盾。晋灵公被杀时，赵盾正在逃亡，尚未逃出晋国，赵盾的侄子赵穿，把晋灵公杀了。这件事，晋国的史官有记载，把账记在赵盾的头上，记的是赵盾弑君。掌管刑狱的屠岸贾，正是依据这个记载，诛杀赵氏家族的。

但此时赵盾已经去世，加之虽有赵盾弑君的史载，却很是牵强，朝野多有议论，且是为赵盾鸣不平的。

诛杀之祸不可避免之时，赵氏掌门人赵朔，对韩氏掌门人韩厥说：我死了没什么好遗憾的，但赵氏不能断了香火，请你帮赵家这个忙。

韩厥答应了，称病不出大门，不参与对赵家的诛杀。屠岸贾心狠手辣，不向晋景公报告，把赵朔、赵括、赵婴齐，连同赵家老老少少全部杀害了。屠岸贾的心思是，要将赵氏家人斩尽杀绝，听说赵朔的妻子怀有身孕，便进行疯狂追杀。

为帮助赵家延续香火，站出来两个人，一个是赵朔的门客公孙杵臼，一个是赵朔的好友程婴，待赵朔的妻子生出儿子赵武后，便把赵武藏匿在山里。同时从庶民家找来一个男婴，包裹上华丽的襁褓。一切商办妥当后，程婴从躲藏的山里出来，跑出去报告，说只要给他千金，就说出赵氏孤儿藏匿的地方。

拿到千金的程婴，引导官兵来到山上。按照事先的设计，公孙杵臼背着假的赵氏孤儿，在官兵面前大骂程婴是忘恩负义的小人，是见利忘义的小人，并反复请求杀死自己，留下这个孩子。屠岸贾不答应，公孙杵臼和假赵氏孤儿被杀，程婴则领着真正的赵氏孤儿，藏匿起来。

在以上这段故事中，韩国的掌门人韩厥，并没有出手帮忙，只是知道赵家有香火传续，没有说出这个秘密，也没有参与对赵家的屠杀。

接下来的故事，是韩厥帮忙。

晋景公十七年，即公元前583年，晋景公得了重病，叫人占卜，结果是，有个大家族后裔断了香火在作怪。晋景公不解，赵家被诛已经过去十多年了，他早忘了，而景公自己儿孙满堂，不存在断绝香火的问题呀！他问韩厥，这卦到底是指什么。

韩厥知道赵氏孤儿的事，便说：应该是赵氏吧！赵氏宗族被灭，国人哀怜，所以显现在龟策上。并借机说出了赵氏孤儿的详情。

为了使自己的病好转，晋景公叫韩厥把赵氏孤儿和程婴从山里接来，藏在他的宫里，并调韩家兵勇把守。然后借臣僚到宫中问候病情之机，请出赵氏孤儿和程婴，提出接续赵家香火。众臣僚对屠岸贾大开杀戒早就不满，在晋景公的提议下，纷纷表示赞同，并全部反水，攻击屠岸贾，灭了他的宗族，把赵家原先的田邑，又全部还给了赵家。

在这个故事中，韩家帮赵家大忙，被司马迁赞为“天下之阴德”，继而认为，韩家虽没什么大的建树，仍在战国时期传十余世，与积的这个阴德有关。

诚如司马迁所言，韩家在战国时期确无大的建树，只是韩昭侯时，在历史的殿堂里亮光闪了一下。

公元前351年，申不害向韩昭侯自荐，当上了韩国丞相。

申不害，郑国平民出身，研究黄老学和法学，在郑国谋了个低级官吏。为使自己的才华得以施展，申不害特地跑到韩国来自荐，并被韩昭侯任命为丞相。就是在申不害为相的十五年间，韩国政治上进行改革，外交上谋取和平，使得韩国安定了十五年，并崛起为战国七雄之一。

申不害曾推荐自己的堂兄为官，遭韩昭侯拒绝。申不害大不高兴，韩昭侯于是对他说：我在你身上学到了治理国家的原则，现在，我是接受你的请托而破坏原则呢，还是遵守原则而拒绝你的请托呢？你曾经教导我，要严格执行赏罚，用人一定要依照顺序。而你却对自己的堂兄私相授官。你说，你要我听你哪一种话呢？

申不害汗流浃背，认错。

之所以说韩国在战国的历史殿堂里亮光闪了一下，是想说，除此之外，韩国再也不好找出在战国时期的闪光点了。

司马迁记载了韩昭侯一件小事，说的是韩昭侯有条破裤子，不穿了，吩咐收藏起来，侍从因此说他吝啬。

照我看，侍从说的没错！一条穿破了的裤子，扔了都不可惜，何至于收藏呢！

韩昭侯却说：英明的君主珍惜他的皱眉和欢笑，皱眉时必须有事使别人皱眉，欢笑时必须有事使别人欢笑。一条破裤子跟皱眉和欢笑一样，我要赏赐给对国家有功的人。

真不知司马迁写这件小事，是赞扬韩昭侯，还是笑话韩昭侯。

对国家有功的人，既舍不得拿重要官职去鼓励，又舍不得拿食邑去封赏，拿条自己穿破的裤子去赏赐，真不知拿到这条破裤子的功臣们作何感想！

就是这个韩昭侯，在韩国遭遇旱灾，蝗虫在庄稼地漫天飞舞的时候，却花大钱修筑了一个高大的城门。楚国大夫屈宜臼说：韩昭侯出不了这座高门。他做这个判断的理由是：韩国时运好的时候，他不去建大门；去年，秦国攻占了韩国的宜阳，今年，韩国旱灾，他不去抗灾减少损失，安抚民众，却花大钱建城门，这叫“时绌举赢”。

“时绌举赢”，即是在衰敝之时，做奢侈之事。

屈宜臼预测很准，韩昭侯在高大城门筑成之后，尚未走出，便去世了。

在司马迁的《史记》里，这之后的韩国几乎没有一年不挨打，没有一年国土、城池不被攻占。至公元前230年，秦国俘获了韩国最后一个国君，韩国的全部国土划归秦国，韩国走到了历史的尽头。

韩国因救赵氏孤儿而积下的“天下之阴德”，至此也不再庇荫。

韩国在战国天下，除申不害为相时，“修术行道，国内以治，诸侯不来侵伐”外，落在司马迁“韩世家”的记载，几乎全是挨打、割地，当然还有其国内的夺权杀戮，诸如“韩严弑其君哀侯”“韩姬弑其君悼公”之类。它之所以“为诸侯十余世”，主要是战国中期之前，强国尚未放大将他国吞并的胆量，如若吞并一国，必遭天下诸侯群起而攻之。司马迁之所以将韩国“为诸侯十余世”的原因，归结为救赵氏孤儿而积“天下之阴德”，是因为他本是儒学大家，他崇尚“阴德”之说。

燕国的解码是“马骨”

燕国在战国七雄中，占有一席。

燕国的老祖宗召公，与周天子同姓姬，周武王灭商纣后，封召公于燕。史载，召公很得民众爱戴，他曾下乡巡察，在一棵棠梨树下，判决刑狱和处理政务，从侯爵到百姓，都很满意。召公死后，民众怀念棠梨树，并写成《甘棠》诗予以纪念。

燕国的北面与蛮貉接壤，国土狭长，被齐、晋包围挤压。从春秋开始，便艰难地生存在强国之间，力量薄弱，无数次几近灭国。

公元前316年，苏秦去世，他的弟弟苏代也从事游说之事。苏代跟燕国的丞相子之是儿女亲家，子之有取代王位的野心，苏代便帮他完成这个愿望。

燕国国王姬哙问苏代：依你观察，齐宣王田辟疆有没有成为霸主的可能？

苏代答：没有可能，因为他不信任他的助手。

史载，姬哙恍然大悟，从此一味信任丞相子之。

接着有人给姬哙进言：人们之所以称赞尧帝贤明，是因为他能把帝位让给别人，假若你能把燕国政权让给子之，不也可以与尧帝一样，名满天下吗？

毫无疑问，这话是苏代授人游说的。

姬哙脑子进水了，满脑子想的是与尧帝一样，名满天下，不假思索便把燕国的大权交给了子之。

又有人进言：夏禹假装禅让，私下里叫儿子启夺取政权。你虽说把国事交给了子之，可所有官吏都是太子的党羽，你这不与夏禹一样，假禅让吗？

这话肯定也是苏代授人游说的。

到这会儿，姬哙的脑子完全被水灌糊涂了，他下令把燕国中级以上的全部官吏，一夜之间全部免职，把国王印信缴呈子之，由子之任命他培育的党羽。

至此，丞相子之坐上金銮宝殿，披上了燕国国王的龙袍。原本的燕王姬哙，反而成了不再过问国事的摆设。

子之在燕国国王的宝座上坐了三年，燕国便开始大乱。齐宣王派人与燕太子姬平密谋，表示齐国愿做他的后盾，灭掉子之。姬平觉得有齐国做靠山，兴奋无比，召集党羽，由将军市被率领，向子之发起进攻。

历史在这个关节点上打了个死结。

市被原是太子同党，率众向子之发起了进攻，可在关键时刻，市被突然反水，调转枪头，向太子姬平发起进攻。这一来，燕国乱得更不可收拾了，双方打来打去，混战数月，数万军民在混乱中死亡，民众不得不在极大的恐慌中逃难。

恰在这时，齐国组成远征军团，大举进攻燕国，燕国边防军见齐国大军来犯，放开边卡；燕国国都见齐国大军来犯，大开城门。齐军如入无人之境，长驱直入燕国首都蓟城，生擒子之，剁成肉酱，顺手把姬哙也杀了。

齐国原本是来侵犯燕国的，在孟轲先生的劝说下，放弃了侵占，撤兵走了。

接替君位的燕昭王，从太多的经历中深思图强之道，他迈开双腿，走出王宫，慰问死者家属，安抚残存的孤儿寡母，自己带领王室成员节衣缩食，与民众同甘共苦，并谱写了“一堆马骨”的历史佳话。

燕昭王想招募天下奇才，帮他出谋划策，以实现他奋发图强的宏愿。他对丞相郭隗说：齐国乘我国内乱，强下毒手，此仇不共戴天。我深知燕国是个小国，力量弱，无法报仇。但我仍希望得到天下奇才，跟他共同治理国家，以求洗刷我们所受的羞辱。你如果发现这样的奇才，我甘愿侍奉他。

郭隗则给燕昭王讲了一个故事，说从前有一位君王，派他的随从带千两黄金，去买千里马。因为千里马早已死掉了，随从便花五百两黄金，把千里马的骨头买了回来。君王看到一堆马骨，大发雷霆。随从则说：死的还出高价，何况活的？千里马不久就会送上门来。不到一年，果然陆续有人送来了三匹千里马。

讲完这个故事，郭隗说：大王如果决心招请贤能之士，请把我当死马，比我贤能的人，都会来为您效力。

燕昭王于是为郭隗大兴土木，建豪华宫殿，并尊郭隗为师傅。司马迁为了表达自己对这种做法的赞美，提笔写道：各国贤能之士纷纷投奔燕国。

郭隗无疑是这“一堆马骨”故事的受益者，他借古人花重金买千里马的故事，自比千里马，张嘴要待遇，并心安理得地从丞相府搬进了豪华宫殿。燕国虽小，但智慧、才华、品行在郭隗之上者大有人在，作为有些学识、才华的郭隗，并不会不知晓，可他一个也没有推荐，而是把国王师傅、丞相的桂冠，连同国家的宫殿，全部揽在自己名下。

燕昭王纳才兴国的心思是真实的，他在为郭隗兴建豪华宫殿之后，又花重金在今河北省定兴县的高里镇修建了一个黄金台，也叫招贤台。黄金台建得很豪华，给前来应召的贤士开出的条件很优厚，令战国天下的有志之士十分羡慕。可以说，黄金台拉开了燕国中兴的序幕，一大批志士贤才来到燕国，其中有战国时期的名将乐毅，有从金、木、水、火、土五行中创立哲学流派的邹衍等。

燕昭王雄心勃起，派乐毅联络韩、魏、秦、赵等国，共同发起对齐国的围殴。当时各国对乐毅都很敬重，乐毅一趟游说下来，不仅赵、魏、韩等国积极响应，连秦国也不甘落后，赵国干脆把军队全部交由乐毅统领。

攻齐战役一打响，秦国率先出兵，吸引并牵制齐国军队的主力，乐毅则统领燕、赵、魏、韩四国军队，直接杀向齐国的纵深。待赵、魏、韩等国军队，在齐国大捞一把财物撤走后，乐毅率燕军继续在齐国征伐，一口气拿下齐国七十余座城池，只剩下莒和即墨两座孤城，还被燕军层层包围。

这时有人进谗言，说乐毅自恃有功，想留在齐国称王，所以故意留下莒和即墨两个孤城，以此为自己在齐国称王讨价。燕昭王很开通，不仅将进谗言的人杀掉，而且给乐毅送去了任齐王的诏书。

乐毅坚辞不受。他是应召到燕国的战将，享受燕国的俸禄，为燕国出力，心底无私，绝无称王的想法。

对齐一战，打得战国天下对燕国刮目相看，燕昭王享受了燕国历史上从未有过的被各国尊重。

但好景不长，燕昭王去世后，接任的燕惠王分不清谗言和诤言，很快疏远乐毅，把他的齐军统帅头衔也撤了，逼迫乐毅离开燕国。

接下来的历史就改写了。被困在即墨城的齐国小臣田单，用奇招引诱燕军上当，发起绝地反击，几乎在一夜之间，把燕军赶出了齐境，被燕军占领的七十余座城池，全部收复。

燕国从此走向衰败、灭亡的不归路。

司马迁特地写道，燕国社稷享受牲牢的祭祀长达八九百年，在姬姓国家中，只有燕国最后灭亡，这难道不是召公的功业吗？

召公八九百年前就去世了，他如果在天有灵，是不会赞同司马迁这么写的！

周王室为解码战国活力背书

舜帝指令大禹治理洪灾，大禹于是在新婚四天后便带领朝野官员，用脚丈量土地，测量高山大川的起源走向。他在外风餐露宿十三年，三次经过家门而不入。十三年后，各大名山都用槎木标明进出路径，大川、水源都已疏导畅通，湖泊、大泽都已修筑堤防。根据治水需要，大禹设置九州，令九州牧用本地产的青铜，按统一规格，各铸一鼎，共九鼎，鼎上铸山川湖泊，象征夏王朝的至尊。后夏桀失德，九鼎迁商；殷纣失德，九鼎迁周。鼎之所在，即天下权力中心之所在，可号令天下，教化民众。

马克思说，普鲁士民众需要皇帝，就像头上要有一个太阳，需要阳光雨露滋润一样。从尧帝开始的华夏子民，也需要上天派遣下来的帝王和天子，作为自己的领袖和教父。而尧、舜、禹乃至后来的周文王、周武王等贤君，倡立并推行的仁义礼智信这一套教化，深得大众的认可和接受，因而帝王、天子在受到民众顶礼膜拜的同时，存放在他们宫室的九鼎，自然被当作王权、尊严的象征，神圣不可侵犯。

公元前606年，即将登顶霸主高地的楚庄王，把军队拉到周天子的眼皮底下，要求在王畿地盘搞军事演习。周定王不敢拒绝，放下身段，派王孙满去慰劳楚军。

面对王孙满，楚庄王问了一个天下霸主才能问的问题。

楚庄王问：九鼎有多大，有多重？

周王朝虽不敢拒绝楚军在王畿重地搞军演的要求，但在楚庄王问到九鼎的时候，王孙满还是保持了一份尊严。他回答说：关键在德不在鼎。现在周德虽衰，但天命未尽。鼎的轻重大小，还是不问为好。

楚庄王扭头走了。

《左传》记载的这个细节，至少说明两个问题：

一个是，春秋霸主的野心，已经膨胀到问鼎了；另一个是，周王朝的天子地位，已经难保了。

历史就是这么往下写的。

事实上，周王朝分封诸侯、教化天下的历史，在周幽王为逗褒姒一笑，烽火戏诸侯，一把火把天下共主的尊严、权威都烧毁时就中止了。

这似乎是天意，司马迁就是这么认为的。

司马迁写道，周幽王继位的第二年，西周大地震，泾、渭、洛三条大河同时枯竭，岐山崩塌。司马迁这么写，是为了说明上天在昭示周朝的灭亡。因为历史上伊水、洛水枯竭而夏亡，黄河枯竭而商亡，泾、渭、洛三条大河同时枯竭，周朝能不亡吗？

接着司马迁把褒姒拉进来，把她写成是上天派下来灭亡周朝的特使。

司马迁写道，夏朝灭亡之前，有两条神龙降落在夏帝的庭院，夏帝叫人占卜，占卜的结果是，杀不行，赶走不行，留下也不行，只有把这两条神龙的涎沫储藏起来，才能躲过这一劫。于是，夏帝摆开祭祀的礼仪，以简策告请神龙。结果神龙瞬间消失，留下一地涎沫，夏帝便着人用箱子收藏起来。夏朝灭亡后，这个箱子传到了商朝，商朝灭亡后，这个箱子又传到了周朝，历经两朝，没有人敢打开。传到幽王的爷爷厉王手里后，他打开了。箱子一打开，涎沫流得满庭院都是，怎么清扫都清扫不净。厉王于是使出怪招，叫宫里的女人全部脱得一丝不挂，对着那满庭院的涎沫乱喊乱叫。这一招果然灵验，流得庭院到处都是的涎沫瞬间收缩，最后变成了一只鼋鱼，蹿到厉王的后宫。后宫一个七八岁的侍女正好出来，碰上了这只鼋鱼，鼋鱼便不见了。小侍女因此怀孕，直到十五岁那年才分娩，生出了美女褒姒。褒姒深得幽王宠幸，她以不爱笑的怪癖，引导幽王把周王朝毁灭了。

如此看来，褒姒不就是上天派来毁灭周朝的特使吗！

周幽王之后的东周，便改朝换代，进入春秋了。进入春秋的周朝，首先上演的是父子追杀。

周幽王的儿子宜臼，被幽王废掉储君地位后，还不放过他，继续追杀。宜臼逃到外公申侯家，幽王便发兵攻打申国。申国便请犬戎帮忙，犬戎一出手，幽王大败，周都镐京沦陷，幽王也崩了。

宜臼被申国、许国、郑国等姬姓诸侯国扶进天子殿堂，史称周平王。而同是姬姓的西虢国把幽王的另一个儿子余臣，也扶进天子殿堂，史称周携王。郑国把西虢国灭了，打落余臣的周携王帽子，让周平王戴上“天下共主”的帽子。但这时的“天下共主”，已经是一面破锣了，诸侯国想怎么敲打，便能怎么敲打。只是老祖宗的礼制传承，使得周王朝“天下共主”的面子用纸糊着。毕竟九鼎还放在那里，有些礼仪上的事情，包括给诸侯国办手续的事，还得让它来做。

但历史向战国走去的步伐是大势所趋，周王朝随势而去，不断用自家的内乱、自毁，诠释走向战国的不归路，同时为战国的活力解码背书。

公元前636年，王子带叛乱，把周襄王打跑了，是晋文公出手，帮周王室杀了王子带，但代价是周王室要将一大片土地送给晋国。晋文公两次召周襄王到河阳、践土会盟，各诸侯都来朝见。这时候的朝见，味道就变了，是朝见周襄王呢，还是朝见晋文公？因为周襄王是晋文公“召”来的嘛！

公元前520年，《左传》载：“王室乱。”周王室之乱，离鲁哀公获麟即孔子绝笔，只相隔不到四十年。这四十年中，吴国被越国灭掉了；鲁国的三桓把鲁公赶跑了；齐国执政的国夏、高张被陈氏家族赶跑了；控制晋国的六大家族打得只剩下四家，接着就是三家分晋了。恰在天下大乱时，“王室乱”来凑热闹了。

周景王宠信庶子王子朝，想立他为太子。周王室的卿士刘献公、单穆公认为不合礼制，刘献公的庶子刘蚠便想把王子朝，连同他的师傅宾起一并杀掉，立另一位王子猛。景王得知后，便以到北山打猎为由，把刘献公、单穆公杀掉。不承想，景王心脏病发作死了，单穆公与刘蚠便把王子猛扶进天子殿堂，号称周穆王，并把王子朝的师傅宾起杀了。接下来便是一片刀光剑影、血腥之灾了。

先是王子朝借周景王安葬之机，召集周灵王、周景王的子孙，以及旧官和百工中受到单、刘排挤打压的人，发动叛乱，对刘献公及族人发起进攻。打打杀杀的慌乱之中，单穆公把周穆王藏在自己的家里。王子朝的同党发起冲击，又在夜里把周穆王抢走。单穆公逃跑后，召集余党杀将过来，一次就杀了周灵王、周景王八个子孙，杀得尸横遍野。王子朝重整旗鼓，又把周王室的刘献公、单穆公两个卿士打得大败，又杀得血流成河……

面对周王室的血腥内斗，各诸侯国都在冷眼看热闹，偶尔有出手相助的，也都是从各自的利益出发，链接历史上的恩怨情仇，鸡一嘴鸭一嘴地左帮右助，把周王室本就极其复杂的各种矛盾纠葛，挑唆得乱上加乱。

周王室就这样向战国走去。

被自毁弄得摇摇晃晃的周王室，各诸侯国都不去朝拜了，周王室叫他们去，也没人听。怎么办？于是太史苌弘想了一招，他在周朝的宫室庭院，设计了一种吓唬诸侯的仪式，名叫“射狸首”。在用装神弄鬼搞一套神秘兮兮的仪式后，点名叫某某诸侯来朝，不来的，用箭射杀。就这样，也没人去看周天子一眼。可能是晋国国君也被当作“狸首”射了，晋国把苌弘捉去砍了。

周王室的另一位太史，就比苌弘聪明。《史记》载，周威烈王在给瓜分晋国的魏、赵、韩三家掌门人办完国君手续后不久，周太史儋晋见秦献公时如是说："始周与秦国合而别，别五百载复合，合十七岁而霸王者出焉。"翻译成白话即是：从前周朝和秦国原是合在一起的，后来分开了，分开五百年后再会合在一起，复合十七年，将有霸王出现。太史儋也许真有料事的道行，也许是看到秦国发展势头很猛，见到秦献公说奉承话。

司马迁还陆陆续续写道："王赧时东西周分治"；"东周与西周战"；"秦取九鼎宝器，而迁西周公于惮狐。后七岁，秦庄襄王灭东周。东西周皆入于秦，周既不祀"。

司马迁说的是，周王室日益没落，再也端不起天子的架势了，存放在周王室的九鼎，被秦国搬到祖庙了，东、西周被秦国吞并，从此断了香火。

可以说，曾经尊严无比、号令天下、教化万众的周王朝，在向战国走去时，用"自毁"做了一件事，即为春秋没落嘉勉，为战国活力解码背书。

虽然周王室为各诸侯国兴起的家族册封对诸侯国无关紧要，但这是名分。"名不正言不顺"嘛！有了经过周王室册封的名分，到了战国打斗征伐，就能举大旗作虎皮了。

第二章　鬼谷子布局的战国天下

鬼谷子心地极其善良，道德操守极高，却写了一本属阴的《纵横学》……

他先把庞涓、孙膑打发下山，用他俩各自高超的军事谋略，挑起战国纷争，把魏国独强，打成天下诸国都强……

他再把苏秦、张仪打发下山，一个推销“合众弱以攻一强”的合纵，一个推销“事一强以攻众弱”的连横，将相互对立的两种推销，统一于战国天下的布局之中……

合纵与连横对弈的结局是：强者助其强，弱者助其亡……

毕竟，中华民族的版图，不是分成无数个小国才好……

毕竟，国家不是越小越好，而是越大越好……

世道逼迫鬼谷子行捭阖

纵横学，主要包括合纵、连横两极。有合纵无连横，即无纵横；有连横无合纵，亦无纵横。纵横即是合纵、连横的对立统一。纵横学的核心，是捭阖。

所谓“捭术”，即是想方设法让对方开口，从中揣摩对方的意图，抓住对方的破绽。

所谓“阖术”，即是择要害处用激烈的言辞令对方无言以对，使其完全听从游说者的主张。

从本质上说，纵横学属阴谋，间或使用阳谋。

纵横学的创始人叫鬼谷子，姓王名诩，又名王禅，战国时期著名的思想家、纵横家、军事家、谋略家。因隐居在卫国朝歌附近云梦山的鬼谷山中，故称鬼谷子。

鬼谷子心地极其善良，他创立纵横学，完全是世道逼出来的，从本质上说，是春秋走到战国时的必然产物。

鬼谷子出身名望大家，父亲王错是魏国重臣，深得魏武侯宠信。在罢相换人的权谋争斗中，王错暗中较劲，罢掉了李悝的丞相之位；在吴起训练出“魏武卒”，力抗强秦，连打胜仗后，素不与吴起交好的王错，又参与并支持对吴起的排挤，最终把吴起挤走了。

可以说，父亲王错，是儿子鬼谷子的第一任老师，虽然王错并没有专门给他上课，但从朝廷的传闻、人事的变动，以及父亲的言谈话语、喜怒哀乐中，天生聪慧的鬼谷子，已经对争权夺势、诬告陷害的权谋之术，有了深切的领悟，并初步形成了自己的理解。

家里的书不够读了，鬼谷子来到西河重镇阴晋求学。这里原是秦国的土地，被魏国反复征战拿下后，设西河郡。为使当地的秦人归附，魏文侯把当时的名士大儒请来河西讲学，有百岁大儒子夏，有子夏的弟子公羊高、穀梁赤、段干木，还有子贡的弟子田子方，形成了儒学史上著名的“西河流派”。

鬼谷子到达阴晋时，子夏已去世多年，鬼谷子师从田子方，学的是纵横学。

田子方讲的是他的老师子贡，运用纵横术搅动天下的故事。

故事发生在春秋时期，是这样的：齐国权臣田常，想抢夺齐国君位，但他担心高、国、鲍、晏四大家族联手反制，便抽调他们几家的军队去攻打鲁国，打算趁机把四大家族灭掉。

为了救鲁，孔子派子贡前去游说。

子贡先去齐国，见到田常后，大说了一番反话。他说的是，鲁国城墙短矮，护城河狭窄水浅，国君愚昧不行，臣僚虚伪无能，百姓厌恶战争，但它是最难攻打的国家。而吴国城墙高大，护城河宽阔水深，士卒百姓同仇敌忾，臣僚满腹韬略，是最容易攻打的国家。

田常认为这是子贡故意耍弄自己，非常愤怒。子贡则不慌不忙地说：国内有忧患，应以攻打强国来转移民众的视线；国外有忧患，应以攻打弱国来平息民众的不满。而齐国的忧患在国内，在四大家族。你真把鲁国打败了，齐国国君得到土地，臣僚得到封赏，这时你对四大家族下手，他们在外征战的军队反扑过来，你难有胜算。而攻打强吴，必久攻不下，且消耗巨大，这样一来，四大家族的势力被削弱了，参加作战的死伤，又使得他们掌握的军力被削弱了，在这种情况下，你去抢班夺权，不就容易了吗？

田常被子贡鼓动得心花怒放，决定攻打吴国。但有一点担忧，齐国四大家族的军队已经向鲁国开去了，往回撤，没有合适的理由，会引起四大家族猜测，要坏大事的。

子贡想好了对策，他叫田常把军队停在鲁国边境，由他出使吴国，鼓动吴国以援助鲁国为名，出兵攻打齐国，然后田常将军队回撤，攻打吴军。

吴国会按子贡的指挥棒转吗？

且看子贡，到了吴国，晋见吴王夫差，如是说：拥有百万战车的齐国，一旦攻打鲁国，那它就成为吴国的劲旅了。救援鲁国，就是救援吴国。救援奉行周礼的鲁国，天下诸侯都会称赞吴国奉行大义，你既高举奉行大义的旗帜，又压制住了强敌齐国，称霸天下也就指日可待了。

吴王又被子贡鼓动得心花怒放，决定打齐救鲁。但他想先打完越国再说，因为越国正蠢蠢欲动，担心它趁吴出兵救鲁而从背后捅吴一刀。

子贡给吴王解释：打弱小的越国，天下会指责吴国不仁不义。而不使越国的祭祀断绝，向天下诸侯显示吴国的仁德，援助弱鲁攻打强齐显示吴国的勇敢，这是天下霸主的作为。讲了这些道理后，子贡出使越国，又去游说越王。

面对越王，子贡是这么说的：吴王这个人，残暴凶狠，大臣难以忍受；吴国连年发动战争，弄得国力空虚，士兵疲惫，百姓苦不堪言。在这种情况下，越王如果假意出兵辅佐吴王，用金钱美女获取他的欢心，用谦卑的言辞满足他的虚荣，他便一定会攻打齐国。如吴国战败，越国兴盛指日可待；如战胜，吴王一定会北上攻打晋国。我告别您之后便去晋国，请晋国配合齐国攻击吴国。到那时，吴国的精锐消耗在齐国，重兵又被晋国牵制，您便可趁机攻打空虚的吴国，一战而得。

越王勾践被子贡鼓动得心花怒放，送给他黄金百镒，宝剑一把，良矛二支，子贡坚辞不受。

子贡回到吴国，汇报做越王工作的情况，给吴王吃定心丸。紧随而至的是越国大夫文种，不仅送来了越国祖先珍藏的步光剑、屈卢矛等宝物，而且请求由勾践带三千越兵，协助吴军攻打齐国。吴王夫差听从子贡的劝谏，收了宝物，接受越国三千士兵，但不让越王勾践同行。

按捺不住了，吴国迅速发起对齐国的进攻。

吴国大军一开，子贡便拔腿出发，走向晋国。

子贡对晋国国君如是说：齐、吴已开战，如吴败，越便会从背后偷袭吴；如吴胜，吴国军队便会向晋国开来。他教给晋国的办法是：做好准备，迎接战斗。

子贡从鲁到齐，从齐到吴，从吴到越，从越回吴，又从吴到晋，从晋回鲁，兜了这么一大圈后，在鲁国静候消息。

消息一个一个传来。

先传来的是：齐、吴在艾陵大战，齐军大败，七个将军及无数士兵被俘；

又传来的是：吴军大举进攻晋国，两军在黄池相遇，晋军率先发起进攻，吴军惨败；

还传来的是：越军渡江袭吴，打到距吴国都城只有七里的地方。撤回救援的吴军，斗志丧失，连城门都守不住，被越军包围了吴王宫，最后吴王夫差被杀，国家灭亡。

儒家大弟子子贡这一圈游说，先骗齐国，再骗吴国，而后鼓动越国、晋国。骗齐，使得强齐衰落；骗吴，使得吴国灭亡；鼓动晋，使得晋国中兴；鼓动越，使得越国称霸。这一圈欺骗、鼓动下来，使得弱小的鲁国，免遭了强齐的进攻。

子贡的这次游说，历史有记载。但作为田子方教学的教材，难免夸大、渲染。

田子方给鬼谷子讲的子贡游说的故事，讲得鬼谷子目瞪口呆，简直不相信自己的耳朵。他子贡可是儒学大家，他这一趟游说，使用的不是欺骗、诈术吗！游说游说，不承想如此力道神通！在此之前，他还从来不曾想过，凭三寸不烂之舌，便能纵横天下，使天下局势发生翻天覆地的变化，好坏之变，瞬间颠倒，上下之位，顷刻坍塌。

从此，鬼谷子迷上了纵横之术。他在西河向公羊高、穀梁赤学《春秋》，了解各国的历史演变；向段干木学辅政权谋之道；还钻研了《孙子兵法》。他认为，这些都是纵横之术最重要的基础，没有这个基础，就不可能拿出真正打动人的说辞来。

在西河学习一年后，父亲王错又把鬼谷子送到了魏国的京都太学。这里各类史书典籍琳琅满目，驳杂丰富。鬼谷子如饥似渴地博览群书，继续做领悟纵横术的积淀。太学还为鬼谷子请了三位老师，一位是精通天道历法的太史皓，他给鬼谷子讲天干地支二十八星宿，再结合天人感应的道理，推算人的祸福吉凶；一位是通晓兵法的司马武，他让鬼谷子对着地图，学习排兵布阵演练；一位是擅长说辞游说的行人强，他教鬼谷子游说的方法、技巧，以及各种不同场景下游说的重点、切入点。三位老师轮流上课，如此坚持了数年，鬼谷子的学业长进很大。精通兵法的司马武，还特地把姜子牙所著的《金版六弢》一书，送给了鬼谷子。诸如“善战者，不待张军；善除患者，理于未生；善胜敌者，胜于无形；上战与无战”等精辟的军事论述，使得鬼谷子如醍醐灌顶，茅塞顿开。

父亲王错，与其他臣僚把吴起逼走后，又参与魏国王子继位之争，做得太过分，被魏王罢黜。王错感到自己在魏国待不下去了，打发鬼谷子到楚国谋生。此时吴起已被王公大臣乱箭射杀，楚国无亲人，也无仇敌，安全无忧。为了生计，鬼谷子扯起一面布幡，上面写着“卜卦”二字，在路边算卦赚钱糊口。凭着他学习积淀的天文地理知识和阴阳五行学识，再加上他练就的三寸不烂之舌，鬼谷子的“卜卦”生意日益红火，找他占卜的人越来越多，盘缠也越积越多。有钱了，他就不专事“卜卦”了，而是迈开双腿，游历到处是青山绿水的湘楚大地。不久，在魏国失宠的父亲王错，得知魏国打算偷袭韩国的消息后，便跑到韩国通风报信，并留在了韩国。鬼谷子只好辗转赴韩。

在韩国，鬼谷子又拜在刑名学家邓玉门下，补上了刑名学这一课。

父亲王错老了，儿子鬼谷子大了，王错想给儿子寻一门亲事，且想攀个高枝。当时韩哀侯的金公主久病不起，四处求医问药皆不见好。有人知道鬼谷子能瞧病，提出叫他去试着治治，治好了，便去做媒，让鬼谷子成为韩哀侯的驸马爷。这正是王错最大的愿望，但并没有跟鬼谷子说提亲之事，只是说去瞧病。

鬼谷子去给金公主瞧病，一来二去，公主的病好了，两个人也瞧上了。经人撮合，韩哀侯也同意，这档婚事成了，鬼谷子成了韩国的驸马爷，开始登上政治舞台，多次随外相出使他国，深得韩国君臣赏识。鬼谷子则把每次出使的情况，特别是在不同国家、不同事由的游说情况记录下来，编成韩国外交的教科书，在臣僚中争相传阅。其中游说魏、楚开战，而使得韩国侵伐郑国大获其利，便是鬼谷子运用纵横之术的杰作。

韩国逐渐强盛起来后，便开始打郑国的主意。而郑国背后站立的是楚国，韩国不是楚国的对手。怎么能在韩国攻打郑国时，楚国不出手救郑呢？鬼谷子把纵横术用上了。

他先是派人对魏武侯说：魏国的叛贼吴起死了，正是魏国向楚国报仇的好机会。楚国一向觊觎中原，对韩、魏更是虎视眈眈。在这种情况下，魏国如果以天子之名出师讨楚，天下诸侯定会一呼百应，韩国更会尊魏国为盟主，倾力相助。魏国被说动了，决心伐楚。

鬼谷子又派人到楚国游说，对楚王如是说：魏国雄霸天下之心不死，向来视楚国为眼中钉。如今吴起死了，魏国认为楚国无人能战了，正加紧准备攻打楚国。韩、魏虽在中原为邻，但魏素有吞韩之意。如楚国出兵伐魏，韩国定助一臂之力。楚国也被说动了，加紧军备，伺机向魏国进攻。

楚、魏果真大打出手，韩国趁机发兵攻郑，结果把郑国的国都攻占了。

鬼谷子在实际中运用的纵横之术，小试牛刀，便使得韩国大获其利。

鬼谷子与金公主成亲后，一开始两个人相亲相爱，小日子和睦温馨。但因鬼谷子擅长游说之术，断不了要作为使节派往他国，且一去便是一月或数月。金公主可能也是耐不住寂寞，便与鬼谷子的一个叫庞喜的门生鬼混上了。此事父亲王错知道，闷在心里不便说，不久便去世了。鬼谷子的好友给他透了口风，自然他也是心知肚明。父亲死了，妻子背叛了，韩国没有什么可留恋的了，鬼谷子离开韩国，来到宋国。

在宋国，大夫高欣把鬼谷子推荐给宋君，被重用。但宋国是个小国，难以在诸多强国中出头，在齐国辩士淳于髡的游说下，鬼谷子转而投奔齐国。

齐国是强国，野心很大，且首先想拿下的便是弱宋。

宋国上下一片恐慌，不知如何是好。有人提出，鬼谷子来宋，是大夫高欣推荐的，如今宋国难保，只好派高欣去找鬼谷子，叫他要么回宋，要么离开齐国。

高欣沮丧极了，硬着头皮叩见齐君，请求将鬼谷子要回宋国，遭到严词拒绝。又见鬼谷子，流着泪对他说：你若不回宋，或不离开齐国，我家三族数十口性命休矣！

鬼谷子心地极其善良，为人也恪守品德。他在听了高欣的流泪诉说后，深深意识到，宋国是断然不能回的，为了高欣三族性命，齐国也是断然不能留的。投奔哪里呢？鬼谷子回想父亲王错在魏国的权谋争斗，回想自己在韩国的婚姻悲剧，不禁仰天长叹：是老天要我远离世俗纷争啊！

鬼谷子离开齐国，来到卫国的云梦山，在一处名叫鬼谷的山涧住下，隐姓埋名。从此，没有王诩了，也没有王禅了，只有鬼谷子。他在这里远离尘世，冷眼旁观，看战国天下的弱肉强食，看君臣争斗的权谋剧变，并在吟山诵水之余，写了一部《纵横》。从此，他心纳天地，收徒传艺，终老鬼谷山涧。

鬼谷子的纵横理论，大前提是观测之术，即了解天下大势，了解各国君主的脾气、性格、嗜好，了解其国家的历史、地理、经济、政治制度、文化习俗、军事实力，以及与其他国家的远近亲疏、矛盾隐患。在此基础上，再使用捭阖之术，其具体的方法是静听，即只听只琢磨，以静制动，了解其意图；反听，即主动发问，用言语试探对方；以己推人，即站在对方的立场，想对方对事物的感受和反应，附和其心，诱使其把想法和盘托出。捭阖术的五种说辞是，平言，即成事之言；戚言，即亲近之言；谀言，即迎合之言；佞言，即谄媚之言；诤言，即谏诤之言。捭阖术的五种忌讳是：忌病，即有气无力、无病呻吟、没有根据的话不能说；忌恐，即六神无主、语无伦次、唯唯诺诺的语气不能有；忌忧，即吞吞吐吐、断断续续、让人生烦的话不能说；忌怒，即条理混乱、钻牛角尖、前后矛盾还力争的话不能说；忌喜，即随心所欲、看到对方上钩便不能节制、夸夸其谈的话不能说。捭阖术的第一要义，是制人而不制于人，重在使用阴谋，间或使用阳谋。其中的“制君之术”“惑乱之术”“背向之术”“离间之术”等，鬼谷子也有深刻的阐述。

毋庸置疑，鬼谷子纵横术的一整套理论，虽然在人们交往的日常生活中多有使用，但上升为一种理论体系，是为儒家、墨家、道家、法家、兵家所不齿的，也是被看重道法修为的人士所摒弃的。

但我们不得不说，鬼谷子的纵横术产生于战国时期，是必然的，也可以说是不可或缺的。世道变了，人心不古，篡权弑君、弱肉强食、尔虞我诈等为春秋所不齿的作为，已经成了战国天下争霸的主旋律。在这样的时代背景下，恪守春秋传续下来的那套礼制，只能挨打，只有灭亡。而要适应世道的变迁，在争霸征伐的战国时代生存下来，发展壮大，就不得不改弦更张，用纵横术去谋道，去拓展。

更何况，泱泱中华总不能由如此众多的小国没完没了地打斗下去吧！春秋已然是多战，战国已然是血战，无论是多战，还是血战，死的、伤的、苦的，不都是普通民众吗！止战、不战，才是天下大幸、民之大福啊！

在鬼谷山涧讲学的鬼谷子，收徒众多，但从鬼谷山涧走出去，搅动天下，把战国风起云涌的历史，搅动得丰富多彩的，有四个高徒：庞涓、孙膑、苏秦、张仪。

且看他们是如何按照鬼谷子对战国天下的布局，演绎精彩故事的吧！

庞涓、孙膑演绎的战国兴衰

鬼谷子打发庞涓、孙膑出山的时候，战国天下的第一强国是魏国，它挟老晋国的余威，东征西讨，几乎打败过所有的对手。它的战略发展方向是东进，占据河北平原。而实力不弱的齐国，是阻止魏国东进的主要劲敌。虽然魏、齐两国没有发生大的正面冲突，但明争暗斗，使得表面相安无事的局面极其脆弱。鬼谷子把两个高徒庞涓、孙膑打发出去，率先挑起的，即是魏、齐争斗的表面化。

遇羊而荣

鬼谷子先打发走的是庞涓，他对庞涓说：我在谷林散步时，见一阵狂风将落叶卷起，我随即占了一卦，发现这是你发迹的征兆，你可以下山了。并着他找一株花草，再占一卦。

庞涓找来一朵马兜铃，这种花生性娇嫩，每朵十二瓣，明月夜开，遇太阳便萎谢凋零。

鬼谷子给庞涓算的是：他将发迹十二年；马兜铃生长于鬼谷，遇日便萎，“委”与“萎”相通，旁边加个“鬼”字，便是“魏”字，说明庞涓发迹的地方是魏国。

此时魏国正招贤纳士，庞涓想去的正是魏国。告别鬼谷子时，庞涓再请指教，鬼谷子便送他八个字："遇羊而荣，遇马而卒。"

庞涓要走了，孙膑十分留恋。庞涓说：待我做了官以后，一定请你下山，与你共享荣华富贵！我若不履行诺言，死于乱箭之下。

庞涓来到魏国，刚踏进宫门，正赶上魏惠王用膳。王宫厨师用大盘盛了一只蒸肥羊路过，庞涓不禁大喜，这不正是"遇羊而荣"吗！

魏惠王问庞涓所学，庞涓意气风发，说跟鬼谷子先生学兵法谋略，不仅将先生所传全牢记于心，而且触类旁通，有自己的领悟和心得。

魏惠王问：我魏国东邻齐国，西邻秦国，南有韩楚，北有赵燕，这些国家对魏国虎视眈眈，赵国还抢走了中山国，这该当如何应对？

庞涓答：大王如用微臣为将，定能战必胜，攻必克，攻灭六国，兼并天下，也如探囊取物！

魏惠王觉得庞涓口气太大，讥讽他大言不惭。

庞涓则夸下海口：如不操六国于手掌之中，愿提头来见。

敢夸如此海口，魏惠王很高兴，拜庞涓为上将军，兼任军师。庞涓则把儿子庞英，侄子庞葱、庞茅统统召来，统统任命为将军。

首先要做的，当然是练兵。庞涓按鬼谷子先生所教，排兵布阵，反复演练战阵之法。魏国在吴起统兵时，练就过"魏武卒"，军队素有勇战遗风，经庞涓捡起来再练，不多时日，便练就了魏军强大的战斗力，且求战热情高昂。

魏国逼走吴起，又逼走商鞅之后，国内政治萧条，军队疲弱，被庞涓练出军队的精气神后，从国君到民众都眼睛一亮。庞涓则从国人的眼光中，看到自己已经在魏国站稳脚跟，于是主动发起对魏国周边小国的侵伐。伐卫，取得大胜；伐宋，又大胜而归。打得体量不小的鲁国、郑国日益恐惧，相约卫、宋一起来魏国朝觐。

这可是魏惠王不曾想到的，四国来朝，尊他为老大，把魏惠王乐坏了，臣僚及国人也喜不自禁。

在举国上下庆贺欣喜的同时，魏国上至国王，下至黎民，都把目光聚焦在庞涓身上，认定他是魏国兴盛的中流砥柱。

庞涓确不负众望，在之后不久齐国军队犯边时，庞涓率军出击，把齐军打得落花流水，落荒而逃。

这一来，魏惠王对庞涓更加倚重了，连连给他加爵授封。而庞涓在一连串的胜利面前，自信心加速膨胀，战必胜，攻必克，成了他日常的自我夸诩。

在取得巨大成功的同时，庞涓想起了孙膑。同窗学习数年的孙膑，此时是不是还像往常那样，成天面对山涧的日升日落，听着溪唱虫鸣，数着花草枯荣？他想起与孙膑临别时的诺言，自己已经发迹了，得兑现承诺，请孙膑下山来享受他带给他的荣华富贵。于是，庞涓以孙膑是孙武后人为由，向魏惠王举荐，请孙膑出山。

改宾为膑

庞涓在魏国资望飙升，尤其是连打胜仗、很受魏惠王倚重的情况，深居鬼谷山中的鬼谷子和孙膑也都知晓。孙膑只是一味地为庞涓高兴，当然也免不了有点酸溜溜。同门师兄，一个海阔天空，宏图大展，一个还隐居在崇山草木之中，能不发酸吗？而鬼谷子心里怎么盘算的，没有流露。因为庞涓下山去魏国发迹，在他对战国天下的布局之中。恰在这时，庞涓请孙膑去魏国的送信人，来到了鬼谷山。

仍如庞涓出山时那样，鬼谷子叫孙膑采一朵花来，为他占卦。此时寒风萧瑟，百花凋零，孙膑在山涧找不到鲜花，便把插在花瓶的一朵菊花拿来了。

鬼谷子沉吟良久后说：此花虽已残折，但它本性耐寒，经霜不落。你此番下山，就如此花，虽有苦难，但终能化险为夷。你把它放回花瓶吧，这预示着你将回到自己的祖国齐国，并成就一番事业。说了这番话后，鬼谷子将孙膑原名的“宾”字，左边加个“月”字，改为“膑”。

"膑"，是古时一种砍足的刑罚。

孙膑不知鬼谷子为他改名的用意，只是服从。

临别前，鬼谷子交给孙膑一个锦囊，嘱他万分危急时，方可打开。

虽然叫庞涓、孙膑采花占卦，是民间传说附会，但鬼谷子会占卦、有神算是真实的，否则，搅动战国天下布局的，不可能都出自他的门下。

孙膑来到魏国，庞涓隆重迎待。魏惠王欲封孙膑为副帅，在庞涓的领导下同掌兵权，庞涓则提议拜孙膑为客卿。因为客卿上朝时坐第一区，地位仅次于庞涓；还因为客卿可参与朝政议事，且不用施以臣子之礼。

这个安排，体现了庞涓对孙膑的尊重。

孙膑的到来，庞涓非常高兴，两个人来往甚密，少不了把酒言欢，高谈阔论，也少不了对天下大势的分析判断。当谈到兵法之道时，庞涓发现，孙膑的军事理论非常精到，头头是道，高他一层。庞涓于是向他打听，这些军事理论是从哪里学来的？此时的孙膑毫不设防，说鬼谷子先生叫他看过《孙子兵法》，先生还对该书有详尽的阐述。

庞涓听了，心头一惊。

尤其是魏惠王让庞、孙二人演练阵法时，庞涓布置的阵法，孙膑一眼就看穿，并能立即拿出破阵的方法来。而孙膑布置的阵法，庞涓看不懂，不得不私下向孙膑询问。

这对庞涓是更大的刺激！

《史记》载："膑至，庞涓恐其贤于己，疾之，则以法刑断其两足而黥之，欲隐勿见。"

《史记》的记载，给人以巨大且合理的想象空间。

可以想见的是：孙膑的祖籍是齐国，有人便借此做文章，告发孙膑是齐国派来的间谍，被魏惠王打进大牢，剜去双膑，脸上刺字。

可以想到，这个告发孙膑的人，不会是他人，而是庞涓！当然，他不会亲自告发，而会指使他人。因为孙膑是庞涓请来的，虽然此时的庞涓在魏国资望飙升，深得魏惠王宠信，但把个齐国的间谍请到魏国，朝野上下能不对庞涓产生怀疑吗？但庞涓不惧怀疑，他宏大的志向，决定了他另有更大的图谋。

因为知道孙膑是孙武的后代子孙，还知道孙膑读过《孙子兵法》，以及鬼谷子先生的传授，可以想见的是，野心膨胀的庞涓，必然要想方设法从孙膑的心里把这些理论挖出来。

一旦这些军事理论到手，战国天下的战将就都不是他庞涓的对手了。而懂这些军事理论的孙膑，已是一个废人，站都站不起来了。

此时的孙膑，还对庞涓没有丝毫怀疑。庞涓常去看他，可怜他，慰问他，派人侍候他，孙膑感激涕零。庞涓叫他把《孙子兵法》及鬼谷子的阐述写出来，孙膑忍着疼痛，搜肠刮肚地回忆，把凡是能想起来的，一一写下来。

写着写着，孙膑觉得不对劲。他来魏国时间很短，没有与任何人结怨；他在魏国既无亲人，也无朋友，与他交往的只有庞涓一人；加之他与庞涓同窗多年，对他的品性、胸襟、气度、野心多有了解，会不会是庞涓为得《孙子兵法》而陷害自己呢？

孙膑不愿意把怀疑聚焦在庞涓身上，可分析来分析去，聚焦庞涓的疑点又化解不开。纠结万分、痛苦难挨之际，他想起鬼谷子老师的嘱咐，打开锦囊。

锦囊一打开，“诈疯魔”三个字，使孙膑全明白了。

原来，把“宾”改为“膑”，全在鬼谷子先生的神算之中啊！

这之后，孙膑就“疯”了，把写成半截的《孙子兵法》毁了，胡言乱语，且哭且唱，吃到嘴里的东西全吐出来，吐出来又拿起来吃。庞涓来看他，他不知道庞涓是何人。庞涓想试探他是否装疯，着人把他扔到猪圈，他便与猪同吃同住，并当着庞涓的面，大口吃起猪粪来。

庞涓叹息一声走了，他相信一个人如果没疯，是不会吃猪粪的。但他还是嘱咐手下，要严加看守。

据传，鬼谷子对此了如指掌，他特地请墨家大师墨子设法营救孙膑，并经过墨子的弟子禽滑厘，把孙膑从猪圈救出，送到了齐国。

田忌赛马

孙膑到达齐国后，洗澡更衣，见到了大将军田忌。田忌早就钦佩孙膑，孙膑一到，便拜为上宾，留在自己的府上。

齐国人有个爱好，即赛马，上至国王，下至庶民，都钟情于赛马。只是平民百姓把自己喂养的马牵出来比个胜负，图个乐和；而有钱人家，特别是贵族，则在赛马场砸大把的金钱，用赛马进行赌博。

齐威王爱赛马，他的马是从齐国各地挑选出来的好马。大将军田忌也喜好赛马，他的马虽然也是从各地挑选出来的，但与齐威王的马相比，要稍逊一筹。因而齐威王与田忌赛马，田忌屡赛屡输。输掉大把的赌资不说，关键是面子上不好看。

齐威王偏偏爱点名与田忌赛马，而田忌早就憋了一股劲要赢一回。

再赛马时，孙膑给田忌支了一招。

孙膑的这一招，是在深入研究齐国的赛马规则后支出来的。

齐国的赛马规则是，双方各出三匹马，三场比下来，胜两场者为赢家。孙膑叫田忌将过去上等马对上等马，中等马对中等马，下等马对下等马的出场顺序，改为用下等马对齐威王的上等马，用上等马对齐威王的中等马，用中等马对齐威王的下等马。这一调整，从理论上看是能够取胜的。

但有两点很关键：一是摸清齐威王上、中、下等马的出场顺序，以便有的放矢地应对；二是田忌的上等马对齐威王的中等马，中等马对齐威王的下等马有没有胜算。齐威王虽最有条件在齐国各地挑选好马，但大将军田忌，并非等闲之辈，也能从全国把好马选来。经过周密谋划，田忌准备好了对策，就等齐威王下战书了。

齐威王赛马的战书一到，田忌立即响应。

赛场上人山人海，齐威王率文武臣僚全来观赛。第一局，齐威王的上等马赢了，高兴得他嘴都合不拢；第二局，齐威王的中等马输了，他笑不出来了，等着第三局的胜利到来；第三局，齐威王的下等马又输了。齐威王大惑不解，他可是抱定必胜而来比赛的，过去也都是他创造的全胜纪录，怎么这次输了呢？他在把大把赌资交给田忌的同时，问他怎么赢的。

田忌于是向齐威王推荐了孙膑，见面一谈，十分钦佩，被奉为皇家教师。

孙膑于是在自己的家乡齐国，站上了施展才华的重要舞台，为鬼谷子老师对战国天下的布局，演绎了惊心动魄的历史大戏！

围魏救赵

公元前354年，赵国进攻卫国，夺取了卫国的漆及富丘。卫国是魏国的盟国，盟国受侵，不能不管，于是，魏国以庞涓统兵，率军入卫，打得赵军节节败退，退到赵国境内。魏军仍不罢休，穷追猛打，直打到赵国国都邯郸，把邯郸围了个水泄不通。

赵国危在旦夕，只好向齐国求救。

齐、赵两国多有积怨，赵国多次进犯齐国的情景，朝野上下记忆犹新。

齐威王召集臣僚讨论时，主张救赵和反对救赵的两种意见互不相让。不救有不救的道理，但若不救，势头正猛的魏国，吞并赵国，再征服韩国，重复春秋时三晋合一的盛况，那么齐国就必是它下一个征服的目标。如此下来，齐国不仅不可能在战国的天下崛起，甚至连祖先的祭祀都得断了。

齐威王决定救赵，任命孙膑为统兵大将，孙膑辞不肯受，理由是自己是个残疾人，身为主帅，不能树立军队的威严。齐威王又改任田忌为帅，孙膑为军师。因膝盖骨被剜，孙膑不能似其他将领那样，站在战车之上，只能安坐于辎车之中，不能穿战袍甲胄，而是穿一身长袍大袖的儒冠儒服。

田忌手下有八万大军，他打算长驱直入，打到邯郸城下与魏军战斗。

孙膑不同意，他说：丝线缠作一团，要解开，就不能不顾起止头尾胡乱撕扯；两伙人打架，要想止斗劝和，就不能跳进去亲自搏斗。而要解决问题，必须找到纷繁乱象背后的症结。如今庞涓统魏军主力在邯郸大战，留在魏国国都大梁的，必是老弱之旅，我们如果批亢捣虚，军指大梁，并派人把大梁被围的消息散播出去，庞涓听到后，必放弃攻赵而回兵来救，如此，赵之围自可化解。

孙膑非常谨慎，这毕竟是他来到齐国后，第一次作为军师在战场上亮相。直捣魏国大梁，必能解邯郸之围，但庞涓气势正盛，回援大梁的速度一定很快，而齐军回撤途中，很可能与魏军遭遇，双方打起来，齐军没有胜算。于是，孙膑在把军队开往魏国大梁的途中，布下了一招迷惑庞涓。齐国军队进攻大梁之前，佯攻魏国的平陵。平陵是魏国大梁的东面屏障，它的南面是宋国，北面是卫国，果真进攻平陵，宋、卫作为魏国的同盟，必然出手相助，切断齐军的运粮通道，这仗就没法打了。

这无疑是排兵布阵的败招。正是这一败招，使得庞涓大上其当。他认为这是围歼齐军的天赐良机，因而从邯郸撤出，下令军队抛弃战车，改用骑兵和步兵追击，嫌速度太慢，又把大部分辎重粮草丢弃，以轻装昼夜兼程，朝齐军追击。

就在庞涓率军必经的桂陵，齐军设下埋伏，待魏军进入陷阱后，田忌一声令下，齐军四面出击。魏军丢弃了战车，只有少数人骑马，绝大多数人徒步，加之长途奔袭，昼夜兼程，十分疲惫，战斗力锐减。而齐军乘坐战车，冲进魏营，横冲直撞，辗死战死的魏军不计其数。

关键时刻，庞涓保持了一份冷静，他认真观察战场态势，发现东面山区齐军力量薄弱，便将魏军收紧，而后向东面发起猛攻，撕开一个口子，使得魏军突围出来。

桂陵一战，是庞涓与孙膑的第一次交手，庞涓虽然中计，牺牲了很多士兵，但主力犹存。齐军也没有恋战，迅速回撤到齐国。

两弟子的这番交手，隐居鬼谷山涧的老师鬼谷子了然于心，他站在鬼谷山涧的冷月下，久吟无声。

遇马而卒

桂陵之战十二年后，山转水转，庞涓与孙膑又在战场上相遇了。

这十二年，是庞涓憋足了劲要打败孙膑的十二年，十二年的憋劲，使得他训练的“魏武卒”战斗力更强，成了战国天下无与匹敌的劲旅。

这十二年，孙膑似乎在等待，事实上也只能等待。他在齐国的声望，远不如庞涓在魏国的声望。但围魏救赵这一仗打得漂亮，齐威王更加宠信田忌、孙膑，把兵权交给了他二人，使得丞相邹忌心生妒忌，埋下了围绕田忌、孙膑与邹忌权谋争斗的祸根。

而此时的战国天下，秦国正处于历史的关键时刻，商鞅正在秦国大刀阔斧地进行变法，无暇顾及天下纷争。而魏国又与赵国结盟了，为了各自的利益，联手向韩国发起了进攻。公元前341年，魏、赵联军已经在韩国国都新郑郊外叫阵了。

韩国无他国可求，只有向齐国求救。

救不救？三种意见。以丞相邹忌为代表的保守派，认为不必蹚这个浑水；以大将军田忌为代表的主战派，主张发兵救韩，彰显国威；另一派只有一人，即军师孙膑。

孙膑的意见是：韩国必须要救，若不救，即是弃韩肥魏。如果是这样，战国的天下，就没有谁能抵挡魏国军队的侵伐脚步了，齐国也只能向其俯首称臣。

如何救？这是魏国君臣最想听的意见。

孙膑的意见是：缓救。他解释道：告知韩国，齐国一定发兵救韩，激励韩国全力抗魏。待魏国军力在韩国的拼死抵抗下衰减时，再发齐兵救韩，以小的代价去获取大的战果。

韩国仗着齐国出兵来救，倾全国之力，顽强抗击魏国，虽然在庞涓统领的“魏武卒”面前，韩军连战连败，但韩国决不放弃，仍败了再战。直到韩国国都新郑即将沦陷时，齐国的大军才投入战斗。

大将军田忌打算率军直入韩境，与魏军决战，被孙膑阻止。他给出的战役部署，还是老战法，围魏救韩。于是，齐军直奔魏国大梁开进。

庞涓得知后，迅速撤军回救，但他经过十二年的憋气、憋劲，对付孙膑的战法，想了一套又一套。这次回撤到魏国后，庞涓变得极其谨慎，他没有向齐军发起追击，而是静观其动。

显然，庞涓在想对付孙膑的战法，而孙膑也没有放弃谋划如何对付庞涓。这同门师兄弟的斗智比拼，在这一刻达到了顶峰。

孙膑说道：兵法云，“百里而趣（趋）利者蹶上将。五十里而趣利者军半至”。翻译成白话是：以一百里的速度急行军，会跌倒上将；以五十里的速度急行军，士兵死亡逃散，到达目的地，最多保持一半。正是依据这一兵法理论，孙膑使出了牵着庞涓鼻子走进陷阱的高招。

齐军向大梁方向走了，留下满地安营扎寨的痕迹。庞涓派人数齐军留下的军灶，足够做十万人的饭。齐军如此之多，使得庞涓更加谨慎。

第二天，庞涓又派人数齐军留下的军灶，这次只够做五万人的饭。庞涓一愣，面露笑容。

第三天，庞涓又派人去数灶，这次只够做三万人的饭。庞涓忍不住仰天大笑大吼：这是魏王的洪福啊！

随庞涓作战的魏太子申，不解庞涓为何如此高兴。

庞涓解释道：齐军入我魏境才三天，士卒逃亡即已过半，这不正是全歼它的机会吗！

孙膑则不断派人打探庞涓大军的消息，得知魏军已过沙麓山，正日夜兼程追来，屈指计算行程，料定日暮时分魏军能赶到马陵。而马陵道在今邯郸的大名府东南，夹在两山之间，山上树木丛生。于是，孙膑请田忌下令，将道路两旁的大树全部砍倒，横放路上，只留一棵大树，将树皮刮去一块，用黑炭书写八个大字：庞涓死于此树之下。

按孙膑的部署，齐军挑选上万弓弩手，在马陵道两边的山上埋伏，给他们的命令是：只要树下火光亮起，立即发箭射击。再令田婴引兵一万，在离马陵不远处埋伏，待魏军通过后，再从后截杀。

庞涓率军穷追不舍，到达马陵道时，恰是日落西山。其时十月下旬，天黑得早。先头部队被横在路上的树木阻塞，庞涓令移开。抬头见一棵未砍的大树被剥去一块皮，露出白色，上面隐约写有字，庞涓叫人点火来看。

火光一点，“庞涓死于此树之下”八个字看清了，铺天盖地的飞箭也同时射来。

庞涓深知已经中计，但尚未做任何反应，数箭已经射到了他的身上，他从马上摔下，被人扶起，稍一镇定，便抽出佩剑，刎颈而亡。魏军大败，死伤无数，魏太子申被生擒。

庞涓死前，有没有想起鬼谷子先生所说的“你将发达十二年”“遇羊而荣”“遇马而卒”的话来，不得而知；有没有想起孙膑被他陷害，剜去双膑，自己是什么感受，不得而知。司马光的《资治通鉴》写道，庞涓临死说：“竟然教白痴成名！”这么写来无法令人相信。因为利箭射向庞涓的速度太快，他拔剑自刎的速度太快，因而在他行将结束生命之前，他对自己的人生放在战国天下的感悟，哪怕是感叹，都不可能浓缩成一句话说出来。这当是历史的一大遗憾！因为他那时说的，将是最深刻的、最真实的！还因为，他是战国前期最伟大的军事家、战略家、政治家之一，他在生命结束之前所说的，将是对战国天下发展走势最深刻的阐释，能省去这之后历史学家无休无止的猜测。

孙膑与庞涓博弈的这一段记述，孙膑始终是受历史学家，包括普通读者同情的对象，因为同情，所以有对他人性诚善的认同，这当然离不开对他祖先孙武认同的因素。据传，孙膑感念与庞涓的同门师兄之情，命人将庞涓的尸首装殓后，亲手将其火化，并着人将其骨灰送往云梦山鬼谷涧。

这一切，都在鬼谷子对战国天下的布局之中，他最器重的两大弟子，孙膑被剜去双膑，庞涓被乱箭射杀的结局，在他拈花占卜的神算中都算到了。因而史话演义，有了“遇羊而荣”“遇马而卒”等与神算契合的故事。虽然这些故事很是牵强，比如“遇马而卒”的“马”，漫山遍野都是，庞涓会不遇吗？作为魏军统帅的庞涓，十多年间几乎没有停止过骑马作战征伐，他不是屡战屡胜吗，何至于这个“马”定是马陵道的“马”呢？但不得不说，真实的历史故事与演义的历史故事之间，有某种合乎逻辑的联系，这个联系，就是想象联系，就是智慧联系，更是人们割舍不去的历史情结！

在战国时期创造过“围魏救赵”“减灶诱敌”等经典战法的伟大军事家孙膑，在庞涓死后，便消失了，再也没有精彩的战争演绎。这也是个历史之谜！

但放在鬼谷子对战国天下的布局中看，似乎孙膑的历史使命完成了。因为马陵道一战，不仅是魏国由盛转衰的转折点，也是战国天下由魏国独强，进入诸国都强而争霸征伐的转折点。

因为，只有诸强混战，历史才能在连年的混战之中，反复筛选出独霸战国、一统华夏的帝国来。

这似乎也在鬼谷子下一步的布局之中！

苏秦、张仪对弈的天下纵横

鬼谷子在两个高徒——庞涓、孙膑完成他布局战国天下第一阶段的使命后，又派出两个高徒，一个是苏秦，一个是张仪，去演绎他战国天下布局的第二阶段使命——纵横天下。

问题是，为什么要在战国诸强的混战中，派苏秦、张仪去游说纵横？

答案是，不游说纵横，战国天下诸强混战的烽火，将没完没了地燃烧下去，虽然燃烧到最后，也可能会产生一个天下一统的大国，但连年战火燃烧，天下生灵涂炭，可就苦了庶民百姓。而派苏秦、张仪去游说纵横，便可在较短时间里，把没有能力担当天下一统的国家，从战国打斗中抹去，使有条件担当天下一统的国家，在华夏版图上迅速崛起。简而言之，即是叫当败者败，助当兴者兴，以尽快结束多国混战，使黎民百姓在较短时间里获得和平安生。

九州一盘棋，七雄为棋子！苏秦、张仪则是按鬼谷子的布局去下棋。

这，似乎才是隐居云梦山鬼谷涧的鬼谷子，对战国天下的大布局，大构建！

苏秦、张仪拜鬼谷子学纵横术多年，在孙膑出山之后，他俩也想出去闯荡。接续庞、孙二人出山时的历史演义，鬼谷子还是那一套，叫他俩分别采两朵花来，为他们占卦，占得的卦爻是：苏秦先吉后凶，张仪先凶后吉；苏秦很快就会发迹，张仪则晚几年才大有作为。

鬼谷子还占得苏秦、张仪水火难容，定有相互攻伐之事，因而嘱咐又嘱咐，叫他俩定要互让，切莫伤了感情。

苏秦、张仪拜别老师鬼谷子，同时出山。

鬼谷子从此不再收徒，在历史上遁迹。

苏秦挂相

苏秦，河南洛阳人，告别鬼谷子后，把游说的目标瞄向秦国。秦惠文王可不是轻易能见到的，于是苏秦变卖家产，用于疏通关系。

变卖家产，招来全家上下的不满，但苏秦主意已定，特立独行，硬是把家产卖掉上了路，终于见到了秦惠文王。

第一次见到秦惠文王，苏秦表现得过于急切，口若悬河，滔滔不绝，把鬼谷子老师教的“捭阖术”全忘了，“制君之术”“惑乱之术”“离间之术”“背向之术”等让对方开口、上当的“捭术”，以及反制对方，令对方无言以对的“阖术”，全没用上。他对秦惠文王说：秦国的南面有巫山、黔中为屏障；东面有崤山、函谷关为险塞；现又占据巴、蜀、汉中等地，土地肥沃，物产丰富；秦国的战马来自北方外族，日行千里，能征善战。苏秦摆出这些秦国称霸天下的优异条件，无非是要说明，只要秦惠文王采纳我苏秦的谋略，秦国即可一统天下。

这一套太直接了，完全背离了鬼谷子教的“捭阖之术”。

秦惠文王教训苏秦：羽毛不丰满不能高飞，法令不完备不能实施赏罚，德行不高的君王不能统治万民，政治教化必须上顺天意，下合民心。你苏秦还嫩了点，讲的这套大道理，在当今时局下行不通。

话说到这个份儿上，不好再谈下去了。可苏秦不肯轻易放弃，他好不容易见到秦惠文王，变卖家产的钱为打点秦惠文王身边的人，花得所剩无几了，因而他缠着秦惠文王说，“一将功成万骨枯”，要想称霸天下，不打仗不行。并搬出神农攻打补遂，黄帝攻打蚩尤，虞舜攻打三苗，夏禹攻打共工，商汤攻打夏桀等远古的战例，为自己的说辞辩护。

秦惠文王终于忍不住了，大手一挥，转身而去。

为了游说秦惠文王，苏秦把后半生当赌注全押上了，不能因他大手一挥而作罢，于是，他一连十次上书，陈述自己的谋略主张，以此想说动秦惠文王。结果伏案书写奏疏，连黑貂皮大衣都磨破了，也不见秦惠文王一个字的回应。

变卖家产的全部盘缠花光了，在秦国也待不下去了，他只好垂头丧气地回家。

《战国策》载：苏秦游说秦惠文王失败后，“羸滕履蹻，负书担橐，形容枯槁，面目黧黑，状有归色”。翻译成白话就是：苏秦用破布绑着小腿，穿着草鞋，背着书籍，挑着担子，面目黝黑，形容憔悴，一步一步地往家走去。

更凄凉的是，苏秦狼狈归来，嫂子做饭，人人有份，唯独没有他的；父母吃饭，不看他一眼；妻子不下织机，仍旧织布。这对苏秦是极大的刺激，进一步激发了他奋发作为的雄心壮志。

不管家人的冷漠、白眼了，苏秦奋发读书，尤其反复研读姜太公的《阴符》。姜太公垂钓用的是直钩，这明明不是钓鱼，而是钓周文王，愿者上钩，最终得到重用，帮助周文王成就了霸业。

这直钩垂钓，与“捭阖术”之间究竟是个什么关联？苏秦久思不得其解，那就从《阴符》中去领悟吧！《阴符》言简意赅，但寓意深远。苏秦苦读揣摩，常常读到深夜。为防止自己读累了打瞌睡，他预备了一把锥子，一打瞌睡，就用锥子在自己的大腿上扎一下，瞌睡越浓，扎得越重，常常扎得血流至足也不知晓。

一年多后，苏秦自认为深刻领悟了《阴符》，决定再次出山。《战国策》载：苏秦无限感慨地说：“此真可以说当世之君矣！”

那意思是说，他已领悟到《阴符》的真谛，可以游说天下而畅行无阻了。

公元前333年，苏秦来到燕国。他原是去赵国的，被赵肃侯的弟弟奉阳君挡了驾，只好转道北上，到燕国，见到了燕文侯。

燕文侯也是懒得见苏秦的。燕国的东南有辽东，北面有林胡、楼烦等少数民族部落，西面有云中、九原，南面有滹沱河、易水河。燕国南面的碣石、雁门一带土地肥沃，连年丰产；北部土壤虽贫瘠，但盛产红枣、板栗。苏秦跟燕文侯开玩笑说，燕国即便不收庄稼，光红枣、板栗也能养活百姓。关键是，赵国是燕国免遭强国入侵的强大屏障，在苏秦见到燕王之前，秦、赵打了五仗，赵胜三仗，秦胜两仗，檑木滚石、刀光剑影杀得尸横遍野，燕国冷眼旁观，不参战，也不助威，坐山观虎斗，自身的利益丝毫无损。因为这个原因，燕文侯这个国君当得很悠闲，很自在。当然，他也有心交结秦国。毕竟秦国崛起得最快，也最霸道，以为交结这样一个强国，能对自己进行保护。

苏秦的游说，直指燕国要害。

他说：燕国夹在秦、赵两个虎狼国家之间，秦国穿越云中、九原，再翻越代郡和上谷，长途跋涉，劳师远征来攻燕，划不来，即便占领了燕国，也守不住。而赵国就不同了，它的几十万大军，一个早晨就能开进燕国的东桓，不出一日就能渡过滹沱、易水，不出半月燕国就要改姓赵了。

燕文侯从来没有想过这个问题，听苏秦这么一说，惊出一身冷汗。

见燕文侯进入他的谈话圈套，苏秦才亮出真招——合纵，即“合纵弱以攻一强”。秦国是“强”，燕、赵、齐、楚、韩、魏是“弱”，“弱”合纵而连为一体，共同抗强秦，则必胜；“弱”合纵为一体，还可防止相互攻伐，如此，燕国也就安稳了。

燕文侯大喜过望，把丞相印信交给苏秦，同时赠给他香车宝马和大把的钱财、宝物，催他赶快上路，去游说赵国。

再去赵国的苏秦，已披上燕国丞相的官服了，赵肃侯不得不见。

他给赵肃侯讲的大道理是：国君最重要的莫过于让百姓安居乐业，远离战祸。而在纷乱的战国天下，要想远离战祸，最重要的是搞好邦交。

在讲了这样一番大道理做铺垫后，苏秦替赵国分析：战国天下，秦、赵、齐、楚最强，如果赵国与齐、秦开战，受苦的是赵国百姓；如果赵国联秦攻齐，受苦的还是赵国百姓；如果赵国联齐攻秦，受苦的依然是赵国百姓。而如果赵国与齐、楚等国家建立“合纵”联盟关系，那么，不仅赵国百姓不会遭受战祸之苦，而且为了表达对赵国的感激，燕国会向赵国贡献盛产毡裘狗马的土地，齐国会向赵国贡献盛产鱼盐的海湾，楚国会向赵国贡献盛产橘柚的果园，韩国、卫国、中山国会拿出土地作为赵国的汤沐地。

为了阐明“合纵”的战略意义，苏秦划分了多种战略假设，即：假若秦国攻击楚国，齐、魏就能派军支援楚国，韩军就能立即切断秦国的粮道，赵军就能南渡漳河夹击秦军，燕军就能在常山以北出兵攻秦，如此，秦军没有不败之理。当然，苏秦还假设了秦国攻打魏国、齐国，特别是赵国时，“合纵”同盟国出兵切断秦军粮道、设伏分割秦军主力、偷袭秦国国都等战略预案。

苏秦的这番战略假设，说得赵肃侯欣喜万分，他也像燕文侯一样，将丞相印信交给苏秦，同时赠给他香车宝马和大把钱财，催他赶快上路，去游说楚、齐等国。

苏秦坐着开往楚国的香车没走多远，秦国大军向魏国开战的硝烟飘过来了，硝烟夹带的信息是：魏军主将龙贾被擒，雕阴已陷，秦国大驱军马，正向东挺进。

拖住秦国大军东进的步伐，是构建“合纵”联盟的关键！

怎么办？

苏秦打道回赵，想出了一个妙计！

巧诱张仪

张仪是苏秦的同门师弟，魏国人，出身庶民人家，不甘受穷，以学习为业，企望出人头地。就在庞涓、孙膑在战国名声大噪时，张仪登上云雾山，拜鬼谷子为师，专攻纵横之学。张仪学成出山后，去了楚国。

在楚国，虽然张仪能说会道，口若悬河，但终究未能与楚王相见，只是在楚国丞相府栖息下来，以谋士身份混口饭吃。

一次宴饮，楚相向众人炫耀一块美玉。这块美玉温润透亮，十分珍贵，大家争相传看，赞叹不已。因为人多，还因为大家都喝了点酒，传着传着美玉不见了。楚相当场下令搜查，查来查去也没有查着。查不着，大家便用心来查，心查的结果，聚焦在张仪身上。因为出席这次宴饮的人中，张仪最寒酸，加之他平时夸夸其谈，不讨人喜欢，所以人们都认为是张仪偷了。

张仪确实没偷，他挨了几百鞭子，浑身被打得血肉模糊，还是说自己没偷。虽然众人怀疑是他偷的，但谁也拿不出证据，只好把他放了。

张仪回到家，妻子很心疼，劝他不要再去耍嘴皮子了，老老实实在家耕田过日子。张仪则嬉皮笑脸地张着嘴问妻子：看看舌头还在不在嘴里。

舌头还在嘴里，用鞭子是打不掉的。张仪游说天下搅动战国，靠的就是这张嘴和巧舌如簧的舌头。

张仪挨打时，苏秦已经挂上了燕国和赵国的相印。

恰在这时，有人主动上门，给张仪出主意，说你跟苏秦是同窗，关系又好，如今苏秦在赵国丞相府高就，你怎么不去投奔他呢！

于是，张仪来到赵国，在丞相府拜上名帖。

名帖报上去了，却没人搭理他。此时的张仪悔恨交加，悔的是不该来找苏秦，恨的是苏秦不讲同窗友谊。想见苏秦见不着，想走又怕失去苏秦来见他的机会。如此煎熬了几天，苏秦终于见到了。

见苏秦是在赵国丞相府，苏秦丝毫没有老同学相见的热情，他高坐堂上，令张仪坐堂下，一副接见下臣、公事公办的架势。更可气的是，苏秦赐给他的食物，竟是奴仆、侍妾吃的饭食。不仅如此，苏秦还在高堂大声数落张仪，说同拜在鬼谷子老师门下，你张仪竟然混成了一个乞丐。我苏秦本想举荐你，你这个样子如何举荐！

遭受如此羞辱，张仪决定报复。报复当然是攻打赵国，因为苏秦在赵国为相。而有能力攻打赵国的，数遍战国天下，唯有秦国。于是，张仪带着满腹的复仇怒火，前去投靠秦国。

而要见到秦惠文王，没有大把的金钱疏通关系，是不可能的。对此，张仪心知肚明。苏秦是变卖家产才见到秦惠文王的，自己没有金钱疏通关系，在楚国见不到楚王，还受了一通冤打。怎么办？张仪满腹焦虑。

恰在这时，又有人主动帮忙，带上车马，还有不菲的金钱、财物，陪送张仪赴秦。

有了金钱铺路，张仪获秦惠文王召见。

在张仪走投无路时，建议他投奔苏秦的“那个人”，以及张仪被苏秦羞辱后赴秦，送给他车马和金钱的“那个人”，这时又出面了，他对张仪说，这都是苏秦一手导演的。说苏秦正在搞南北合纵联盟，他担心秦国大军东进，破坏了这一计划，就故意激怒你，使你赴秦，阻止秦国东进攻赵，以使他完成南北合纵联盟。

张仪恍然大悟，羞愧难当。他对“那个人”说：请转告苏秦，只要我在秦国掌权，就绝不攻打赵国。

此时的战国天下，正在酝酿重大变革，苏秦已挂燕、赵两国相印，一旦六国的相印都挂在他身上，秦国想染指其中的任何一国，都会遭遇巨大的阻碍。今非昔比了，秦惠文王不得不寻求对合纵联盟的破解之策。与秦惠文王的一番交谈，张仪被封为客卿。张仪给秦惠文王出的主意是伐韩，而不是伐赵，以使苏秦完成他说服六国合纵联盟的使命。

苏秦于是继续游说，他从赵国出发，第一站，是韩国。他把自己嘴里说出来的话，变成是赵国国君捎的话，对韩宣王说：韩国地方九百余里，军队数十万，天下最精良的弓箭刀枪剑戟，都产自韩国。韩军士兵勇武无比，手执利剑，一人能敌百人。而韩国委曲求全，一味地迁就秦国。韩国的领土有限，秦国的贪欲无穷，以有限的领土，去满足无穷的贪欲，这正是花钱购买怨恨灾祸的行为。俗话说“宁为鸡口，不为牛后”，以你韩宣王的贤明，手里又有举世闻名的强兵，竟然当牛的屁股，实在使人羞愧难当。

苏秦并非信口胡诌，《史记》载：韩军的剑，“陆断牛马，水截鹄雁，当敌则斩坚甲铁幕，革抉㕮芮，无不毕具”。韩军士兵持此利剑，以一当十。

《战国策》载：韩宣王听了苏秦的游说，顿时脸色大变，手按剑柄，仰天长叹道：我宁可死，也不向秦国屈服。并表态将率领全韩国，加入合纵联盟。

苏秦出发的第二站，是魏国。他对魏惠王说：魏国武装部队中，野战军二十万，奴隶军二十万，突击队二十万，后勤部队十万，战车六百辆，战马五千匹。手握如此强大的军队，竟然有人劝魏国去当秦国的附庸，真是令人震惊!

事实是，此时的魏国，已经被秦国收拾得没脾气了。魏国不仅自称为秦国的属臣，而且为秦王建造离宫，接受秦国的分封，采用秦国的冠服式样，春秋两季都去秦国纳贡助祭。可能也是心不甘、情不愿，听了苏秦的一番鼓动，魏惠王明确表态，魏国绝对听从赵国的安排，加入合纵联盟。

第三站，苏秦去的是齐国。齐国是东方大国，与秦国相距很远，中间还隔着好几个国家。齐国南有泰山，东有琅琊山，西有清河，北有渤海，地理位置得天独厚。据载，齐国泰山以南和清河一带的百姓，从来就没有征过兵，但齐国同样侍奉秦国。

苏秦分析道：齐国之所以侍奉秦国，既不是受到秦国威胁，也不是齐国无能，而是齐国的消息闭塞，战略方式不当，对战国天下大势不甚了解。苏秦介绍了一番天下形势说：齐国人过于富庶殷实，大家都沉湎于斗鸡、赛狗、赌博、踢球。临淄大街上，人多得把衣襟连起来可作帷帐，人们抹下脸上的汗珠就像下雨。秦国暂时没对齐国征战，那是还没有把韩、魏等国拿下，一旦拿下，就轮到齐国了。

《战国策》载：齐威王说，我真是个糊涂虫！我愿率全国民众，追随赵国之后。

苏秦最后一站，去的是楚国。楚国是当时战国天下唯一可以与秦国抗衡的国家，楚强则秦弱，楚弱则秦强，几乎是历史学家的共识。但战国一路走来，楚国跌跌宕宕，内政不治，腐败横行，内斗不止。但楚国毕竟身经百战，国土面积大，资源丰富，所以称霸天下的野心不死。

苏秦十分熟悉楚人的“蛮性”，故而用利益为诱饵。他对楚威王如是说：楚国加入合纵联盟，就可以使秦国陷于孤立。我可以保证，让崤山以东的各国，四季进贡，接受你的领导，把国家和祖先的祭坛，都交到你手里，训练的精兵，都由你统领。

利益的诱惑，并未使楚威王动心。真正动心的，是联合六国共同抗秦。楚威王早就做过合纵抗秦的谋划，只是周边国家被秦国打得诚惶诚恐，根本不能与他们商量议事；而国内臣僚大都反对合纵联盟，找不到帮助他实现联手抗秦的有力助手。苏秦送上门来一说，正合其意，立马拍板，加入南北合纵联盟，共同抗秦。

可以说，六国中，楚国是真心合纵的国家。

游说大半个中国，苏秦凭一张嘴，说动了六国的君王，一致拥护合纵以赵国为核心，以苏秦为盟主。六国都把丞相印信交给苏秦，同时送给他车马、钱物、礼品。

苏秦达到了人生成功的顶点，在回赵国复命途中，特地到家乡洛阳看望亲人。《史记》载：“苏秦之昆弟妻嫂侧目不敢仰视，俯伏侍取食。”这里需要解释的是“俯伏侍取食”，即趴在地上，恭恭敬敬地服侍苏秦用餐。

苏秦感慨万分，昔日游说秦国失败，徒步回家，黄昏残照，夕阳如血，穿着草鞋，背扛肩挑，好不凄凉的一幕如在昨天；回家后受家人冷落、嘲讽的一幕也如在昨天。他抑制不住内心的伤感，说：“此一人之身，富贵则亲戚畏惧之，贫贱则轻易之，况众人乎！”

亲人之间都如此势利，何况没有任何关系的外人呢！

张仪说楚

张仪被苏秦激将到秦国后，兑现承诺，帮了苏秦的大忙，苏秦游说六国成功，当上了南北合纵联盟的盟主，使得“合众弱以攻一强”的合纵联盟，演绎了战国史上的大联合、大变局。而一手主导“事一强以攻众弱”连横战略的张仪，则从“合纵”的反面，用“连横”对战国史上的大联合、大变局，进行了丰富多彩的拆解。

这，才是鬼谷子传授给苏秦、张仪“纵横术”的真谛！

苏秦挂上六国相印后，使命就完结了。而张仪导演的“连横”，在秦国才刚刚拉开序幕。

公元前328年，秦国张仪和公子嬴华率军攻打魏国边城蒲阳，秦军的战鼓一擂，蒲阳就攻陷了。接着，张仪便向秦惠文王建议，把蒲阳归还魏国，这还不算，又建议派秦国公子到魏国做人质。

魏国傻眼了，不知秦国的葫芦里装的什么药，既不敢拒绝，又不敢接收。

就在魏惠王脑袋还在发蒙时，张仪登门来了，他对魏惠王说：秦国可是真心诚意对你好，魏国应该懂事，应以礼还礼。

魏惠王立即听懂了。按照惯例，一国接收另一国的礼物后，所还之礼应该更贵重一些。秦国已经给魏国送了一个边城蒲阳，你魏国不能没有表示吧。魏惠王听懂后，将魏国的上郡和少梁，割让给秦国。

攻陷蒲阳，又归还蒲阳，秦国伐魏这一仗，白白得了魏国上郡、少梁两座城池，在道义上还不受指责。

秦惠文王对张仪的谋略非常欣赏，封他为丞相。

坐在丞相府的大堂之上，张仪给楚国的丞相写信，说他没有偷美玉，却遭诬陷，遭受鞭笞之辱。他警告楚丞相，好好守护楚国吧，如今我张仪不偷玉璧，专偷城池。

公元前313年，秦国准备进攻齐国。齐国与楚国邦交敦睦，并订有共同抵抗外患的盟约。秦国担心一战而面对两国，于是把张仪那张嘴派上用场，叫他从中斡旋。

张仪在此之前去过楚国，对楚国的情况特别是楚怀王的性格特点了如指掌，他对楚怀王说：假若你与齐国断交，那么，秦国就将商于地区六百里的土地割让给你。不仅如此，还从秦国挑选最漂亮的女子送给你做妾，两国世代结亲，永结兄弟之好。楚怀王经不起六百里土地和美女的引诱，不顾臣僚的反对，迅速与齐国断交，与秦国结盟，并任命张仪兼任楚国丞相，给他送了一批贵重礼品。

张仪回到秦国，闭门谢客，佯装养病，他要等待他所期待的结果出现。三个月后，如愿以偿。

这三个月，楚国为了讨得秦国的欢心，做了许多亲者痛仇者快的事。比如，特地派人到齐国大骂齐国国王，什么话难听挑什么话骂，终于激怒了齐国，一改与秦国为敌的立场，与秦国结盟。

结果等来了，目的达到了，张仪的“病”也好了。他“病”好后做的第一件事，就是召见楚国使节，故作惊讶地说：你怎么还在这里，不去接收我许诺给楚国的六里土地?

六百里变成六里以后，楚怀王才清醒过来，下令与秦国作战。丹阳首战失败，蓝田再战再败，只好屈服，割让两个城市给秦国，在战败者的席位上缔结与秦国的盟约。

秦国在大咬了楚国一口后，出于战略考虑，打算用武关换楚国的黔中。楚怀王为报被张仪欺骗耍弄之仇，提出奉献黔中而不要秦国的武关，只要张仪一人。

不要土地要张仪，就是要他的命！

张仪不顾劝阻，毅然前往。

张仪一到楚国，就被打入天牢。

张仪之所以有这么大的胆量，是因为手里捏着一张平安无事的底牌。

在楚国挨过一顿冤打，张仪最恨楚国。受秦国重用后，张仪为了立功，曾作为秦国使节去楚国游说过一次，不受楚怀王待见，但张仪就是赖着不走，弄得楚怀王心里很麻烦。

突然有一天，张仪提出要走，去韩国。楚怀王巴不得他走，赶紧送行。张仪问楚怀王是否有什么需要，包括给韩国传个话什么的。楚怀王就是想打发他走，什么需要也没有。

“美女呢？”张仪问。

楚怀王眼睛一亮。

张仪对楚怀王太了解了，他贪财、好色、惧内，脑子还不够用。张仪对中原女子如仙如妖的描述，楚怀王听得神魂颠倒，他立即赠送张仪大把金钱，请他帮忙寻找美女。

拿到金钱后，张仪磨磨叽叽不走了，还故意放出风来，他要去中原为楚怀王寻找美女。

楚怀王的南后和宠妃郑袖听说后，火速拜访张仪，南后一出手就送给张仪千金，郑袖也是大把地送，拜托张仪，千万别在中原为楚怀王寻找美女。张仪则拍着胸脯向她俩保证，绝不会动摇她俩在后宫的牢固地位。

终于要走了，楚怀王给张仪举行欢送宴会。酒都喝得有些微醉时，张仪提出，听说南后和郑袖是楚国大美女，希望能见见欣赏。楚怀王的脑子不够用表现出来了，他非常高兴，立马把南后和郑袖召来。张仪一见，扑倒在地，大呼该死。楚怀王还不明就里，问怎么了。张仪说，南后和郑袖比仙女还美，中原美女可比不上，他可不敢到中原去找什么美女了。

就这样，大把让找和不让找美女的钱装进兜里后，美女不用找了不说，还获得南后和郑袖的好感。

张仪帮秦国骗得楚国六百里土地，作为秦、楚的交换筹码，他被打入楚国天牢后，优哉游哉一点儿也不担心。因为在楚国被他收买的靳尚，是楚怀王的宠臣，加之南后、郑袖对张仪满心感激，所以张仪深知，这些人会帮忙救他。

果不其然，楚怀王经不起南后、郑袖的缠绵，也经不起靳尚的叨叨，没几天便把张仪从天牢请出来了。

《史记》载："怀王后悔，赦张仪，厚礼之如故。"

张仪从天牢出来，一点儿也没有被囚的狼狈和尴尬，一见楚怀王，便以秦国丞相的口气给予其教导，大谈楚国必须臣服秦国的道理。说服楚国后，张仪赶到韩国，一席话把韩国降格为秦国的藩属国。接着出使齐国，出使赵国，出使燕国，鬼使神差地使这几个国家都甘愿侍奉秦国，并割让大片国土，作为臣服秦国的见面礼。

至此，张仪推销连横的成果，达到顶峰。

纵横家谢幕

天下一盘棋，七雄为棋子，苏秦和张仪用合纵、连横进行对弈。

苏秦的合纵布局，使得对征伐有瘾的秦国，龟缩了十五年，没敢出函谷关。

张仪的连横布局，使得战国天下除秦之外的六雄，日益衰落，不得不向秦国俯首称臣，或割地纳贡。

这场拿战国天下布局的对弈，在苏秦、张仪走到人生尽头时，终于谢幕了。

两位杰出的游说家，是如此谢幕的：

苏秦是被车裂的，即常说的五马分尸。关键是，车裂是苏秦自己提的要求。

苏秦披挂六国相印回赵国复命途中，一路走，一路撒钱，见到亲人撒，见到邻居撒，给身边的随从撒，且出手很大方。这似乎是苏秦才有的预感。虽然他把六国盟书送给秦惠王，使得秦军十五年不敢出函谷关。但苏秦心知肚明，这一纸合纵盟约，实际是一张废纸，六国各怀鬼胎，联盟极其脆弱，一点点眼前的利益，一瞬间的对峙火花，都可以使六国合纵联盟毁于一旦。

果不其然，当苏秦回到赵国时，秦国的公孙衍说服齐、魏，三国联手向赵国发起了夹击进攻。赵王把满腔怒火撒向苏秦，把他骂了个狗血喷头。

苏秦没辙了，请求出使燕国，报复带头拆散合纵联盟的齐国。

燕国也变了，支持苏秦的燕文侯去世了，接任的太子燕易王，刚刚娶了个秦国公主为妻。而齐国呢，趁燕国国丧，发起进攻，一口气夺走了燕国十座城池。

燕易王斥责苏秦：燕文侯拿出大把钱，资助你苏秦游说六国，可齐国打了赵国又来打燕国，你搞的合纵联盟管什么用！

燕易王当然不会说，是自己娶秦国公主，率先破坏六国联盟。

苏秦在燕国也待不住了，只好去齐国。

见到齐威王时，苏秦头昂得高高的，并特地向他深表哀悼。

莫名其妙嘛！何来哀悼之有？

苏秦对齐威王说：即便是快要饿死的人，也不会吃乌头来充饥，因为乌头是毒物，毒发身亡比饿死快得多。燕易王娶的是秦公主，是秦国女婿，你夺人家十座城市，不就像吃了乌头一样吗？燕国打不过你，秦国呢？

齐威王吓得面如土色，赶紧把夺燕国的十座城池还了。

齐国将士用鲜血和生命换来的燕国十座城池，被苏秦一席话又送回去了。齐国朝野大骂苏秦是大骗子，待齐威王回过味时，苏秦跑回燕国了。

凭一席话，为燕国收回十座城池，理应受到封赏，可燕国不领情，苏秦一回到燕国，官职便被剥夺了。原因很简单，燕国一些臣僚诋毁苏秦，说他不忠、不义。

苏秦承认自己不忠、不义，他对燕易王说：

曾参是天下公认的大孝子，为了尽孝，他从未离开父母在外过上一夜；伯夷是品性高洁的典范，不愿做孤竹国的继承人，也不接受周朝的封赏，最终在首阳山饿死；尾生是诚信的典范，约好了与女子见面，时间到了，女子仍然没来，他信守承诺，不见不散，结果潮水上涨，他抱着桥柱等，被淹死。这三个孝、忠、信的典范，无益于国家和人民。

燕易王不解。

苏秦接着说：我如果像曾参那样孝顺，就不会抛弃老母，不远万里来辅助燕国；我如果像伯夷那样愚忠，就不会为了燕国十座城池去游说齐国；我如果像尾声那样诚信，就不会欺骗齐王。

担心有些嫩的燕易王还是听不懂，苏秦又讲了一个小故事：

有一个人在远方做官，妻子耐不住寂寞，与他人通奸。听说丈夫快要回来了，淫妇与奸夫阴谋毒死丈夫。淫妇的侍妾心地善良，她既不想毒死主人，也不想被淫妇赶走。于是端着毒酒走到主人面前时，故意摔倒，把毒酒洒了。结果遭到主人打板子。

听了这个小故事，燕易王明白了，苏秦犹如那个侍妾，一片忠心为两全其美，结果还被人诋毁。于是善待苏秦，恢复了他的官职。

但苏秦已经走向了谢幕之路，好运不会再伴随他。不久，传出苏秦与燕文侯的妻子，也即是燕易王的母亲私通。这也许是真有其事，毕竟苏秦在战国舞台上魅力四射嘛；也许是诬陷，毕竟他游说所使用的欺诈、诡辩这一套，为很多人所不齿，因而用与燕文侯妻子私通这种编排羞辱他也未可知。

苏秦在燕国再也待不下去，他决定去齐国。因为齐国破坏了他好不容易撮合起来的合纵联盟，他恨齐国；齐国也恨他，因为他耍两片嘴皮，把齐国用将士鲜血和生命换来的十座城池，又骗回去了。

苏秦这次赴齐，是人生谢幕的尾声，他要把齐国搞乱！

例如，齐宣王去世后，苏秦鼓动继位的齐湣王，不惜劳民伤财，为齐宣王举办盛大豪华的葬礼；再例如，他鼓动齐湣王搜刮民脂民膏，大兴土木，侵占百姓耕地，兴建高大排场的宫殿。

终于，齐国遭国际舆论强烈指责，百姓极其不满，民怨沸腾。

恰在这时，燕易王突然死了，继任的燕哙，不明就里，联手齐国，诋毁苏秦。齐国大夫不惜重金，雇用浑身恶胆的杀手，刺杀苏秦，但未能一剑致死，留了一口气让他痛苦地喘息。

但就是这一口气，苏秦又运用上了自己的智慧。

齐国大动干戈，在国都临淄搜查凶手，但因有齐国大夫掩藏接应，凶手久抓不着。苏秦于是对齐湣王说：你将我拉到闹市，告示天下，苏秦是燕国派来齐国搞破坏的，要对他车裂，凶手就会现身。

齐湣王也想查清这背后的鸡肠鸭肚，将苏秦在闹市五马分尸。

在苏秦被撕裂成几块的残酷一刻，果然凶手现身，是齐国大夫雇来的，让齐湣王看清了事件真相。

至此，苏秦的人生谢幕终结。

再看张仪，他似乎比苏秦幸运。

第一阶段，张仪说服魏国、楚国，北上又吃定韩国；第二阶段，张仪说服齐国、赵国，最后北上吃定燕国。返回秦国的路上，传来噩耗，鼎力支持他的靠山秦惠文王死了。继任的秦武王，当太子时就讨厌张仪，加之陈轸、公孙衍等过去曾与张仪明争暗斗的大臣，很受秦武王宠信。

秦国待不下去了，怎么办?

张仪经过一番谋划，对秦武王献上了“出三川，临二周，挟天子以令诸侯”的计划。张仪知道，秦武王对周朝九鼎垂涎得很，便利用齐国最恨自己的情况，他张仪出使魏国，引得齐国来攻魏，待齐、魏大战，而无暇他顾时，秦国趁机发兵攻韩，穿过函谷关，直奔周朝取九鼎。

秦武王虽然讨厌张仪，但对张仪献上的这一计谋，还是十分欣赏的。他特地下令，准备了三十辆豪华马车，大张旗鼓地送张仪入魏。

张仪前脚到魏，齐国等大军就向魏国开来了。

张仪于是派出门客冯喜拜见齐宣王，见面第一句话就是：你既然憎恨张仪，就应该叫张仪的生存没有依托才对，怎么反而帮助张仪增大依托呢？

齐宣王听不懂，他张仪躲到哪里，我齐国就打到哪里，这怎么叫帮助张仪增大依托呢？

当有人把张仪与秦武王的密谋告诉齐宣王后，他幡然醒悟，下令火速撤军。

张仪的目的达到了。一方面，他逃离了秦国谗言中伤他的那个环境，因为再不离开，接下来就不是谗言中伤了，而是性命攸关；另一方面，他躲过了其他国家来找他的麻烦。最恨张仪的齐国，都回撤军队去阻拦秦国抢周朝的九鼎走了，其他国家也就没有那么急迫地来跟张仪较劲了。

公元前309年，张仪在魏国病死。

张仪死了，此前苏秦也死了，可以说，鬼谷子布局战国天下的使命完成了。但他二人作为战国时期最杰出的外交家、政治家、游说家，其成功的秘诀是值得深思的。在司马迁的笔下，苏秦、张仪，包括鬼谷子，都是不受褒扬的。儒学大师孟轲，把他们从大夫的行列剔除出去了；才高八斗的大学者扬雄，则对他们做了巧言令色佞幸之辈的盖棺论定。

他们不受儒学泰斗和史学巨匠的好评，是情理之中的事。儒学总体属阳，而纵横学总体属阴，二者不存在对话和交流的基础。

加之人们对属阴的纵横学也不认同，类似游说中普遍使用的欺骗诈术，是人们认定并普遍排斥的损人利己，甚至是伤天害理的作为。还加之儒学讲究地位、名分，苏秦、张仪都出身贫寒，凭自己的才华，登上数国丞相高位，让历史的发展变迁完全受制于他们的政治智慧，甚至受制于他们的喜怒哀乐。仅此一点，儒家和史学家就不舒服，就不喜欢。

但历史的功过不是以儒家、史学家的好恶为转移的，你高兴也好，不高兴也罢，秦国吞并六国，一统江山的宏大历史功绩，至今仍让后世受益。

毕竟，中华民族的版图，不是分成无数个小国才好！

毕竟，国家不是越小越好，而是越大越好！

第三章 和氏璧演绎的赵国故事

老祖宗爱玉……

玉，代表地位，代表尊贵……

甭说达官显贵，就是庶民百姓死后，嘴里都要塞上一块玉……

当一块珍美绝伦、价值连城的宝玉问世后，几乎战国天下所有的王公大臣、达官显贵，都会瞬间瞪大眼睛紧盯……

盯着盯着，便会生出占有的奢望……

与奢望同行的，即是绞尽脑汁的阴谋，和凶残流血的战争……

和氏璧，是契合天地大德、世间大美、民生大福的一块宝玉，它的问世，必将唤醒诸多英豪，鞭笞卑鄙小人，演绎诸多故事……

和氏璧面世的因应

楚人卞和，庶民，以琢玉为生，数十载的风雨奔波，图的就是找到一块美玉，以此改变自己贫贱的人生。

《韩非子》《新序》等书载，卞和钻到楚山深处，从山涧溪水的石头中寻找美玉。听人说，有火凤凰栖落在荆山的青石板上。凤凰可不落无宝之地，有凤凰栖落，必有宝贝藏着。于是，卞和跋山涉水，赶往荆山。

坐落在今湖北南漳县的荆山，高峰直插云天，深涧溪水潺潺，树木参天，鸟鸣兽跃，甚是奇伟秀丽。卞和认定，宝玉就在此山。

风餐露宿，长时间的上山涉涧，终于找到一块璞玉。卞和凭着自己数十年的琢玉经验，在经过一番仔仔细细地观其形、辨其色、听其声后，欣喜若狂，紧紧抱在怀里，不停不歇地往回赶。他要去献给楚国的厉王芈熊眴。

因为即便是价值连城的宝玉，不在王公大臣、达官显贵的手上炫耀，而是放在庶民百姓家里收藏，也是一文不名的。且一旦被贼人盯上，还将引发血光之灾。

楚厉王爱玉但不识货，听了卞和从火凤凰栖落处找到宝玉的描述后，立即召宫中的玉匠前来辨别。

宫中玉匠并非徒有虚名，他在认真品鉴一番后，认定这是一块绝世宝玉。但出于私心，担心自己在楚国辨玉的地位被卞和取代，便对楚厉王说：这不过是一块普通的石头，不是什么有价值的宝玉。

宫中玉匠的这番说辞，也就给卞和戴上了欺君罔上的罪名。

楚厉王大怒，将卞和赶出大殿，削其左足。

卞和怀抱璞玉，一瘸一拐地回到家中等待。

机会等来了，楚厉王去世，楚武王继位。卞和又将璞玉献给楚武王。

楚厉王死了，但宫中那个玉匠没死，他给出的鉴定结论，不仅与上次相同，而且加了一句：你是何居心？难道你以为楚厉王英明，楚武王就好欺骗吗？

楚武王当然应比楚厉王更英明，怎能容你一个小小玉匠欺骗，于是下令砍去卞和的右足。

双足被砍的卞和，似乎不再对这块璞玉抱什么希望了，不抱希望，反而希望降临。楚武王死后，楚文王继位。这可是一位在楚国历史上大有作为的君王，他杀了茹黄之狗，折了宛路之箭，放了丹地美女之后，在国内大行仁政，减轻赋税和徭役，清理前朝冤狱，对百姓爱护有加。听说卞和两度献宝被砍去双足后，特地派人到楚山询问。卞和大哭不止，哭得满眼溢血。他这时所哭，不为砍足，而是为真正的宝玉被当作普通石头、忠贞之人被当作欺君之徒的颠倒黑白而哭。

抱着璞玉的卞和，第三次来到王宫，给楚文王献宝。楚文王令人将璞玉的表层切开，一块美轮美奂的惊世宝玉耀世。为了嘉奖卞和，楚文王将这块宝玉，命名为“和氏璧”。

为什么将卞和找到的绝世宝玉命名为“和氏璧”呢？照今天人们的理念看，卞和姓“卞”，名“和”，命名通常和姓氏联系起来，当叫“卞氏璧”才对。楚文王却张口给这块美玉起了个“和氏璧”的名字，这之中是不是有什么因应呢？

笔者以为，绝世宝玉光鲜、润泽、柔美，如与人世间的某种意境、气韵契合的话，唯有“和”最贴切！“和”是天地大德、世间大美、民生大福!

楚文王将和氏璧视作国宝，珍藏在王殿之上。《战国策》载：“周有砥厄，宋有结缘，梁有悬愁，楚有和璞。”

和氏璧是一块绝世宝玉，楚文王是一位宏才明君，历史将美玉和明君结合，契合了冥冥之中的一种因应，兆示出一个宝物与一代明君相随相行的天机，因而它必然演绎出精彩故事。

这之后的故事，因应在赵国。

和氏璧怎么来到赵国的，历史没有记载。《史记》载，楚国有昭、屈、景三大姓，昭氏的昭阳，战功卓著，被任命为上柱国，地位在丞相之上。楚威王时，将“和氏璧”赐予昭阳保管，以表彰他对楚国建立的功勋。被楚王赐予保管和氏璧的昭阳，得到如此恩宠，兴奋万分，走到哪儿都带着，拿出来给宾客欣赏。在一次高朋满座的宴会上，昭阳又将和氏璧拿出来让大家欣赏，你传我，我传他，传来传去传没了。昭阳十分恐慌，他可是替楚国保管和氏璧的，如今和氏璧不翼而飞，楚王要是知道了，那可是要掉脑袋，甚至夷三族的。于是，昭阳不予声张，给外界造成一种他还保管着和氏璧的假象。

和氏璧就这样隐没了，它要等待下一个轮回的因应。

蔺相如与和氏璧

历史走过五百年，和氏璧沉寂了五百年。这五百年走过来，和氏璧不再珍藏在楚国的王殿之上，它已被雕琢得精美绝伦，但不知道封存在什么人的储宝柜里。

五百年之后，和氏璧再次面世。这次面世，似乎更像是兆示。

此时的天下，秦、楚、魏、韩、燕、赵、齐七国，为争强称霸，打得不可开交。当和氏璧在赵国缪贤手里的消息一传开，战国七雄顿时停止了打斗，目光齐刷刷地聚焦于赵国，盯着和氏璧。

最想得到和氏璧的是秦昭襄王，此时他已与韩、魏、赵三国结盟，完成了远交近攻、与东方列国连横的战略部署，下一步的战略指向，是灭掉楚国。但在和氏璧出现在赵国后，秦昭襄王搁置攻楚的谋划，开始打和氏璧的主意。

秦昭襄王采纳臣僚的建议，提出用十五座城池，与赵国的和氏璧做个交易。秦昭襄王想的是：如果赵国把和氏璧献上，秦国十五座城池不给了，打个哈哈一笑了之；如果赵国不献出和氏璧，正好给了秦国一个攻打赵国的理由，那就怪不得秦国了。

对于秦昭襄王的这一图谋，赵惠文王看清了。他深知，秦国是虎狼之国，历来不讲诚信，和氏璧给了秦国，十五座城池根本就得不到；如不给，秦国必将以此为借口，发兵攻赵。

赵国满朝文武大臣有说给的，有说不给的，莫衷一是。从本质上说，和氏璧给也不是，不给更不是。

怎么办?

手握和氏璧的缪贤站出来说话了。

缪贤，赵国宫廷的宦官头子，他曾打算逃往燕国，他手下一名叫蔺相如的食客拦住他，问他为什么打算逃往燕国，缪贤说他曾随赵王在国境上与燕王约会，燕王私下拉着他说，愿与他交个朋友。回国后，被赵王怀疑通燕叛国，故打算逃跑。蔺相如帮缪贤分析道：赵国是强国，燕国是弱国，你在赵国受宠，燕王才愿和你交朋友，如今你以罪臣的身份逃到燕国，燕王不敢收留你，而且还会把你绑起来，交给赵国处置。

不逃跑，怎么办?

蔺相如给缪贤出的主意是：把自己绑起来，伏在刀斧之下，请求赵王治罪。

这可以说是唯一免遭劫难的办法。

缪贤照此办理，得到赵王赦免。由此他认为，蔺相如是个有大智慧的人，在满朝臣僚就和氏璧给不给秦国而拿不定主意时，缪贤说的是，叫蔺相如带着和氏璧去会秦昭襄王。

至此，蔺相如站上了战国的历史舞台，更是站到了秦、赵两国争斗的风口浪尖之上。

临出发前，蔺相如给赵惠文王做如下表态：如果秦国将十五座城池给了赵国，我即把和氏璧给了秦国；如果秦国虚与委蛇，要和氏璧而不给十五座城池，我必将和氏璧完好无损地带回赵国。

这是解决秦、赵和氏璧之争的最佳方案，但难度极大!

蔺相如到达咸阳后，秦昭襄王立即召他到章台宫晋见。蔺相如献上和氏璧，秦昭襄王两眼放光，看了又看，爱不释手。自己看完了，又传给大臣看；大臣看完后，又传给后宫的嫔妃看。秦昭襄王企图以这种方式，将和氏璧在大臣、嫔妃的手里看来看去，最后“看”没了，十五座城池也就免谈。

秦昭襄王的这点心计，蔺相如看透了。怎么把和氏璧要回到自己的手上呢？他二人开始斗智。

蔺相如心生一计，对秦昭襄王说：和氏璧并非完美无瑕，它有一处瑕疵，请允许我指给您看。

一听和氏璧上有瑕疵，秦昭襄王很是好奇，急忙从嫔妃手里拿回和氏璧，交给蔺相如指认。

和氏璧一到手，蔺相如便急忙退到大殿的柱子旁，义正词严地对秦昭襄王和满朝臣僚说：赵国上下都不赞成给秦国和氏璧，原因是，秦国贪婪成性，假以十五座城池，来诈取和氏璧。是我坚持把和氏璧送来，因为和氏璧不过一个玩物，平民间交往尚且言而有信，何况秦、赵一东一西两个大国之间的交往呢！在我出使之前，赵王斋戒五日，让我怀抱和氏璧，在朝堂上行叩拜大礼。这么做，是为了表达对秦国的尊重和敬意。现在看来，你秦王根本没有用十五座城池，换取和氏璧的诚意，如此，我只好将和氏璧带走，如果要逼我，我就与和氏璧一同撞碎在这柱子上！

秦昭襄王并不担心蔺相如的脑袋在柱子上撞碎，而是担心和氏璧被撞碎，于是立即改口道歉，并将负责国土查核的官员召来，一边看地图，一边指指点点，意在表明秦国拿哪十五座城池给了赵国。

这无疑是给蔺相如出了一道考题。秦国真肯拿十五座城池跟赵国换和氏璧吗？蔺相如一琢磨，便又参透了秦昭襄王的心机。不可能！这是缓兵之计，意在稳住蔺相如，以便把和氏璧夺到手。

继续斗智。蔺相如临机应变，想好了对策，他对秦王说：我来秦国之前，赵王特地斋戒五日，今天我把和氏璧带来了，秦王是否也斋戒五日，并在朝堂安设“九宾”的礼节，来接和氏璧呢？

这是蔺相如设计的拖延之策，秦昭襄王没有参透，所以答应了蔺相如的要求。

五天时间足够了。蔺相如一回到宾舍，便打发心腹带着和氏璧，悄悄回到了赵国。

秦昭襄王为得到和氏璧，真的斋戒五日，五日后在朝堂设“九宾”礼仪，叫蔺相如献璧。

蔺相如空手来到朝堂，对秦王说：我担心您不信守承诺，所以叫人把和氏璧送回了赵国。当今天下，秦强赵弱，如您真有诚意，可打发使节到赵国去，把十五座城池交给赵国，赵国定会将和氏璧交使节带回。至于我犯的欺秦君之罪，愿接受汤镬之刑。

虽然秦昭襄王受到蔺相如的戏弄，但他毕竟是强秦的君王，不好做得太失风度，只好体体面面地把蔺相如送回了赵国。

司马迁赞道：“知死必勇，非死者难也，处死者难。方蔺相如引璧睨柱，及叱秦王左右，势不过诛，然士或怯懦而不敢发。相如一奋其气，威信敌国。”

蔺相如“完璧归赵”的美谈，瞬间在战国天下广为传颂。

蔺相如主导的外交胜局

公元前280年，秦国发起对楚国的进攻，由司马错大将统兵，从陇西出发，取道蜀中，直取黔中。因担心赵国拉拢齐国联手救楚，所以秦昭襄王提议，请赵惠文王到渑池相会，商议两国结盟事宜。

赵惠文王不敢去，因为秦国邀楚怀王武关相会，扣押楚怀王的事犹在昨日。

强大的秦国邀弱小的赵国会盟，不去，给了秦国一个进攻赵国的借口；去，又怕赵王重蹈楚怀王覆辙，落得个客死异乡的下场。就在满朝臣僚拿不定主意时，蔺相如主张去见秦王，并请求与赵王一同前往。有蔺相如陪同，赵惠文王便壮着胆子去了。

临出发前，大将廉颇提了两条建议，一是赵惠文王如果三十天之内不返回赵国，请允许太子接任赵王，以断绝秦国扣押赵王而要挟赵国的念头，也避免赵国因群龙无首而引发内乱；二是廉颇率军驻守在赵国边境，同时派数千名官兵，在离渑池三十里的地方驻扎，以防赵王遭遇不测。

此时的赵惠文王，已然六神无主，臣僚所提建议，只好都应承下来。

从分析看，秦国为攻打楚国而拉拢赵国，并没有扣押赵王之意，因而在赵惠文王抵达渑池后，以礼相待，热情有加，酒也喝得很融洽。

一番推杯换盏之后，秦昭襄王露出霸气，对赵惠文王说：听说你瑟弹得很好，何不弹奏一曲，以助酒兴？

赵惠文王多少有些不情愿，弹瑟助酒兴之类的事，不是一个国君干的，但出于礼节，又是秦王提出来的，只好弹了一曲。

谁知秦昭襄王不怀好意，在赵惠文王弹了一曲之后，竟然把史官召来，在秦国史书上记下：某年某月某日，秦王与赵王在渑池相会，赵王为秦王弹瑟一曲。

这无疑是羞辱赵国！你秦国虽然是战国七雄中的强国，但赵国并不是你秦国的附属国，赵王也不是你秦王的臣子，你在史书上记载“赵王为秦王弹瑟一曲”，这不是羞辱矮化赵国吗？传播出去，成何体统！

关键时刻，蔺相如站出来了，他对秦王说：刚才赵王所弹一曲，如天籁。然而，琴声虽好，却无人应和。听说秦王擅长击缶，还请秦王击缶为大家助兴。我想，只有秦王有资格击缶，与赵王弹瑟相和。

缶，是装酒的瓦罐，秦人常击缶而歌。

秦昭襄王愤然作色！本来叫赵王弹瑟，就是想羞辱他，叫我击缶相和，不是羞辱我吗？我堂堂强秦君王，怎能受如此羞辱！

秦昭襄王正要发作，蔺相如则将缶端到了他的跟前，瞪大双眼，大声说道：壮士一怒，血溅五步！现在我离您只有五步之遥，如答应击缶，大家相安无事，如不答应，我蔺相如贱命一条，拼着一死，也要溅您一身血！

秦昭襄王对蔺相如有过领教，知道他是那种不惜用生命和鲜血捍卫赵国利益的壮士，他说得出就做得到。果真在秦王宫闹出血案来，传出去会遭世人谴责。犹豫片刻后，秦昭襄王只好勉强在缶上敲了几下。蔺相如则赶忙叫赵国的史官记上：某年某月某日，赵王与秦王在渑池相会，秦王为赵王击缶助兴！

斗智斗法又斗成平手了。

秦昭襄王虽很不甘心，但考虑到联赵攻楚的战略谋划，也得知赵国数千兵勇离渑池不远，故而强压怒火，没有生出什么是非来。

赵国在强大的秦国面前，是弱国，但因为蔺相如的大智慧，使得赵国在外交斗争中，取得了一次前所未有的大胜利！

和氏璧的将相因应

冥冥之中，和氏璧必然带来“和”的兆示。

蔺相如、廉颇的将相和，大概就是这种兆示的因应。

廉颇是赵国的军事砥柱，也是战国天下的名将。公元前283年，赵军伐齐，廉颇为将，他竟然率数万赵军，孤军深入齐国境内。这在军事家看来，廉颇犯了大忌。但廉颇恰恰是反其道而行之，他以迅雷不及掩耳之势，率军直取晋阳，在齐军尚未反应过来之时，晋阳便拿下了。此役打得战国天下对赵国刮目相看，廉颇成了赵国的门神，其他国家想打赵国的主意，首先想的是廉颇这尊门神让不让进。

尤其是赵、秦的光狼城之战，廉颇一看战局不利，突然放弃光狼城，大踏步后撤，一口气撤到长平之地。与之作战的秦将白起，见廉颇率军撤回长平，立即下令停止追击。他深知，如此时秦军硬顶上去，必败无疑。

如此声名显赫的战将廉颇，在赵国地位很高。

蔺相如“完璧归赵”，特别是陪赵王与秦王渑池相会后，声名大振，被封为上卿，官职比廉颇还高。这一来廉颇不舒服了，拿自己与蔺相如比，怎么比都觉得自己功劳比蔺相如大，怎么比都觉得自己的官爵不该比蔺相如低，比来比去，比出了一肚子的不满和牢骚。廉颇是那种直肠子之人，憋在心里的话，不说出来难受，因而他到处散播说：我廉颇战无不胜，攻无不克，为赵国立下赫赫战功。他蔺相如一个宦官门下的食客，凭一张嘴能说会道，竟然爬到我的头上去了。别人看他的脸色行事，我可不看他的眼色，也不买他的账，不要让我碰到他，否则，我必定叫他下不了台！

这话很快传到了蔺相如的耳朵里。他知道廉颇的火爆性格，尽量避开与他见面，就连赵王召集的朝会，都托病不参加。因为廉颇是从无数次刀光剑影中拼杀出来的人，又是赵国的大功臣，他是不会顾忌朝会这种场合的，见到蔺相如，必定会在朝会上咆哮出来，造成的不良影响将是不可挽回的！

一次外出，在邯郸城那条宽不足五米的街道上，蔺相如远远看到廉颇驱车过来，急忙掉转车头，钻到横插在这条街道的一条小巷里，待廉颇威风凛凛地过去了，才若无其事地从小巷出来。

对此，蔺相如的幕僚、好友愤愤不平，说蔺相如官在廉颇之上，却因为廉颇的公开挑衅而躲躲藏藏，实在是窝囊！

蔺相如是窝囊之人吗？面对虎狼之国的秦王，他敢把和氏璧高高举过头顶，以玉石俱焚的大无畏气概，使和氏璧完璧归赵；在秦王故意矮化赵王的外交场合，他仗剑向前，以血溅其身的赴死壮举，挽回了赵国的面子。他蔺相如并非那种没有血性的男儿，只是这种血性，不能使在自己的同僚身上，何况这同僚是赵国的门神廉颇呢！

蔺相如给同僚、好友的解释是：强秦之所以不敢对我们赵国发起进攻，是因为我和廉颇将军同在朝廷为官。如果我们俩斗气，犹如二虎相争，绝无两全之理。我之所以避他，无非是把国家的安危放在前头，把个人的恩怨搁在后头罢了。

蔺相如这番话，不仅说服了他的同僚、好友，而且传出去之后，深深地打动了廉颇。于是廉颇袒露上身，背负荆鞭，特地到蔺相如府上“负荆请罪”，当面检讨自己的浅薄，表明以国家利益为重的态度。两个人从此结为生死至交。

一块价值连城的“和氏璧”，引出了“卞和献璧”“完璧归赵”“渑池相会”“回车巷”“负荆请罪”“将相和”等一串曲曲折折的故事，树起了中华民族史典上一面以国家利益为重的光辉旗帜。在这面旗帜下，不仅站立着蔺相如、廉颇，而且站立着赵奢一家人、李牧等被世代传颂的历史老人！

赵奢一家写佳话

赵国的忠烈，当是赵奢一家。

马服君赵奢，虽姓赵，但不源于赵王室血统。因为出身卑微，故史学家没有对赵奢的出身背景花费笔墨，只是记载他在公元前287年，任赵国的田部吏，即收田租税的小官。

赵奢不只是收过田租税，而且统过赵国大军，数度御敌获胜，也是赵国的一尊门神，与蔺相如、廉颇齐名。他的儿子赵括，熟读兵法，人称马服子，是赵国统兵御敌的一员战将，因为纸上谈兵而脱离实战，最后兵败身亡。赵奢的妻子史学家没有记载她姓什么名什么，但她深明大义的举措，在中国历史上留下了佳话。

赵奢公正坦荡，不畏权贵。他任田租税官时，因为平原君赵胜家偷逃税款，收缴时还仗势抵制，赵奢当机立断，一次就杀了赵胜家主事的九人。

平原君赵胜，是赵惠文王的弟弟，是“战国四公子”之一，因为贤德，不仅是赵国的主事大臣，而且在战国天下声誉极高。你一个小小的田部吏，一次杀他赵胜家九个门人，岂不是吃了豹子胆，要在太岁头上动土吗！

赵奢主动上门，对平原君赵胜说：“君于赵为贵公子，今纵君家而不奉公则法削，法削则国弱，国弱则诸侯加兵，是无赵也。君安得有此富乎？以君之贤，奉公如法则上下平，上下平则国强，而君为贵戚，岂轻于天下邪？”赵奢从国家强，王公贵族被人尊重；国家弱，王公贵族被人轻视的角度，阐述了王公贵族率先守法的重要性。

原打算砍了赵奢脑袋的平原君赵胜，听了赵奢的解释后，不仅放弃了杀他的念头，还对他赏识有加，向赵惠文王举荐重用，使得赵奢从一个收田租税的小官，一步跨上了管理赵国赋税的总管。史载，自从赵奢当上赵国的赋税总管后，“国赋太平，民富而府库实”。

在秦、赵二王渑池相会时，廉颇率大军在边境准备接战，平原君赵胜推荐赵奢率数千兵勇保卫赵王。虽然秦、赵两国最终没有打起来，但赵惠文王发现，赵奢虽是文官出身，但具备带兵作战的素养，忠勇而坚毅，果敢而谨慎，对上敬而有分寸，对下严而有关爱。因而在公元前280年，特命赵奢统十万大军，进攻齐国的麦丘。

麦丘被赵军围困，已经成了一座孤城，但就是攻不下来。战况传到赵惠文王手里，他非常气愤，觉得赵奢令他失望。生气之余，对赵奢下令，一个月内必须拿下麦丘，否则叫赵奢提着脑袋来见。

没有退路了，赵奢下令对麦丘强攻。

关键时刻，赵括站出来了。

赵括是赵奢的儿子，从小就熟读兵书，对孙子“用兵之法，全国为上，破国次之；全伍为上，破伍次之。是故百战百胜，非善之善也；不战而屈人之兵，善之善者也。故上兵伐谋，其次伐交，其次伐兵，其下攻城。攻城之法，为不得已”等理论，能倒背如流。他第一次对父亲的劝谏，就是谈的这套理论，强调强攻麦丘，是无奈的最后选择，而非第一选择。

赵奢听不进去，赵惠文王只给他一个月的时间。于是，赵奢向赵军发出了强攻麦丘的帅令。

麦丘的城墙被攻得矮了一截，城下伏尸数万，仍攻不下来。

赵括再次犯颜直谏，特地提醒父亲赵奢：麦丘城储备了充足的粮食，加之最善攻守的墨家弟子，已经加入守城齐军，赵军如再强攻，只能是伤亡更大，而麦丘还是拿不下来。即便拿下麦丘，而牺牲赵军大量士兵，也不符合赵王的本意！

这次劝谏，赵奢听进去了。他非常清楚，赵军士兵如此折损下去，即便麦丘被攻下，赵惠文王也不见得高兴，何况还可能攻不下呢！

根据赵括的建议，在麦丘城外广布密探，抓了几个齐国俘虏，并采取攻心战术，给俘虏好吃好喝好招待，对他们礼遇有加，放他们回去时，还送给他们粮食。俘虏被感动后，告诉赵括，麦丘城的粮草已断，百姓开始易子而食。但齐军控制很严，百姓对赵军很恐惧，所以负隅顽抗，等待齐国的援军来救。

赵括于是再次向父亲赵奢进言，进一步优待齐军俘虏，力促麦丘城百姓生变，再寻机破城。

赵奢听计，更加优待齐军俘虏。没过几天，麦丘城盛传赵军仁慈，不仅不虐待俘虏，还给他们的家人带粮食。这个消息一传开，全城人心惶惶，不少人打算出城向赵军投降。

齐军进一步加强管控，把俘虏带回去的粮食，从城头扔出来。赵奢这回真不急了，他下令将扔出的粮食扔回去。如此扔出扔回，持续了几天，突然传出一个消息，齐国守城将领被部属斩杀了，城中军民纷纷向赵军投降。

麦丘一战，赵奢功成名就，成了与廉颇齐名的赵国战神；赵括也因此成名，成了赵国统兵御敌的后起之秀。

公元前270年，秦国攻打韩国，重兵围困阏与，韩国向赵国求援。韩、赵同属三晋之地，唇亡齿寒，户破堂危。

救还是不救？赵惠文王问廉颇。

廉颇答道：“道远险狭，难救。”

问乐毅的儿子乐乘。

乐乘顺着廉颇的思路，谈了救不得的意见。

问赵奢。

赵奢说出一句旷古名言：狭路相逢勇者胜（其道远险狭，譬之犹两鼠斗于穴中，将勇者胜）。

凭着这句名言，赵奢率军踏上了救援阏与的征途。

秦军针锋相对，从关中发兵向西，直插中原重镇武安，与围攻阏与的部队，构成相互驰援的掎角之势，在赵军救援阏与时，大可从背后捅上一刀。

赵奢率军在离邯郸三十里的地方筑垒扎营，修筑隐蔽工事，同时下达了一道军令："有敢于谈及军事者，一律斩首！"

这是一道匪夷所思的军令！军队本就是出来打仗的，怎么能不谈及军事呢？赵奢手下一个将军，冒死直谏，结果真的被赵奢斩了。

这消息传到秦军，引起秦军人心浮动。这赵奢率军修工事，搞隐蔽，不让谈军事，还将谈军事的一个将领斩首，他这是在构建一个什么样的战役布局呢？

秦军于是故意挑衅，赵军不予理睬，使得秦军更加疑惑。

秦军派探子进入赵军营地，查看虚实，赵军浑然不知，任其自由活动，还把他们当作驻地村民，招待他们吃饭。探子回去报告后，秦军将领非常高兴，认为赵军"去国三十里而军不行，乃增垒，阏与非赵地也"。

恰在这时，赵奢下令军队火速向西，两天一夜后，如兵从天降，赶到了离阏与五十里的地方。驻守武安的秦军做梦也没想到，赵军会从自己的眼皮底下突然消失。

赵军千里跃进、孤军深入，虽然到达预定的作战区域，但仍未摆脱阏与和武安两地秦军的夹击。此时的赵奢，不再执行敢来言军事者斩的军令了，而是采纳军士许历的建议，加重兵阵，以逸待劳，避秦军锋芒；拨一万人马，由许历率领，抢占阏与的北山，占据制高点，掌握战役的主动权；赵奢亲率赵军主力，攻击围困阏与的秦军。

战斗的结果是，阏与城被解围，从武安前来驰援的秦军，被许历的一万大军从山上冲下，拦腰斩断，杀得七零八落，四散溃逃。

赵军千里突袭阏与的战役谋划，是儿子赵括给老子赵奢出的主意。临出发前，赵奢向赵括问计，赵括则展露了自己运筹帷幄的军事才华。他提醒赵奢：秦军千里攻阏与，必求速战，在这种情况下，首先要派人告知阏与的韩军，赵军已赶来救援，激励韩军加紧攻伐，牵制秦军；而赵军要以极大的耐心，给武安的秦军示之不能，以此麻痹松懈秦军；时机一旦成熟，再突然拔寨而行，直捣阏与，方可成功。赵奢的战役部署，可以说是完全照赵括的建议实施的。

阏与之战的胜利，是赵奢、赵括父子共同创作的军事杰作。

赵奢经历丰富，对这一军事杰作和人们的赞赏，很快便放下了。而年轻的赵括，却当作包袱背起来了，自以为整个战国天下，能在军事上与之相比的，还找不出人来。赵奢看出了赵括的盲目骄傲，试图劝说引导，但赵括听不进去。赵奢不无忧虑地对妻子说："使赵不将括则已，若必将之，破赵军者必括也！"

赵惠文王去世后，太子赵孝成王继位。

公元前260年，秦军攻克赵国上党，赵孝成王即遣廉颇率军驻守长平，以抵挡秦军的进一步征伐。秦将是赫赫有名的战将白起，战术部署超人，战斗意志超强，加之秦军屡打胜仗，势头正猛。廉颇率军抵御，几战不胜，便下令坚守营垒，拒不出战，以寻找破敌之策。

面对老辣的战将廉颇，白起不得不改变战法，他派人花重金到赵国实施反间计，说秦军怕的不是廉颇，而是赵括。此时赵奢已经去世，赵括正摩拳擦掌，跃跃欲试，很想在军事上大露一手。赵孝成王对白起的反间计不做分析，信以为真，立马下令，撤掉廉颇，换上赵括。

这时赵括的母亲登上了历史舞台，她赶紧找到赵孝成王，阐述儿子赵括不能为将的理由。

这位母亲说：当年她丈夫赵奢为将时，亲自端碗招待客人，赵王分封给他的赏赐，他全部分发给将士。他从为将受命的那天起，就不再管家里的事，全部心思用在了军队上。而儿子赵括刚做大将，就高堂而坐，接受礼拜，吓得大小军官都不敢抬头看他；赵王赏赐给他的金银绸缎，他全部拿回家藏起来；他受命后不是忙于军务，而是忙于察看哪里有美宅良田可以买下……这位母亲最后请求，千万不能派她儿子赵括去替换廉颇，这可是社稷之大祸！

赵孝成王对赵括非常器重，根本听不进赵括母亲的忠告。

无奈之下，这位母亲向赵孝成王提了一个请求：一旦赵括出了差错，请赵王不要连罪赵家！

这是一个对儿子有透彻认识的请求，其实仍是忠告！

赵括取代廉颇，一上任便另搞一套，调换军官，废弃军规，下令军队迅速出击。

白起盼的就是赵括这一招，几经交手，赵括便陷入白起的圈套，一分为二，运粮通道被切断，赵军困于两地，断粮四十六天。而白起下令军队坚守营垒，不与赵军交战。可怜赵国官兵，饿急了扒尸体为食。在穷途末路之际，赵括没有崩溃，没有投降，而是从绝望中寻找希望。他兵分四路，强行突围，武器打没了便与秦军肉搏，最终战死沙场。赵括率领的四十余万赵军，除二百四十个年轻娃娃被放回赵国外，其余的不是战死，就是投降后被活埋。加之从上党退到长平的赵军，总共达四十五万人之多！

仅此一战，赵国被彻底打残了！

但赵国在惨败的回光中，返照出赵奢一家，满门忠烈！

赵太后的明睿成触龙之功

“触龙说赵太后”，是战国史上的著名事件。事件就赵太后的儿子到齐国当人质展开，赵太后舍不得儿子，不让去，而赵国面临的危局，不去又不行。在这种情况下，老臣触龙做通了赵太后的工作，同意派幼子长安君到齐国当人质，使得赵国的危局得以缓解。

显然，该事件盛赞的是触龙。

其实，赵太后的明大理，更值得盛赞！

一件小事，就足见赵太后的胸襟和视野。

齐国使节到赵国慰问赵太后，赵太后连问了他三个问题：“岁亦无恙耶？”“民亦无恙耶？”“君亦无恙耶？”

第一个问题，问的是齐国当年的收成好不好；第二个问题，问的是齐国人民的生活好不好；第三个问题，问的是齐国的国君身体好不好。

从这三个问题的顺序可以看出，赵太后心里装的是民众，收成不好，民众可就苦了。至于问到国君的身体好不好，是外交场上的客套。

对于赵太后这样的提问，齐国使节很不高兴。在使节看来，首先该问的是国君，而后才是收成和人民，怎么能把这个顺序颠倒呢？

赵太后的解释是：“苟无岁，何有民？苟无民，何有君？故有舍本而问末者耶？”

赵太后的这个解释，说到问题的根本了。收成不好，怎么养活人民，没有人民，怎么会有国君呢！

如此可以看出，赵太后是个大明大智之人。

公元前266年，赵惠文王去世，赵太后执掌赵国政权。

赵惠文王临死前，嘱咐又嘱咐：一定要好好照顾太子，保住赵国的万世基业，尤其叮嘱要防止秦国趁火打劫。

赵惠文王尸骨未寒，秦国迅速发起了对赵国的攻击。赵太后刚开始临朝听政，对如何应对、处置未理出章法。赵国上下乱作一团，只好赶快派使节前去齐国求援。

东边的齐国，正享受范雎“远交”的好处，是整个战国天下唯一没有受到秦国攻伐的国家，因而也是最有实力救援赵国的国家。因为这个原因，赵国朝廷普遍认为，齐国不会帮忙。

然而出人意料的是，齐国同意出手相救，但提出一个条件，让赵国太子长安君，到齐国做人质。

这可就戳到赵太后的心眼处了。丈夫赵惠文王有交代，不能让太子遭受什么苦难。而她，十分疼爱这个孩子。因而当齐国提出质子的要求后，赵太后一口拒之千里。

眼看秦国大兵压境，赵国危在旦夕，臣僚们纷纷对赵太后劝谏，但怎么劝都没用，她就是不同意。不同意还劝，把赵太后劝烦了，放出狠话：这事不许再提，否则让他满脸沾上老身的唾沫！

其实，赵太后有自己的盘算。当时的赵国，武有廉颇，文有蔺相如，王室还有平原君赵胜，这些人才华横溢，德高望重。他们不去齐国搬救兵，却盯着她的爱子去做人质，这不是对她临朝听政的轻视吗！

眼看赵太后的工作做不下来，臣僚们把希望寄托在老臣触龙身上。

触龙为官规矩，不争宠，不争利，能言善辩，在赵国威望很高。

加之触龙年事很高，赵太后对他很尊重，不至于招惹唾沫。

触龙颤颤抖抖走进太后宫，磨磨蹭蹭走到赵太后跟前，行礼请罪，说：自己年纪大了，腿脚不麻利，但一直心念太后，却不能前来谒见，这次前来请安，就想看看太后玉体是否康健。

赵太后对触龙来干什么心知肚明，因而只是敷衍着应付。话题一开始都是饮食起居，家常故里，聊着聊着，聊到了孩子。

触龙说：老臣有个小儿子，叫舒祺，十五岁了，没什么才干，但老臣特别疼爱他，想把他放到宫廷侍卫队去锻炼锻炼，也好让他长点本事。

赵太后一听，有所触动，说：我以为母亲才会溺爱自己的小儿子，原来做父亲的也是这样。

触龙赶紧接话茬，说：比母亲更加溺爱。

聊到这会儿，赵太后就不是敷衍应付了，而是当家常聊起来了。她说：妇道人家，大都偏爱小儿子。

触龙则说：太后与一般妇道人家不同，不是更爱小儿子，而是更爱燕后。

赵太后的女儿嫁到燕国去了，为燕后。

赵太后说：爱卿错了，老身爱长安君，比爱燕后要深得多。

触龙说：燕后出嫁的时候，太后抱着她哭泣，担心她如此一别，还能否回来；燕后走后，每逢祭祀，太后都为她祈祷，祈祷她不要回到赵国，以求长久居住在燕后宫。太后的心思，是想燕后能香火永续，子子孙孙都能在燕国大富大贵。

赵太后完全进入一种闲聊状态，拍着大腿说：老身正是这样想的。

触龙说：容老身问一句，从今往上数三代，到赵氏建立赵国的时候，赵国君主的子孙，凡被封侯的，他们的后代有几个能继承爵位?

赵太后对赵国祖宗的传续一清二楚，张口便说：一个没有。

触龙又问：赵国是这样，其他国家呢?

赵太后想了想说：老身孤陋寡闻，还真没有听说。

直到这时，触龙才回到主题。他对赵太后说：其实，其他国家也没有。没有的原因，不是说君王的子孙都不好，而是这些子孙都拿不出可以让人信服的功绩。他们俸禄优厚却好逸恶劳，拥有的财产土地很多，却不知道规避风险。如此，往近里说，损害了自己，往远里说，伤害了子孙。

在讲了这样一番道理后，触龙把长安君拉到要谈的话里来了。他说：这就和现在的长安君一样，太后把肥沃的土地封给他，把大量的珍宝赐予他，却没有给他创造机会，为国家做出功绩。太后百年之后，他怎么能在如此风起云涌的乱世中立足呢？由此来看，太后不是爱燕后更胜于爱长安君吗！

如前所述，赵太后不是不明事理之人，赵国危亡在即，她能因溺爱幼子而眼看着国家灭亡吗！她只是觉得，自己一个妇道人家临朝听政，朝中这么多臣僚，没有人站出来担当，却把她小儿子作为筹码，心里有些生气。在与触龙一番闲聊后，找到了一个适当的台阶，便走了下来。

触龙说赵太后的成功，不能否认触龙的智慧，但更主要的，还是赵太后的英明睿智。她是明"苟无岁，何有民？苟无民，何有君"的明睿之人，知道事大事小，只要给她一个适当的台阶，她定会做出舍小取大的选择。假若她是那种不明事理，钻到牛角尖不出来的人，即便苏秦、张仪去游说，也是不管用的。

所以说，是赵太后的明智，成就了触龙游说的成功！

就像任何事物都有发生、发展、消亡的过程一样，和氏璧在冥冥之中的因应，也有这样一个轮回。出现在赵国的和氏璧，至此不再在战国的史典中现身了，似凤凰五百年涅槃一次那样，在等待下一次面世的因应。

廉颇是被害“老”的

辛弃疾的《永遇乐·京口北固亭怀古》写道：“凭谁问，廉颇老矣，尚能饭否？”

衡量一个人是否老了，“饭否”确是个标志。

但战将廉颇虽然年事已高，却不能用“饭否”来说他“老矣”。

长平之战中，秦国实施反间计，赵括取代廉颇，结果赵国大败，四十多万将士，被白起坑杀。

廉颇被免职后，赋闲在家，门客纷纷离去，有的甚至走前连招呼都不打。长平兵败后，廉颇再次被任命为赵国的主将，离去的门客纷纷返回。廉颇是个典型的军人，瞧不起那些墙上草、随风倒的门客，将他们一概赶走。

长平之战，被白起放回赵国的四百多个娃娃兵，没有给赵国带去不寒而栗，而是带去了同仇敌忾。秦国想乘长平之战的胜势，一举踏平赵国。赵国军民则血气阳刚，众志成城，舍生忘死，视死如归，在强大的秦军面前，没有表现出丝毫的畏惧和退缩。

廉颇统领赵国二十万老弱之族，加强邯郸的防务，采取得当的战略，有机会就出击，没有机会就固守，不仅顶住了秦国四十五万大军的轮番进攻，而且时常抓住战机出击，扩大了战果。加之战事胶着，拖的时间很长，魏国、楚国又从外围对秦军发起进攻，使得邯郸之战，以赵国的胜利而宣告结束。

虽然顶住了强秦的进攻，但还不能说赵国因此而强大。毕竟数十万赵军被坑、被杀，加之连年战事纷扰，国内财资空虚，人力匮乏。

恰在这当口，燕国趁火打劫来了。

燕国派丞相栗腹以祝寿为名，到赵国一探虚实。栗腹看清了赵国“壮者尽于长平，其孤未壮”的悲惨现状，向燕王提议攻打赵国。

燕王亲自点将，点到的是战将乐毅的儿子乐间。

在燕国封为昌国君的乐间，毫不犹豫地拒绝了。他的理由是，此时燕国出兵伐赵，名不正，言不顺，失道寡助不说，而且燕军的士气提振不起来。反观赵国，举国节哀，哀兵死战，战而必胜。

燕王不肯放下趁火打劫的机会，改任丞相栗腹为主将，于公元前251年，发兵六十万，从赵国的鄗城、代郡两个方向，发起大举进攻。

赵军统帅就是廉颇，但他能召集起来的军队，全部加起来也不到四十万，除去驻防国境的，聚集到廉颇旗下的，只有二十五万人。虽敌我兵力悬殊，但双方统兵的将领大有不同。统兵二十五万的是赵国的门神廉颇，统兵六十万的是燕国的丞相栗腹。廉颇对栗腹，尚未开战，似乎胜负便分出来了。结果也是一样，栗腹统两路大军来袭，廉颇则以各个击破对攻。率四十万大军进攻鄗城的栗腹，被廉颇的二十万人军彻底击败，栗腹的脑袋还被砍了下来。燕国另一路统兵副将卿秦，面对的是廉颇的副将乐乘，他带五万人马在代郡，向二十万燕军发起进攻，打得燕军望风而逃，卿秦还被乐乘生擒。廉颇在鄗城将栗腹击溃后，率军乘胜追击，一口气追了五百里，把燕国的国都围了。燕王献出五座城池，赵国才撤兵。

在赵国面临生死存亡的关键时刻，廉颇站出来成为中流砥柱！此后数年，廉颇统军，多次击退他国进犯，且在公元前245年，攻取了魏国的繁阳。

也就在赵国攻取繁阳的当年，赵孝成王死了，他的儿子赵偃继位，号称赵悼襄王。他一上台，便打击权臣。廉颇为赵国丞相、主将，大权在握，兵权还在握，自然是他打击的首要对象。

赵悼襄王找的打手，叫郭开。

同朝为臣，廉颇死看不上郭开，他没什么本事还在其次，成天围着赵悼襄王摇尾巴，进谗言，害忠良，廉颇就气不过。军人性格的廉颇，有话敢说，多次当面怒斥郭开，揭露他的无能和虚伪。

郭开得赵悼襄王之宠后，自然站到了第一打手的位置上，且首打廉颇。不久，廉颇的丞相被免，军权被解除，改由乐乘代替。赵悼襄王还特地派使节禀告在外作战的廉颇，速回邯郸待命。廉颇深知，他一脚踏进邯郸，等待他的将是什么。于是一不做，二不休，率军攻击替代他的乐乘，把乐乘打得逃回了邯郸。

廉颇这么做的想法是，在赵国，最善战的还是我廉颇，让我回去统领赵军，是赵国最好的选择。

这纯粹是战将的思维！

等不来赵悼襄王的反悔，有能力另立新主的廉颇，不去想另立新主；有能力自立为王的廉颇，更不去想自立为王。他想的是，继续警示赵悼襄王，促使他最终反悔，把自己召回去，重新回到掌管赵国的门神之位。

这仍是纯粹战将的思维延续。

赵悼襄王可不听他的警示，也不管你廉颇是不是赵国的门神，他要的是全部收回廉颇手中的权力。

没有等来赵悼襄王的反悔，廉颇则延续自己纯粹的战将思维，离开赵国，但他不是投奔实力强大的齐国，而是投奔被白起打得一蹶不振的魏国。因为魏国离赵国很近，马蹄跃起便可回到赵国。

赵悼襄王这回似乎明白了，廉颇一旦在魏国为将，赵国没有他的对手。加之两国紧邻，魏国军队一两天便能在邯郸兵临城下。于是，他派出使节，到魏国做廉颇的工作。

使节是宦官唐玖，与郭开是鼠蛇一窝。派唐玖，就是郭开的主意，由此便可断定，唐玖不会为赵国做请廉颇回国的工作，而只会做相反的工作。

赵悼襄王叫唐玖带了一副盔甲和四匹快马，那意思很清楚，教廉颇穿上盔甲，骑着快马回来。

结果是，廉颇没有回去，唐玖回去了。他给赵悼襄王报告的情况是，廉颇很能吃，一顿饭吃了一斗米、十斤肉，但一会儿的工夫，便上了三次茅厕。

赵悼襄王听了唐玖的禀报后，决定彻底放弃廉颇。在他看来，一个统兵大将，连大小便都控制不了，如何去统领军队呢！

真实的情况是：廉颇为了表明自己身强体壮，一顿饭吃了一斗米、十斤肉。吃完饭后没有上茅厕，而是飞身上马，挥舞大刀，来回奔驰，神武不减当年。

赵国的护国门神廉颇，就这样被奸臣郭开害“老”了！

被赵国抛弃的廉颇，后来被楚国接走了，并封为大将。但廉颇人在楚心在赵，不久便客死他乡。

司马迁在《史记》中写道：“廉颇一身用与不用，实为赵国存亡所系。此真可以为后代用人殷鉴矣。”

李牧为赵国的覆灭殉葬

战国历史沉痛宣告：李牧死，赵国亡。

遗憾的是，战将李牧不是死于战场，而是死于奸臣的谋害。

已经大厦将倾的赵国，随着李牧的被害，轰然倒下，从此在战国消亡。

李牧是今河北邢台人，常年驻守代地，抗击匈奴的进犯。他是继廉颇之后，战国天下公认的智慧、骁勇、仁义的战将。

李牧在远离邯郸的代地戍边，赵王廷赋予他设置官吏、任命官员、田租税不用上交朝廷的权力。可以说，这是支撑赵军戍边的必备条件。赵国国都邯郸离代地很远，不赋予戍边将领这个权力，一旦有战事，层层报告，多大的事都会耽误了。

镇守代地的李牧，因地制宜，因情施策，军民关系搞得很和谐，官兵关系也搞得很融洽。比如，他率领军队在赵武灵王修筑的长城上，修建了若干个烽火台。自代郡至阴山南麓的高厥，常年派兵把守瞭望，远远地就能看清匈奴的进退态势，烽火一点，一排狼烟，代地军民就知道怎么防御了。再比如，李牧亲自教授官兵的骑射技术和围攻战术，极大地提升了军队的战斗力。还比如，李牧几乎每天宰牛杀羊，犒劳立下功勋的将士，激励军队斗志。在此基础上，李牧制定了非常恰当的攻防策略，简而言之即是，一旦匈奴入侵，烽火报警，代地军民就全部进入城池营垒，实行坚壁清野，无论匈奴怎样叫阵骂阵，代地军民就是坚守不应。这样一来，匈奴既掠不到人民，又抢不到物资，常常兴师动众白忙乎，耗费很大。

当然，这样的策略，匈奴侵伐无功，李牧也同样御敌无果。赵孝成王很不满意，派使节对李牧大加斥责，喝令他要么出击匈奴，要么回到邯郸。李牧是很有定力的战将，没有因为赵王的斥责而改变策略，而是一如既往，寻找战机。赵孝成王更为恼怒，直接派人到代地，把李牧换了。李牧不为自己解释，叫回去就回去了。

接替李牧的将领，按赵孝成王的旨意，匈奴一来，便全线出击。匈奴兵多，赵国戍边军队很少，加之匈奴擅长骑射野战，双方一交战，匈奴大胜，不仅杀死赵军很多，而且掠走了代地大批财物和民众。

赵孝成王这才醒过味来，诏令李牧重新镇守代地，李牧则称病拒不受命。因为他知道，此番前去，朝廷如果把赋予他的权力收了，他去了也难以把代地守住。赵孝成王答应他的要求后，李牧才重新上任。

重新上任的李牧，还是老一套，匈奴大举来犯，点燃烽火，人员物资退入城池营垒，坚守不出。匈奴一次次无功而返，认为李牧胆小无能，遂产生了轻敌思想。

李牧全面分析自己的御匈态势，认为时机成熟了，于是制定了一个诱敌深入的战役方案。这个作战方案的诱饵是，大批百姓漫山遍野地放牛牧羊，待匈奴前来打探虚实时，派赵军前去攻击，而一交战，便败下阵来，连山上的牛羊和放牧的群众都不顾，只管自己逃命。

匈奴与李牧交手，第一次占到这么大便宜，便胆气更壮，头脑更热，驱大军向代地进攻。李牧巧设奇阵，用战车正面迎战，用步兵居中阻击，用弓弩手后置远程射杀。待匈奴损失惨重后，把隐藏在后方的骑兵放出来，直冲匈奴的指挥中心，打得本就溃不成列的匈奴四散逃逸。十万匈奴大军，除单于带少数亲随逃脱外，其余的不是被杀，就是被俘。李牧率军乘胜追击，把依附匈奴的东胡、襜褴等部族全部灭了。

这一仗打完之后，匈奴连续十年没有向代地加兵。

匈奴不敢来犯，秦军可气势汹汹地来了。秦国大将樊於期率军攻打赵国，拿下平阳、武城两个城池后，乘胜追击，又拿下赤丽、宜安两座城池，兵锋直指邯郸。

赵国危在旦夕，赵幽缪王赶紧拜镇守雁门的李牧为大将军，令他从雁门南下，昼夜兼程回援邯郸。李牧临危受命，率军赶到宜安，与樊於期率领的秦军对峙。双方较劲，李牧高筑营垒，不与樊於期正面交手，用坚守疲敌；樊於期耗时不起，粮草兵员补充不济，急于与李牧交手。为诱使李牧出城，樊於期故意率主力进攻肥下。不承想，李牧不是率军救援肥下，而是率军直扑秦军大营。此时的秦军大营，主力打肥下走了，留下的少量兵员看守辎重，被李牧全数尽缴。樊於期赶忙率军来救，却在中途遭到李牧的伏击，把秦军打得溃不成军。樊於期倒是带少数随从杀出来了，但不敢回秦国了，只好投奔燕国。

公元前232年，秦国再遣大军，兵分两路，一路从南进攻魏国的邺城，一路从北进攻赵国的井陉，企图打赵国一个首尾不顾。李牧采取的战术是，先打南面，把秦军阻止在漳水以南；再打北面，把秦军阻止在番吾一带；接着北面的赵军迅速南撤，与抗击南面进攻的赵军会合，向秦军发起进攻，一举将南犯的秦军击溃，使得这次秦国向赵国的大举进攻，以赵国的胜利而宣告结束。

为了彻底拿下赵国，秦国君臣经过一番谋划，决定军事、策反两手都用上，以军事进攻施压，促成策反成功，诱使赵国把李牧杀掉。

秦国选定的策反对象，还是郭开。

在郭开收下秦国的三千金和三座城的许诺后，秦国以王翦为将，率大军开到魏国邺城，不是发动进攻，而是派使节前去与赵军讲和。赵幽缪王的工作已经被郭开做好了，故诏令李牧不能向秦军发起攻击。秦、赵两军对峙，秦军前来讲和的人员，纷纷来到赵军大营，造成了一种双方罢兵回撤的假象。

郭开于是上场，他对赵幽缪王如是说：秦、赵两军对峙，之所以这么长时间不开战，是因为李牧已经收受了秦国大量贿赂，只要邯郸一破，李牧就到秦国做高官去了。

赵幽缪王一听，头都炸了，迅速派出使节，到李牧大营打探究竟。使节到大营一看，看到秦国使节在赵军大营进进出出，不问缘由，转身就跑，赶快向赵幽缪王禀报。

赵幽缪王自认为郭开的报告得到证实，立马委派宗室赵葱去取代李牧。

李牧拒不受命。此番被废，绝不是废除他的军权那么简单，而是要废除他的小命。他不甘心啊！大敌当前，赵国灭亡在即，他作为赵国的子民，作为赵国的统兵大将，一心想的是为挽救赵国而战，为生他养他的赵国人民而战。

可是，一心想吞并赵国的秦国不让李牧活，拿了秦国大把金钱，得到秦国巨大利益许诺的郭开，更不能让李牧活。李牧最终在赵幽缪王和郭开设计的圈套中，被捕遭到斩杀。

李牧被杀之后，秦国与赵国的讲和之戏落下帷幕，王翦统领的秦军，一转脸便向赵国发起进攻，迅速攻下邢台，接着攻下邯郸。在战国天下演出过赵氏孤儿、胡服骑射、完璧归赵、将相和等精彩大戏的赵国，在抬腿迈向下一个朝代时，覆灭了。

诚然，赵国的灭亡，不是郭开之类的奸臣造成的。赵国出现郭开，是战国历史终结前的宿命！

至于郭开，有必要说说他的结局。他先是害廉颇，接着害李牧，赵国两代顶天立地的名将，都死于他的陷害，也可以说，是死于他之手。故后人对郭开的痛恨，都寄希望于“恶报”的结局。

是的！郭开应了“恶有恶报”。

赵国灭亡后，秦国兑现了对郭开的许诺，郭开将受贿的全部财宝，装上了十几辆大车，喜不自禁地向秦国驶去。半路杀出一路人马，在抢货的同时，把郭开的脑袋砍了。

可以说，这是赵国后人，也是所有人，都愿看到的结局！

第四章 战国四公子因诟病而扬名

齐国孟尝君、赵国平原君、魏国信陵君、楚国春申君，是战国赫赫有名的四君子……

四君子门下养士众多，学士、策士、术士、食客，鱼龙混杂，不乏高手……

四公子既是王室成员，又号称君子，必有王室成员才有的特权，还得有称之为君子的风范……

问题在于，王室权谋的尔虞我诈，必然限制那些想成为君子的人，最终当不成君子……

因诟病而扬名，就这样成就了四君子……

孟尝君诟病于“卖国自保”

齐国大名鼎鼎的孟尝君，是战国天下四公子之一，在司马迁的笔下评价不高，说他“好客自喜”。“好客”，说的是他养了三千食客；“自喜”，不太好解释，联系那段齐国的历史看，当说他养这么多食客，不是为了齐国的利益，而是为了自己的利益博取名声。

在司马光的笔下，直白多了，说他“盗其君之禄，以立私党，张虚誉，上以侮其君，下以蠹其民，是奸人之雄也，乌足尚哉！”无需解释，司马光说他是伪君子，是奸人之雄。

两位史学巨匠的这个评价，放在与孟尝君有关的历史事件中看，似应还有其他说道。

孟尝君是齐国靖郭君田婴之子，名叫田文。

不少史书对孟尝君的评价是，极富人格魅力，追随他的人很多。田婴有四十个儿子，田文则是他最卑微的一个小老婆所生。但田文智慧高，谋略深，负责接待宾客事务，宾客无不对他赞誉。田婴死后，把爵位传给田文，号称孟尝君。

孟尝君府上养了三千食客。当然，这三千食客，不全是江湖草莽之辈，也有高人。

有一个叫冯谖的食客，穿草鞋，提一把佩剑，没有剑鞘，剑柄还用绳子缠绕，他慕孟尝君之名，加入孟尝君的食客队伍，被安排在下等行列。一到吃饭，冯谖就击剑而唱："长铗归来乎，食无鱼。"唱的是，长剑呀，回去吧，这里吃饭没有鱼。

孟尝君就将冯谖调到中等食客住所，吃饭有鱼了。

吃饭时，冯谖又击剑而唱："长铗归来乎，出无车。"唱的是，长剑呀，回去吧，出行没有车。

孟尝君又将冯谖调到上等住所，出入有马车接送。

再到吃饭时，冯谖还击剑而唱："长铗归来乎，无以为家。"

要吃鱼，给了；要坐车，给了；还要成家，这不是没完没了、得寸进尺吗？孟尝君不搭理他了。

一年后，庄家歉收，租地的百姓交不了租金。孟尝君府上光食客就三千多个，食宿衣着开销很大，经济负担难以为继。在这种情况下，孟尝君叫冯谖到他的封邑薛地去催缴租金。

冯谖去了薛地，实地走访查询后，催缴租金，也收了一些钱。

拿到钱后，冯谖就举办了一场大型宴会，叫欠孟尝君租金的人，带上借据，都来参加宴请。酒喝到兴头时，冯谖对大家说：孟尝君府上的食客太多，已经没钱供养了。我这次来催债，还得起的都还了，还不起的就一律免了。说罢又叫大家把借据全部烧掉，烧掉后，他说了一句："有君如此，岂可负哉！"

这句话极其重要，意思是：孟尝君对大家这么好，可不能辜负他！

大家深受感动，纷纷跪地，拜了又拜。

回去交差，冯谖两手空空，孟尝君火了，好不容易收上来一些钱，你却用做宴请花了，孟尝君能不火吗！

冯谖给孟尝君做了一番解释，关键词是两句：

一句是，既然老百姓还不了钱，为什么不免掉呢！另一句是，还不了，你去催，这不是逼着老百姓逃亡吗！

孟尝君的明智在于，他觉得冯谖讲得有道理，不仅很赞同，而且对冯谖表达了感谢。

孟尝君出访楚国，楚国仰慕他的贤明，送给他一张象牙雕刻的床，孟尝君打算派登徒护送到齐国去。登徒很为难，象牙床是很珍贵的，价值两万四千两黄金，路途这么远，有个闪失怎么办？他把自己的忧虑跟随孟尝君出访的公孙戍说了。公孙戍对孟尝君说：很多小国愿意送相印给您，求您兼任他们的丞相，是认为您能体恤贫穷。大家敬佩的，是您的仁义；仰慕的，是您的清廉。现在您第一次到楚国，就接受象牙床这么贵重的礼物，将来您再去别的国家，叫他们送您什么呢？孟尝君听后，婉转辞谢，把象牙床退了。

不仅如此，孟尝君还贴出告示：凡能促使我得到美好名声，能够制止我犯错，即令是接受他人贿赂，或被他人利用来劝谏的，都没关系，请马上给我规劝！

孟尝君不仅养士名声很大，他还为齐国做出过重大贡献。

比如，秦国用欺诈手段诱使楚怀王赴秦并扣押后，楚国群龙无首，围绕在齐国做人质的楚太子芈横，是否放回楚国继位，齐国争论不休，拿不定主意。主流意见是，放芈横回去可以，但楚国必须给予回报，把淮河以北的土地割让给齐国。

这其实是很幼稚的想法！

楚怀王后宫美女很多，王子一大群，想当楚王的人多的是，有的还害怕芈横回国。在这种情况下，齐国提出叫楚国拿土地交换，不仅不可能，而且将使楚国与齐国结仇。关键是，齐国还将在战国天下背负骂名。

孟尝君特地提醒说：一旦楚国立了其他王子接任，太子芈横就成了齐国的一个烫手山芋，留着无用，送还送不出去。

齐威王觉得有道理，把芈横体体面面地送回楚国，让他继位为楚顷襄王。

再比如，秦武王死后，秦国实际掌权的宣太后，是楚国的王室人员，她念及娘家亲情，将秦国占领楚国的汉中，交还给楚国，还将秦国美女嫁给楚国国王。楚国于是一头倒向秦国，并断绝了与齐、魏、韩缔结的合纵联盟。齐、魏、韩于是出动三国大军，发起对楚国的进攻。

孟尝君为三国军队统帅，实际统兵的大将是匡章。联军与楚军沿水安营扎寨，隔河都能看见对方，但联军不敢轻易出击，不知河水的深浅。

双方对峙一段时间后，匡章在当地老乡的指点下，突然对楚军防御人马最多的河段发起进攻。原因是河水深浅楚军知道，水深的地方基本不布防，军队主要部署在河水浅的地方。长时间驻防，仗又没打起来，楚军放松了警惕。联军突然发起进攻，很快蹚过河去，打得楚军措手不及，四散逃命。

齐国牵头的这一仗打完后，声威大震，孟尝君的声誉更是在战国天下如雷贯耳。

秦昭襄王敬慕孟尝君的贤能，派弟弟嬴悝到齐国当人质，交换孟尝君到秦国为丞相。不久，便有人对秦昭襄王说：孟尝君是齐国人，他当然把齐国利益放在第一位，秦国因此会陷入险境。秦昭襄王认为有理，罢了他的相，担心放回去对秦国不利，又把他囚禁起来，准备处死。

孟尝君人脉关系很广，他着人向秦昭襄王宠幸的姬妾求救，这个姬妾的条件是，要孟尝君穿的一件白色狐狸皮袍，可这件皮袍早就送给秦昭襄王了。孟尝君门下一个叫狗盗的食客，是个神偷，很快便溜进秦王宫，把那件皮袍偷出来，送给了秦王的宠姬。这个宠姬于是使作缠绵，叫秦王把孟尝君放了。孟尝君刚走出囚牢，秦王便反悔了，派人追捕。此时孟尝君已经走到秦国的一个关卡，按照关卡的规定，每天清晨，鸡打鸣了才开关。时值子夜，追兵逼近，大家慌作一团。关键时刻，食客中一个叫鸡鸣的人，是个口技专家，他学鸡叫，高声一啼，当地的鸡跟着啼叫起来。守关的打开关门，孟尝君一行得以逃脱。

但在齐湣王继位后，孟尝君的日子就不好过了，他一上台，就着手整孟尝君，且决意找碴儿除掉孟尝君。

也是事有凑巧，一国之君齐王，被一个叫田甲的人劫持过一回。齐湣王出来后，一口咬定，孟尝君是劫持他的主谋。因为他府上的三千食客中，小偷、强盗、杀人犯都有。

孟尝君有口难辩，打算出逃。

这一逃不是“此地无银三百两”吗！有人到齐湣王那里，为孟尝君开脱，并愿为孟尝君的清白去死。齐湣王半信半疑，下令彻查，结果真凶抓到，与孟尝君无任何关系。

虽然证明了自己的清白，但嫌隙已生，孟尝君还是打算离开朝廷，到他的封邑薛地养老。

一听到孟尝君回薛地养老的消息，尽管他还没有走，他府上养的三千食客，一哄而散都走了，连个招呼都没打。对此司马迁特地写了孟尝君的一声叹息：“客见文一日废，皆背文而去，莫顾文者。”

有一个人不离不弃，他就是冯谖。

冯谖开导孟尝君说：官员人家犹如集市，天一亮，人们往集市赶，因为集市上有他们需要的东西；黄昏了，人们都走了。这不是人们喜欢早晨，而不喜欢黄昏，关键是没有利益。

孟尝君一路走去，走回封地养老时，步子是稳健的，世人是认可的，形象是正面的。这之后，孟尝君走了一步，走出了世人对他的诟病，也走出了司马迁对他的否定。

孟尝君离开朝廷之后，秦国的逃亡将领吕礼来到齐国，被齐湣王拜为丞相。正在齐国担任客卿的苏代，也就是苏秦的弟弟，与吕礼争宠，吕礼占了上风，便利用丞相的权势，打压苏代。苏代斗不过吕礼，便请孟尝君出山。孟尝君也看不惯吕礼的做派，站在苏代一方，吕礼于是把打击的矛头对准孟尝君，并与齐湣王联手，打算置他于死地。

孟尝君在与吕礼的斗争中，犯了一个史学家不能饶恕的重大错误，他光顾了自己保命，而忽视了齐国的利益。孟尝君给秦国丞相魏冉写信，叫他说服秦王发兵攻齐，并用利益诱惑，说秦国占领齐国的土地后，他孟尝君去做秦昭襄王的工作，把这些土地分封给魏冉。对权势和土地十分贪恋的魏冉，真的把秦昭襄王说动了，在燕国大将乐毅率魏、赵、韩等国大举进攻齐国时，秦国发兵进行策应，把齐国的主力吸引过去，使得乐毅率领的联军，在齐国大地驰骋横扫，一口气夺了七十余座城池。

孟尝君的这一步，不只是走偏了，而是走反了，走向了背负历史骂名的不归路。

虽然齐湣王想置孟尝君于死地，丞相吕礼也想置他于死地，作为名满战国天下的孟尝君，可以抗争，可以反击，但万万不能在自身生命危在旦夕的关键时刻，出卖国家，苟且偷生！

孟尝君大概也认识到了这一点，他后来被魏国拜为丞相，对涉及齐国的事务，一概不参与，保持中立。

但，这已然于事无补了！

平原君诟病于“利令智昏”

平原君赵胜，是赵武灵王的儿子，赵惠文王的弟弟，两度为赵国丞相。

司马迁是这么评价他的：“平原君，翩翩浊世之佳公子也，然未睹大体。鄙语曰‘利令智昏’，平原君贪冯亭邪说，使赵陷长平兵四十余万众，邯郸几亡。”

看得出来，司马迁对平原君的评价不高，说他不识大体，原因就是长平之战，赵国数十万大军被坑杀，是平原君“利令智昏”所致。

秦国按范睢“远交近攻”的战略谋划，最想拿下的是韩国的上党。上党位于今山西的东南部，辖长治和晋城。上党“地极高，与天为党”。可俯瞰中州，其西南部的王屋山、中条山，接壤今河南；东南部的太行山脉，是今河北、河南的分界。秦国得上党，退可依太岳山，进可攻韩国都城新郑，直接对魏国都城大梁、赵国战略重地长平，构成重大威胁。

公元前262年，秦军直指上党。郡守冯亭认识到，奋起抗击，打不过秦军；逃回韩国，不会有好下场；唯有投降赵国，才有抗衡秦国进犯的可能。于是，他派出使节，带着上党郡的地图，到赵国邯郸议降。

恰在这时，赵国的赵孝成王做了个美梦，梦见满天的祥云向他飘来，散开时一条金龙从天而降，飞到他的脚下，他骑上金龙，飞向蓝天，半途金龙不见了，他往下坠落，竟然落在一座金光灿灿的山上。第二天，赵孝成王叫臣僚解梦，有的说大吉大利，有的说不是好事。尤其是占卜人员占出的结果不好以后，赵孝成王很纠结。也就在这时，上党郡守冯亭派来议降的使节到了，一张嘴把上党郡的十七座大小城池，全部献给赵国。

天上真的掉馅饼了！赵孝成王大喜过望，认为他的美梦得到应验。

赵孝成王的叔父赵豹泼冷水，认为冯亭是驱狼搏虎，他不是投靠赵国，而是借赵国之力保韩国，是祸水东引。

赵孝成王不听，又找平原君赵胜商量，赵胜则给他全力支持，他说：这些年赵国屡屡发兵征伐，夺他国一两座城池都很难。如今上党郡十七座大小城池全归赵国，何乐不为呢？上党是战略要地，赵国占，秦国东进南下之路就堵死了；秦国占，攻伐三晋的道路就打通了，赵国为何不占呢？

正是平原君的这番言论，被司马迁认定为“未睹大体”“利令智昏”。

平原君奉命接收上党郡，“以三万户之都封太守，千户封县令，诸吏皆益爵三级，民能相集者，赐家六金”。面对如此优厚的待遇，郡守冯亭闭门不受，独自一人站在城墙上哭了三天三夜，边哭边骂自己卖主求荣，不忠不义。待他哭够了，平原君才得以进城。

公元前262年，秦国发起对上党的进攻，冯亭败下阵来，退到长平。

公元前260年的长平之战，是秦、赵两国的关键一战，赵国的四十余万大军，被白起坑杀，使得赵国彻底丧失了抗衡秦国一统天下的实力。

由此分析，平原君被司马迁认定为“未睹大体”“利令智昏”，也许有更深层次原因。这原因可能是秦国收买了冯亭，冯亭则以假降赵国，引狼入室，使得秦、赵两国最终在长平一战，彻底把当时天下最有实力的赵国打垮。因为冯亭之后的冯毋择、冯去疾、冯劫等人，都在秦朝入相为将。

长平之战，赵国损重兵折大将，一蹶不振。两年后，秦国大军又把赵国国都邯郸围了。情急之下，赵国派平原君，联络其他国家，订立合纵盟约联兵抗秦，解邯郸之围。

平原君养食客三千，决定从中挑选文武兼备的二十人，一同前往楚国，把盟约签下来。选来选去，只选出十九人，二十人凑不起来。这时，食客中一个名叫毛遂的人，找到平原君，自荐赴楚。

平原君问：先生寄附我门下几年了？

毛遂答：三年。

平原君说：有才能的人，就如同锥子放在口袋里，锋尖立即会显露出来。你在我门下三年了，没人称赞过你，我也没听说过你有什么贤能，所以你不能随行。

毛遂说：假若早把我放在口袋里，整个锥子早露出来了，何止是露点锥尖！

平原君觉得毛遂谈吐不凡，便把他带上。而另外十九个食客，都暗地里对“毛遂自荐”进行讥笑。但一路走到楚国，大家便改变了对毛遂的看法，觉得他确有学识，且善辩。

平原君与楚考烈王摆开架势，商讨合纵抗秦事宜，还特地推荐楚王作为合纵抗秦首领。但楚王对这个首领丝毫不感兴趣，因为合纵联盟的前车之鉴反复证明，各国打的都是自身利益的小算盘，秦国只需使出一个离间计，合纵联盟就树倒猢狲散，根本就成不了事。故任由平原君如何论说，楚王就是拒绝参与合纵抗秦联盟。

从太阳初升开始，一直谈到日照中天，楚考烈王就是油盐不进。眼看会谈进入僵局，再谈下去，也谈不出什么结果。这时，毛遂按剑向前，说：合纵的事，利害关系如此简单，可你俩从早上一直谈到现在，有什么可争的？

楚考烈王早就谈得不耐烦了，见平原君的随从上来插嘴，顿时火了，呵斥毛遂大胆。

毛遂则说：我知道这是在您的王庭，人多势众，但十步之内，您的性命就在我的手里！在作了这样一番恐吓后，毛遂说：昔日春秋五霸之首的楚庄王，其气势是三年不鸣一鸣惊人，三年不飞一飞冲天，使得楚国成就霸业。可后来呢？楚国连年损兵折将，楚怀王客死异乡，白起率几万部众攻楚，一战而拿下鄢、郢，迫使楚国迁都寿春；二战毁夷陵，烧毁了楚国先王的陵墓，侮辱楚国的祖先。这是百世之仇，楚国的三岁小孩都知道此仇不共戴天，而您却不知羞耻！我告诉您吧，合纵不是为了赵国，而是为了楚国，为了救楚国于危亡之中！

毛遂这番话，激活了楚考烈王内心深处的羞耻感，于是决定，派出八万楚国的精锐之师，前去解邯郸之围。

从楚国搬救兵出来之后，平原君又前往魏国搬兵。

平原君的夫人，是魏国信陵君魏无忌的亲姐。自然，平原君一到魏国，便找小舅子信陵君。信陵君是魏安釐王同父异母的弟弟，听了姐夫平原君的陈述后，迅速找魏王，反复分析出兵救赵的利害关系，终于说动魏王，同意派大将晋鄙，领兵十万救赵。

但魏安釐王私下里对晋鄙有交代，魏国大军开到邺地后，筑营留屯，不得出击，以观时变。

信陵君得知这一消息后，心急如焚。而平原君得知这一消息后，连连派出使节责问信陵君，说邯郸眼看就要被秦军铁骑踏平，在这万分危急的情况下，魏军迟迟不到，何以体现你信陵君的高风亮节？难道你信陵君义薄云天只是徒有虚名？你信陵君纵使瞧不起我赵胜，难道不怜惜你的姐姐吗？

信陵君被逼无奈，叫人偷出兵符，斩杀晋鄙，率军赴赵救援。

秦国得知合纵联兵向邯郸开来，下令围攻邯郸的军队连续发起强攻，邯郸军民殊死抵抗，到了“炊骨易子而食”的地步。关键时刻，平原君听从李同的建议，散尽家财，慰劳守城军民，同时把自己门下的食客组成敢死队，由李同带队，与攻城的秦军死战。史载：“至于平原君之属，皆令妻妾补缝于行伍之间。臣人一心，上下同力，犹勾践困于会稽之时也。”

好在楚国、魏国的援兵赶到，邯郸之围得解。

解邯郸之围，平原君赵胜厥功至伟，受到战国天下的一致好评！

应当说，平原君在战国天下的好名声，也是逐渐积累起来的。

赵国大名鼎鼎的赵奢，就是平原君举荐的。

赵奢布衣出身，做了个收田租税的小官。一次，赵奢到平原君家收田租税，平原君的家人，倚仗其贵为国戚的权势，抗拒不交。赵奢则不管什么国戚不国戚，依法办事，一次就处死了他家管事的九人。平原君火了，打算拿赵奢的小命开刀。赵奢对平原君说：“君于赵贵为公子，今纵君家而不奉公则法削，法削则国弱，国弱则诸侯加兵，是无赵也。君安得有此富乎！以君之贵，奉公守法则上下平，上下平则国强，国强则赵固，而君为贵戚，岂轻于天下邪！”平原君的贤明在于，听了赵奢如此说后，不仅放弃了杀他的念头，而且把他推荐给赵王管理国家的赋税。史载，自从赵奢当赋税官后，赵国“国赋太平，民富而府库实”。正是平原君的推荐，赵奢才从一个收田租税的小官，一步提升为赵国的赋税总管，继而成为名震天下的战将。

范雎在魏国受辱，逃到秦国当上丞相后，令魏国把丞相魏齐的头送到秦国来。魏齐害怕，逃到赵国，就躲在平原君府上。秦昭襄王为帮范雎报仇，诱骗并扣押了平原君，叫赵国拿魏齐的人头来换。这时的平原君，大义凛然，没有屈服。他说：魏齐是我的朋友，在我家也不能交出来！倒是赵孝成王吓坏了，派兵包围平原君的宅院，去取魏齐的人头，魏齐无望自杀，赵王着人割下魏齐的人头，献给秦王，换回了平原君。

平原君贵为国戚，自然妻妾成群。据传，平原君的高楼下是民宅，民宅中有个跛子，经常一瘸一拐地出来打水。平原君一个妾看到跛子打水的样子，哈哈大笑。跛子找到平原君说：我不幸得病致残，可您的姬妾却在高楼耻笑我，我希望得到耻笑我的那个人的头。平原君笑着应承，并没有当回事。一年后，投奔平原君的食客陆续离去，平原君不解，一个食客告诉他：因为你不杀耻笑跛子的那个妾，大家认为您喜好美色而轻视士人，所以纷纷离去。平原君听后，砍下那个妾的头，亲自登门给跛子送去，并向他道歉。这之后，离去的食客又纷纷回来，而且各地投奔他的人越来越多。

这个故事今天的人们理解不了，被人耻笑了，便要人家的头，不对等，是非分要求。但在战国时期，养士成风，也是名人、君子追求的一种时尚，用这种超常做法，博取士人的仰慕、追随，倒是可能的。

至于司马迁对平原君“未睹大体”“利令智昏”的评价，似乎也可做一些说道。因为战国天下，乱世万象，什么事都可能发生，取利取义，莫衷一是，后人难以分清孰是孰非！

战国虽言七雄，但小国还多的是，仅一个没落得无人理睬的周王朝，还分为东西二公。各国的国君都有强烈的国家概念，即国王宝座的概念，而大臣特别是士人阶层，几乎没有什么国的概念，有的只是利益追逐，哪里有利可图，哪里便是祖国。毕竟大小国家源于一宗，泱泱中华再怎么划分地盘，也不可无视甚至脱离这一宗！

信陵君诟病于“窃符斩将”

魏国的魏无忌，是魏安釐王魏圉的同父异母弟弟，因封邑信陵，称之为信陵君。他曾在军事上两度击败秦国，军事才华突出，并著有《魏公子兵法》。

司马迁对信陵君的评价是：“为人仁而下士，士无贤不肖皆谦而礼交之，不敢以其富贵骄士。士以此方数千里争往归之，致食客三千人。是当时，诸侯以公子贤，多客，不敢加兵谋魏十余年。”

可以看出，司马迁对信陵君的评价比较正面，他招揽的食客，不贤不肖的都“谦而礼交”，所以数千里之外的士人，都汇聚在他的门下。因为这个原因，在秦国不断的征伐中，魏国避免了十年的战祸。

司马迁特地写了一个细节：一次信陵君与魏安釐王下棋，北方边境传来警报，说赵国军队进犯，快进入边境了。魏王一听，立即放下棋子，传令召集臣僚商议对策。信陵君则若无其事地说：是赵王打猎，不是进犯边境，叫魏王坐下来继续下棋。魏王心里没底，下棋没心思，无疑是棋路大乱。恰在这时，又传来消息，说是赵王打猎，不是赵军进犯。魏王在把心装进肚里的同时，十分惊讶，问信陵君是怎么知道的。信陵君说：我有食客已经进入赵王身边，赵王有什么行动，食客会立即报予我。

司马迁记载的这件小事，隐喻了两个问题，一个是，信陵君所养的食客，在关键时刻能发挥大作用；一个是，魏安釐王因此会处处提防信陵君，信陵君不可能取得他的真心信任。

我们不妨循着这两个问题，去认识信陵君。

在战国四公子中，信陵君寻访士人的态度最真诚，他“窃符斩将”的诟病，正源于此。

当时魏国有个隐士叫侯嬴，家贫，七十多岁仍只做国都大梁夷门的看门小吏。信陵君听说后，备了一份厚礼，前去登门拜访。侯嬴人穷志不穷，对信陵君说：我出身寒微，却没有丧失志气，几十年来，一直修身洁行，虽然我很困顿，但不需要任何人来可怜，所以您的礼物，绝不接受！

信陵君一想，自己做错了。但凡才气横溢的士子，气节高尚，不会接受嗟来之食。于是，信陵君在家设宴，大会宾客。凭着他在魏国的地位，来的自然都是地位名望很高的人。待大家坐定后，信陵君驱车前去迎接侯嬴。

侯嬴也不客气，一屁股坐到车上，行至半路，说要先去看一个叫朱亥的朋友。信陵君亲自驾车，赶到朱亥的住处。朱亥是个屠夫，车在市场停下，侯嬴下车，与朱亥又抱又拥，说说笑笑，把信陵君晾在车上不管。

明眼人都看得出来，这是侯嬴在考验信陵君的真诚和耐心；信陵君当然知道侯嬴的意图，故而丝毫没有表现出不耐烦来。

告别朱亥后，信陵君把侯嬴引进宴会大厅，坐上座，并隆重向宾客推介，还率先向他敬酒。侯嬴就这样成了信陵君府上的上卿。侯嬴于是向信陵君推介了朱亥，说朱亥也是个贤者，只是以屠夫的身份，隐居于世俗之中。

于是信陵君到市场拜访朱亥，并送去厚礼。朱亥呢，信陵君来了他也见，礼也收，但没有客套，不说感谢的话。信陵君去了多次，次次都是如此，使得信陵君心生疑虑，朱亥到底是个什么样的人？侯嬴怎么会与他交情很深呢？

公元前260年，秦将白起在长平之战中，坑杀赵军四十多万，赵国从此风雨飘摇。两年后，秦国发兵攻赵，把国都邯郸包围了。为解邯郸之围，赵国的平原君前往魏国搬救兵。

信陵君的姐姐嫁的是平原君，姐夫来求援，小舅子信陵君自然鼎力相助，做通魏安釐王的工作，派大将晋鄙率十万魏军，前去解邯郸之围。秦国则派出使节，吓唬魏王，说魏军如果去救援赵国，灭了赵国就来灭魏国。魏安釐王害怕，私下授意晋鄙把大军开到邺地后，隔岸观战，以待时变。

说好了魏军来救，却迟迟不到，平原君非常着急，多次派出使节质问信陵君。信陵君则反复做魏安釐王的工作，但他就是不听。在这种情况下，信陵君决定拼死一搏，把自己门下的食客组织起来，亲自带一百余辆车马，赶赴邯郸，与秦军搏斗。信陵君十分清楚，他率领的食客队伍去战秦军，无疑是以卵击石，有去无回。即便如此，他仍义无反顾。他信陵君就是这种义薄云天之人，生死面前，不能失了自己的风范。

信陵君带着人马路过夷门时，恰巧碰见了侯嬴。他急忙下车，把自己准备去救邯郸的打算说了，期待侯嬴给他出谋划策。

令信陵君大失所望的是，侯嬴一点儿也不着急，只是淡淡地说：您去救赵国，我就不随您去了。信陵君的心凉透了，驱车离去，越走心里越气，他不明白，侯嬴怎么会是这样无情无义的人呢？气不过，掉头回，当面去质问侯嬴。

侯嬴则还在原地等着，没等信陵君张口，侯嬴就笑着说：我知道您会回来。您这样做，无异于羊入虎口，不会有丝毫效果。您养了这么多食客，这样的关键时刻，怎么就不用他们呢？

信陵君赶忙下车问计，侯嬴避开左右，对信陵君说：要叫晋鄙大军去救赵，必须拿到兵符。而兵符的另一半，在魏安釐王的卧室。设法拿到兵符，您才能前去调动魏军。

怎么拿到那半块兵符呢？

侯嬴说，后宫有一个叫如姬的，甚得魏王宠信，她能自由进出魏王的卧室，找她，能把那半块兵符偷出来。

信陵君一听，泄气了，这个如姬，怎么会替自己去偷兵符呢？

侯嬴说：您去找她，她定会答应。原因是，如姬的父亲被人杀了，如姬四处求人，包括求魏王、大臣，求了三年，也没人出手帮忙。结果求到信陵君，信陵君则什么也没说，直接派人把凶手的人头送给了如姬。

信陵君帮人无数，这事儿早忘了。

结果如侯嬴所言，信陵君找到如姬，把那半块兵符偷了出来。

信陵君以为大功告成，侯嬴则料到了事情的变故。他对信陵君说：您拿着兵符去调兵，晋鄙肯定怀疑，必定请示魏王，这样一来，您的计划就不成。侯嬴叫信陵君把朱亥带上，如晋鄙不听命调军，就叫朱亥把他杀了。

信陵君一听，大哭起来，说：晋鄙是魏国的大将，曾为魏国立下赫赫战功，是魏国难得的将才。此番前去，晋鄙定然不会交出兵权，而将死于朱亥之手。

但，抗击强秦，阻滞它灭亡六国的步伐，是战国天下第一位的大事，信陵君也只好忍痛割爱了。

事情果如侯嬴所料，信陵君赶到邺地，拿出那半块兵符，与晋鄙手里的另一半一合，天衣无缝。但晋鄙还是好生怀疑，因为临行前，魏安釐王对他反复叮嘱，不得与秦军交战，除非看到他的诏令。于是，他向信陵君讨要魏王的诏令。

诏令拿不出来，朱亥下手了，用四十斤重的铁锤，把晋鄙杀了。信陵君拿出兵符，调动魏军，他如是说：父与子，如同在出征大军的，准其父回家；兄与弟，如同在军中的，准其弟回家；独子的，准其回家。该回家的走后，信陵君亲率八万大军，开赴邯郸前线。恰逢楚国大军赶到，秦军不敌，邯郸得救。

“窃符斩将”，使得信陵君被人诟病！

诟病的关键点，不是窃符，不是率军救赵，而是击杀晋鄙！他可是魏国不可多得的统兵大将啊！

假设一下，信陵君请教侯嬴：有没有既调魏军，又不击杀晋鄙的办法？也许侯嬴能拿出法子来。比如，将晋鄙灌醉；再比如，假传魏王诏令，把他抓起来送回魏国；还比如从食客中找几个大力士，当场把晋鄙绑了等办法都比击杀他要仁义！

历史没有假设，战国天下就是用各种不同的方式，书写名士贵族养士风尚的。

其实，司马迁是赞赏信陵君的，他写道："吾过大梁之墟，求问其所谓夷门。夷门者，城之东门也。天下诸公子亦有喜士者矣，然信陵君之接岩穴隐者，不耻下交，有以也。名冠诸侯，不虚耳。高祖每过之而令民奉祠不绝也。"

再看另一个问题：信陵君因为养士而不得魏安釐王信任。

前面写到的信陵君与魏安釐王下棋的那个细节，司马迁便得出结论："是后魏王畏公子之贤能，不敢任公子以国政。"

因为自己的兄弟贤能，担心其夺了自己的君位，是君王普遍的狭隘。魏安釐王本就是个庸君，因为担心而引发的狭隘，比一般君王更突出。在信陵君反复劝他出兵救赵后，他假意派出大军，背后又叮嘱晋鄙不能与秦军交战。信陵君率军救赵后，军队放回了魏国，自己则留在赵国。他不敢回去，知道回去没有好下场。

信陵君在赵国待了十年。这期间，秦国多次出兵伐魏，魏军屡战屡败，城池献了一座又一座，秦国仍不肯罢兵。在这种情况下，魏安釐王派出使节，请信陵君回去。

开始信陵君不打算回去，他在邯郸结识的两个食客，一个叫毛公，赌徒；一个叫薛公，卖甜酒的。这二人对信陵君说：您受赵国尊重并名闻天下，都是因为有魏国。现在魏国有急难，而您不顾惜，一旦秦军攻克大梁，毁掉您的宗庙，您还有什么脸面面对天下人呢？

史载，毛公、薛公的话还没说完，信陵君便备车回国。魏安釐王让他统领魏军，抗击秦军的进犯，信陵君即向其他国家求援，因为他的名气和影响力，燕、赵、韩、楚都派军队救援魏国，把秦将蒙骜带领的秦军，打得退了回去。

秦军吃了败仗回去，又使出老手段：离间。秦国派人持重金到魏国，找到晋鄙的家人、食客，叫他们诋毁信陵君，离间他与魏安釐王的关系。说辞是这样的：天下只知道有信陵君，不知道有魏安釐王；信陵君打算取代魏王，各国都很拥戴。更恶毒的一手是：派出多路人员，假装来祝贺信陵君登上王位。

虽是无中生有之事，但魏安釐王却信。他下令剥夺了信陵君的兵权，接着给信陵君赐予鸩酒，把他毒死了。

信陵君魏无忌被毒死后的第十八年，魏国灭亡了。

春申君诟病于“孕妾献王”

战国四公子之一春申君黄歇，楚国人，楚王室大臣。

说春申君，得从楚怀王说起。

楚国一直与齐国交好，两国订有共同抵御外患的盟约。秦国打算进攻齐国，因担心一战而面对齐、楚两国，于是派张仪去楚国游说，叫楚国与齐国断交，许诺给楚国商于地区六百里土地。楚怀王在巨大的诱惑面前，做得很绝，不仅与齐国断交，为讨得秦国高兴，还特地派人到齐国叫骂，把齐王骂火了，一改与秦国为敌的立场，与秦国结盟。秦国许诺给楚国的六百里土地，变成六里后，楚国向秦国开战，没有齐国帮忙，楚国连吃败仗，只好割让城池向秦国求和，并派太子芈横到秦国做人质。

太子芈横在秦国与一个大臣发生争执，把这个大臣杀了，逃回了楚国。秦国非常愤怒，诱骗楚怀王至秦后，扣住不放，直到死了才把尸体送回。

太子芈横继位，号称楚顷襄王。秦国以白起为将，率军攻打楚国，先后攻夺巫郡、黔中郡，并于公元前278年，攻下楚国首都郢，迫使楚国向东迁都于陈县。在这种情况下，楚顷襄王向秦国求和，并派春申君黄歇出使秦国。

春申君一到秦国，便听到一个消息，说秦国已经联络韩、魏两国，打算联兵攻楚，仍以白起为联军统兵大将。春申君一看大事不妙，急忙上奏秦昭襄王。

他是这么写的："天下莫强于秦、楚。今闻大王欲伐楚，此犹两虎相与斗。两虎相与斗而驽犬受其弊，不如善楚。""且王攻楚将恶出兵？王将借路于仇雠之韩、魏乎？兵出之日而王忧其不返也，是王以兵资于仇雠之韩、魏也。王若不借路于仇雠之韩、魏，必攻随水右壤。随水右壤，此皆广川大水、山林溪谷，不食之地也，王虽有之，不为得地。是王有毁楚之名而无得地之实也。""夫以王壤土之博，人徒之众，兵革之强，壹举事而树怨于楚，迟令韩、魏归帝重于齐，是王失计也。"

春申君博学，对天下大势分析透彻，整篇上书围绕秦国的利益展开，言之有利，言之有理，终于说服秦王，与楚国缔结盟约。

春申君拿着盟约回到楚国后，楚顷襄王派太子熊完去秦国做人质，春申君随行。这一去，在秦国待了十年。

十年后的公元前263年，楚顷襄王病重，太子熊完急于回去继位，可秦昭襄王不让走。春申君于是请秦国丞相范雎做秦王的工作，结果是，太子熊完不能走，可派他的师傅回楚国，打探楚王的病情。

这可把春申君急坏了。楚顷襄王病重，说死就死，假若在他死前不把王位交给太子熊完，楚王两眼一闭，楚国王室便会围绕王位打起来，这时太子熊完赶回去，也于事无补，没有人会把王位拱手让给他。

怎么办？

关键时刻，春申君果断出手，他让熊完换上仆人衣服，扮作使臣车夫，赶着马车出关了。他自己则留在太子的行宫，以太子生病为由闭门谢客，估算着熊完离开秦国了，春申君才觐见秦昭襄王，说："楚太子已归，出远矣。歇当死，愿赐死。"

秦昭襄王勃然大怒，春申君的解释是："太子得立，其事秦必重"；"若不归，则咸阳一布衣耳；楚更立太子，必不事秦。"丞相范雎也在一旁帮着做工作，秦昭襄王才把怒火平息下来，并同意春申君回楚国。

楚顷襄王去世后，太子熊完继位，号称楚考烈王，春申君黄歇为丞相。公元前257年，邯郸被秦军包围，赵国的平原君游说楚国出兵救援，春申君率八万楚国精锐之师，赴赵解邯郸之围。一年后，楚考烈王派春申君率军攻鲁，一举将鲁国消灭，使得楚国在战国天下威望大增，春申君更是声名远扬。

贵为王室大臣、权倾朝野的春申君，游学博闻，很讲义气，礼贤下士，门下养了三千食客，待遇非常丰厚。他的食客多是楚人，逞强好斗，奢侈浮华。一次，赵国的平原君派食客拜访春申君，春申君则全部把他们安排在上等客馆食宿。平原君的食客摆阔，特地在头上插着玳瑁簪子，亮出装饰着珍珠宝玉的剑鞘，前去拜见春申君。而春申君的食客，都穿着用珠宝做的鞋子，在地上走来走去，把平原君的食客比下去了。

司马迁是这么评价春申君的："吾适楚，观春申君故城，宫室盛矣哉！初，春申君之说秦昭王，及出身遣楚太子归，何其明智也！后制于李园，旄矣。语曰：'当断不断，反受其乱。'春申君失朱英之谓邪？"

可以看出，司马迁在两件事上用"何其明智"，盛赞了春申君，一件是说服秦国放弃攻楚，一件是叫太子逃回楚国继位。接下来说"后制于李园，旄矣"，就不是赞，而是贬了。

事情是这样的：楚考烈王无子，春申君找过很多江湖郎中，给楚王把脉配药，仍没有生出儿子来。又从楚国各地选过很多腰粗臀阔的年轻女子送到宫中，还是没有生出儿子来。

正在春申君为此焦虑之时，赵国人李园打上了主意。他有个非常漂亮的妹妹，自认为送给楚王，楚王会视为心头尤物。但楚王不生子，送了也没用。于是，他构思了一个宏大的阴谋。

这个阴谋，得他们兄妹联手实施。

第一步，把妹妹献给春申君。为此，李园投奔到春申君门下，做了一名随从。过了一些日子后，李园请假回家，但逾期不返。返回后，春申君问他为何回来晚了，李园则说，齐国国君派使臣来娶自己的妹妹，招待使臣喝酒，耽误了时间。春申君一听，很是好奇，便问齐国使臣带来什么聘礼，李园说什么也没带。春申君不解，怎么会这样呢，莫不是李园的妹妹长得不出众，齐国国君还有些犹豫？于是叫李园把妹妹带过来，让他瞧瞧。

李园的妹妹一到，春申君便两眼发直，不能自持。李园见春申君上钩了，便把妹妹献给了春申君。进了春申君后宫的妹妹，按阴谋使出美女的百般解数，很快得到春申君的专宠，并很快怀孕。

第一步的目的达到后，开始第二步。

这第二步，即是把妹妹献给楚考烈王。这一步的幕后主谋，是李园，实施的是他妹妹。按照哥哥的谋划，妹妹给春申君吹枕边风，说春申君虽在一人之下万人之上，但楚王没有子嗣，楚王百年之后，他的兄弟必定争位，到那时，春申君不仅相位不保，弄不好还会人头落地。因此，为今之计，把她献给楚王，在王后的位置上，生下春申君的儿子，立为太子，接替王位，春申君在楚国的地位、权势，便长盛不衰了！

作为游学博闻的春申君，其实完全能辨别并分析透这样做的诸多不确定性。怎么能确定她肚子里的那点血脉，生下来就一定是个男孩呢？若是女孩，不是白忙乎吗？再说，做人应该有道德底线嘛！你把美女的肚子搞大了，再献给国王，与你名震天下的君子形象吻合吗？

可是，春申君完全昏了头，任由李园兄妹牵着鼻子走。他把李园的妹妹安置在一个秘密住所，而后进宫对楚考烈王说，他在赵国物色了一个绝世美女，准备进献给他。

楚考烈王一见李园的妹妹，立即倾倒，迎进后宫。不久查出怀孕，又立为王后，生下儿子后，立为太子。

李园则因为妹妹被楚王宠信，封官晋爵，大受重用。

第二步如期达到目的后，李园兄妹开始实施第三步。

这第三步，即是把太子的亲爹春申君杀掉。这时的主角，无疑就是李园了，他豢养了一批杀手，就等机会下手了。

毕竟春申君名气很大，手下又养了一大批食客，李园豢养杀手的事，被食客发觉并报告了春申君。其中一个叫朱英的食客，即是司马迁写的“春申君失朱英之谓邪”的那个人，他对春申君说：“世有毋望之福，又有毋望之祸。今君处毋望之世，事毋望之主，安可以无毋望之人乎？”“毋望”即是不期而至、难以预料的意思。

春申君问什么是毋望之福。

朱英的解释是：您身为丞相二十多年，大权独揽。楚王一旦去世，还指望您来辅佐年幼的君主，您在楚国的大权，不期而至、难以预料的大福分就伴随您一生。

问什么是毋望之祸。

朱英的解释是：您大权独揽，李园得到什么呢？李园豢养杀手，已经是公开的秘密，一旦楚王去世，他必定入宫夺权，那么您就是他要除掉的首要目标。这便是不期而至、难以预料的灾祸！

问什么是无毋望之人。

朱英就把自己摆进去明说了，他说：您对我们这些宾客礼遇有加，养兵千日，用兵一时，待楚王去世，我抢先入宫，替您杀掉李园。这就是您并不是没有难以预料、如期而至的人。

春申君一听，脸都变色了，他劝朱英放下这个念头，并说他了解李园，生性软弱，绝不会做出谋杀他的事来。

朱英不再说了，而是悄悄逃亡。

也就半个来月，楚考烈王去世了，春申君急忙进宫，被李园的杀手砍下脑袋，扔到了棘门之外。

不得不说，春申君落得如此下场，从根本上说，还是他把李园妹妹的肚子搞大以后，送给楚王做王后埋下的祸根。他这么做，突破了道德底线，丢掉了君子风度！

第五章　士人书写的战国多彩

战国的法则，就是没有法则……

战国的规矩，就是不讲规矩……

战国只认本事、能力、才智……

治国理政、辅政安民、权谋争斗、外交游说、战争征伐等领域，只认同唯才是举……

士，在没有法则、不讲规矩的战国天下，扯平世袭权贵、书香门第、布衣庶民的血统贵贱，站在同一起点上，书写风流……

于是，战国天下风起云涌，丰富多彩，波谲灵动……

士人，战国的新兴阶层

达官贵人养士，由来已久，春秋时期就形成了风尚。

战国时期，养士之风更甚。战国四公子的门下，食客数千，其中不乏能人、高人。

士的门类繁多。

一类是学士，主要是儒、墨、道、法、兵、卦、名等方面的专家学者，其中以儒、墨居多。这些人饱读诗书，勤于思考，从祖先的著述中吸取了丰富的营养，有的因此形成了自己的学术体系，提出自己的政治主张，对中华文明做出了巨大贡献。战国时期的孟子、荀子、韩非子等就属于这类士。虽然他们遵循的思想理论，源于儒家、法家，但在战国的时代背景下，没有照搬硬套，而是联系实际，有所创新、发展。如孟子和荀子，都是儒学大师，他们就一改儒家空谈政治理想的弊端，从时下的政治态势出发，对传统的儒学进行了大胆的改造，使之适应新兴地主阶级统治集团的需要。这些大学问家，也是到处推销自己的政治理论，以谋求政治地位。如荀子就投奔到秦国，只是秦王不接受他的政治主张而没有留用。孟子也常周游列国，推销自己的政治主张，且常是出门时前呼后拥，几十辆豪华车马随行。总的看，以专家学者为主体的学士，深受各国尊重，但重用他们做官的很少。毕竟战国是攻打杀伐的战国，是以强凌弱的战国，更需要的是战场上的胜利，而不是治国理政打根基的慢功夫、慢效果。

另一类是策士，主要是纵横家。这些人不仅学识涉猎面非常广，而且对各国君主、权臣的性格特点、脾气爱好、说话口气、饮食习惯等非常熟悉。其中大多数人在出山之前，曾到专门的培训学校进行训练，练嘴皮，练脸皮，练应对。《战国策》一书中，就有不少就是训练时的记录，并非实际发生的情况。策士大多擅长合纵连横策略，凭自己的一张嘴，游说君主或权臣，鼓动其认可他们的主张并得以实施，对社会政治变局产生了巨大的影响。苏秦、张仪便是其中最杰出的代表。他俩在出山之前，就拜在鬼谷子先生门下学习数年。苏秦、张仪的成功，极大地激发了诸多策士的游说热情。不得不说，不少策士是见人说人话，见鬼说鬼话，什么样的阴招都使得出来，且常常吃里爬外，两边献策谈计，两边算着谋利，缺诚信，也缺起码的道德。但不管怎么说，相对于学士而言，策士在战国更吃香，更活跃，发挥的作用也更大。

还有一类是术士。术士大体分两类，一类是天文、地理、农技、医药、力算等方面的专家，他们在某一学科领域研究得很深，探索得很远，有的还形成了自己的专门著述。像郑国这样的水利科学家，就属于这类。另一类则是研究阴阳八卦、神仙之术、占筮、卜梦等预测吉凶为主的游方人士。这之中确有高人，他们遵循天地契合、阴阳轮转的自然规律，从中研究并解开了许多常人不可企及的天地密码，至今仍留下了许多未解之谜。但这之中不乏传授房中术、预测鬼神吉凶而骗取钱财之徒。这类术士没有形成大的气候，多在达官显贵的宫室特别是乡野的阴暗处，装神弄鬼，骗得一把钱便走人。

此外就是食客。食客的成分非常杂，有高人，如帮助孟尝君建狡兔三窟的冯谖，跟随平原君出使楚国的毛遂，建议信陵君“盗符斩将”解邯郸之围的侯嬴，提醒春申君防着李园的朱英等，都是智谋有过人之处的食客。包括孟尝君从秦国逃跑出关，跟随他的食客鸡鸣、狗盗，也有常人所不具备的一技之长，在关键时刻发挥了作用。但食客中混饭吃的大有人在，尤其是一些杀人逃犯、赌徒、懒汉、奸人等，也混在食客队伍之中。据传，孟尝君有一次路过赵国，前呼后拥地跟着许多食客。赵国人久闻孟尝君大名，纷纷聚集在路边等着观看。孟尝君在食客的簇拥下走来，人们见到以后大失所望。原因是“孟尝君名何其盛，竟然是个矮个子男人”。孟尝君听了很不自在，跟随的食客则火冒三丈，怒骂呵斥围观人群，招惹得围观者讥笑有加。孟尝君的食客气愤不过，拔剑砍杀了围观群众数百人。因担心这事传出去影响孟尝君的名声，干脆把全县人都杀了灭口。

总的看，士，是在战国土地上成长起来的一个特殊阶层，他们之中除极少数出身权贵外，绝大多数是来自社会底层的庶民，是在战国以大欺小、以强凌弱、用战争标榜强弱的时代背景下，召唤出来的杰出人士。这是战国特有的标志，也是历史发展、社会进步的标志！

毕竟，只有生产力得到极大地解放，经济才能快速发展！

毕竟，只有人的能量得到极大地释放，社会才能文明进步！

权谋争斗中的讲故事高手

张仪一到秦国，就盯上了两个人，一个是大良造公孙衍，人称犀首；一个是大臣陈轸。这二人都很有能力，交往甚密，深得秦惠文王倚重。这二人都排斥张仪，联手挤对他。

公孙衍主张合纵，张仪主张连横，政治主张截然不同。张仪游说魏国割让上郡和少梁给秦国后，张仪受重用，当上了秦国丞相，公孙衍被冷落，赋闲在家喝闷酒。

陈轸的能力在张仪之上，张仪十分清楚。但张仪年轻气盛，斗志十足，他不怵陈轸，而且下决心把他打入冷宫。

张仪对秦惠文王说：陈轸经常来往于秦、楚，而秦、楚的关系越来越糟，可见陈轸没起好作用。我听说陈轸向楚国泄露秦国的秘密，而且近日又要去楚国，这可是隐患，不如赶快斩草除根。

泄露秦国秘密，肯定是张仪无中生有。由此引出了故事高手陈轸讲故事。

张仪的挑唆，引起了秦惠文王的警觉，他对陈轸说：听说你准备离开，要去哪儿呀？我为你备好车马。

陈轸被问呆了，他立即醒悟过来，对秦惠文王说：我打算去楚国。

战国天下，一国臣僚到另一国去谋职是常有的事。

这不证实张仪所说属实吗！秦惠文王脱口而出：这么说，张仪说的没错。

陈轸很镇定，说：这事不仅张仪知道，朝廷上下都知道。他干脆把事挑明，挑明后补了一句：我正因为忠于您，楚王才接纳我做他的臣子。

忠于我，楚王才接纳你。秦惠文王听糊涂了，说：忠于我，就不该把秦国的秘密泄露给楚国呀！

陈轸则说：我这样做，是为了迎合张仪的连横之计，以证明我并非楚国的同党呀！

秦惠文王更糊涂了。你陈轸不否认向楚国告密，又说不是楚国的间谍，这是什么逻辑？

于是，陈轸给秦惠文王讲了第一个故事：

从前，楚国一个人有二妾，一个年纪大，一个年轻。一个淫贼勾引那个年纪大的妾，结果遭一顿臭骂。淫贼不甘心，又去勾引那个年轻的妾，结果得逞。有人问淫贼：如果从这两个妾中选一个做妻子，你选哪个？淫贼不假思索回答：当然选那个年纪大的。问者不解，年纪大的骂你，年轻的迎合你，你为何要娶那个骂你的呢？淫贼说：她骂我，说明她忠于她丈夫，我当然希望我的妻子，对勾引她的人破口大骂，对我忠贞不贰。

讲完这个故事，陈轸对秦惠文王说：您仔细想想，我作为秦国臣子，如果常把秦国的秘密泄露给别的国家，楚国会信任我吗？重用我吗？

听完这个故事，秦惠文王消除了疑虑。

张仪挑起的这一权谋争斗，必然遭遇反击，故事还得讲下去。

反击围绕合纵、连横展开。陈轸去了楚国，他知道楚王在合纵问题上被臣僚干扰得犹豫不决，便与去了魏国的公孙衍合谋，串联多国搞合纵。因为合纵一旦成功，张仪的连横就失败，秦国便会抛弃张仪。

陈轸与公孙衍谋划后，公孙衍借了魏国三十辆马车，故意招摇过市，并大张旗鼓地摆在自家的院子里。

这是造势，一传出去，各国都十分关注。楚国听说公孙衍将代表魏国出使燕、赵，十分不满，断绝与魏国的结盟关系。而齐国觉得是个机会，把丞相印信交给公孙衍，同意搞合纵联盟。齐国将印信一交，赵国、燕国跟上，把丞相印信交给公孙衍，魏、齐、燕、赵结成合纵联盟。

之前坐冷板凳的公孙衍，身披多国丞相印信，风光重现。

陈轸于是游说楚王，终于说服楚王与秦国交好。

张仪一看大事不妙，又在秦惠文王那里捣鼓陈轸。陈轸出使来到秦国，秦惠文王召见，开口第一句话是：你是秦国人，在楚国待了那么久，想念过秦国吗？

陈轸听懂了，他没有正面回答，而是给秦惠文王又讲了一个故事：

吴国有个人，出身庶民，在楚国做官，因能力强，又肯干，官至执圭爵位。这个人生病了，楚王很关心，尤其关心的是他是否想念家乡。有人对楚王说，大凡在外做官的人，如果生病了，一定会操家乡的口音呻吟。楚王于是派人前去探听，看这个人病中操的什么口音呻吟。

这个故事没有结果，陈轸一口地道的陕北方言口音，秦惠文王听出了放心。

乡音无改嘛！

陈轸从楚国来秦的当口，韩、魏正在交战，打了很久都没停下来。秦国想趁火打劫，然而朝臣意见不一，秦惠文王也委决不下。陈轸知道秦惠文王想听听他的意见，便又讲了一个故事：

两只老虎捕食一头牛，卞庄子看见后，操起大刀要去杀老虎，被一人拦住了，说：这两只老虎正在吃牛，为了独占这头牛，一定会争斗。老虎厮打十分残忍，强壮的也会受伤，病弱的会被咬死。待两只老虎一死一伤的时候，你再出手，把受伤的老虎刺死。外人搞不清的，以为你一次刺杀了两只老虎。

陈轸以这个故事暗喻韩、魏争斗，提示秦惠文王等到韩、魏两败俱伤，抑或一死一伤时才出手，如此则损失最小，获利最大。

秦惠文王当然也听懂了。

陈轸讲的这三个故事，前两个是被秦惠文王怀疑自己背叛秦国的情况下讲的，故事深刻的寓理，表白了他对秦国的忠心耿耿；后一个是给秦惠文王提的建议，同样表白的是对秦国的赤胆忠诚。

智者心里积淀的，不是故事，而是智谋！

屈原因爱国而高歌

屈原仰天长歌：路漫漫其修远兮，吾将上下而求索。

屈原的这一长歌，把自己的远大抱负，以及为之奋斗的坚韧意志，向苍天大地做了敞开心胸的尽情倾诉!

他的这一倾诉，聚焦于爱国!

屈原出身贵族，在楚国朝廷任大夫。当楚怀王在南后、郑袖以及宠臣靳尚反复劝说下，打算把打入天牢的张仪请出来时，屈原火速求见楚怀王，反复陈述利害，劝楚怀王杀掉张仪。但为时已晚，张仪放出来跑了。

其实，屈原此时是冒杀头之罪去劝谏楚怀王的，因为在此之前，楚怀王已经疏远了屈原。还因为屈原出身王族，在楚国人气很高，楚怀王心里不舒服，生怕屈原抢了他的王座，处处防着屈原。

屈原是大诗人，在楚国为官，主要负责外交工作。他待人礼貌周到，辞令表达清晰生动，他既为楚国利益周旋力争，又能使他国君王折服。因而，一开始楚怀王对屈原非常倚重，外交事宜全委托屈原处理，甚至提出让屈原制定楚国的法令。

制定法令，这可是治国理政的大事，没有国王的鼎力支持，是不可能制定出来的，即便制定出来了，也是执行不了的。

于是，楚国朝廷暗流涌动，阻止屈原制定法令，离间屈原与楚怀王的关系，逐渐演变成了楚国朝廷权谋争斗的主旋律。

上官大夫的阴谋是，把屈原起草的法令偷出来，变成自己的作品，呈献给楚怀王。

这一阴谋没有得逞，屈原起草的法令没能偷出来。

但上官大夫又使出一个阴谋，向楚怀王进谗言，说屈原对外大肆张扬，吹嘘全楚国只有他才能制定法令。

楚怀王脑子不够使，听到这一谗言后，不做任何分析、研断，迅速疏远屈原，楚国的法令也就胎死腹中。

屈原怨恨不已，用诗歌发泄，于是，千古诗文《离骚》问世！

“路漫漫其修远兮，吾将上下而求索”……

“指九天以为正兮，夫惟灵修之故也”……

“长太息以掩涕兮，哀民生之多艰”……

屈原用《离骚》，表达了自己的宏大抱负，表达了对祖国、对宗庙的忠诚，表达了对人民的关爱和慈怜。

司马迁心愤难平，写道：“屈平疾王之不聪也，谗谄之蔽明也，邪曲之害公也，方正之不容也，故忧愁幽思而作《离骚》。”

秦昭襄王挖了一个陷阱，邀楚怀王到武关会盟，屈原冒死劝谏，把这个阴谋揭示得清清楚楚。可楚怀王在公子子兰和其他媚臣的鼓动下，还是往陷阱里跳。这一跳，不仅使得楚怀王的尸体从秦国运回来，而且秦国出兵武关，杀死楚国数万官兵，夺走了析邑等十五座城池。

面对楚怀王这一步走出去的如此结局，屈原悲愤万分，用诗作发泄，抱怨楚怀王不用忠臣，盲目听信子兰、上官大夫的谗言，误国害身。诚如司马迁所写的那样：“存君兴国而欲反复之，一篇之中三致志焉。”

这样的诗作一经传诵，产生的后果可想而知！

令尹子兰、上官大夫等一帮佞臣，像毒狼一样扑过来，同时发射中伤、诋毁、造谣等毒箭，瞄准射击的目标，就是屈原。

屈原被放逐，心痛得不再感觉什么是痛了，他披头散发，一步三摇，边走边吟，走到了汨罗江边。

波涛翻滚的汨罗江水，犹如屈原此时的心情。他是一位身怀爱国理想的伟大诗人，理想是他的灵魂，是他的情怀，是他为之终生奋斗的抱负，他要用汨罗江清澈的流水，证明他理想的崇高和纯洁。

司马迁写道：一位渔夫见到正准备投江的屈原，问他为什么投江。

屈原说：举世混浊而我独清，众人皆醉而我独醒，是以见放。

渔夫说：如果一个人的道法修养达到最高境界，他对事物的看法就不是死的，而是随着世俗风气而改变。既然全社会的人都污浊，你就应该随波逐流，甚至推波助澜；既然所有人都昏昏欲醉，你就应该陪他们喝个痛快。

显然，这个渔夫不是渔夫，而是司马迁。

司马迁想通过渔夫之口，问问大诗人屈原，死前到底是怎么想的，为什么会高洁得不从俗而流。

屈原的回答是：刚洗过头的人，一定要弹去帽子上的尘埃；刚洗干净身子的人，一定要去除衣服上的灰尘。如果一个人是干干净净的，怎么能容忍尘垢沾染呢！

是的！做人的最高品质是爱国，爱国的最高品质是纯洁！屈原就是这种高品质、最纯洁的爱国诗人！

乐毅“交绝不出恶声”

郭隗给燕昭王讲了千里马的故事后，花重金建了一个黄金台，即招贤台，并招来了军事家乐毅、哲学家邹衍等名人。

乐毅，名将之后，他的祖先乐羊，在魏文侯手下为将，把经常侵犯魏国的中山国给灭过一回。乐毅本在赵国为将，赵武灵王在沙丘行宫被饿死后，回到魏国。听说燕国建了招贤的黄金台，又去燕国，被燕昭王封为亚卿。

哲学家邹衍，研究金、木、水、火、土的五行循环学，他将五行循环学的演变，放在历史的发展轨迹之中，向燕昭王提了一个建议，他说，商朝的运势是金德，崇尚白色，发迹的方位在西边；周朝的运势是火德，火克金，崇尚红色，发迹的方位在南边；克火的是水，下一个王朝的运势是水德，崇尚黑色，发迹的方位在北边。

燕昭王一听，马上联想到自己，燕国不是在北边吗？这下一个王朝的大运，不正对着我的头吗！他压根儿就没想，秦国也在西北。

雄心勃起的燕昭王，决定先拿齐国开刀，称霸天下。

而此时的齐国，已经被齐湣王搞得天怒人怨。他自认为智慧超群，不可一世，先后发兵攻楚、赵、魏、韩，还打周王室的主意，发誓要把周天子赶下台，由他来做天子。大臣狐爰指责他荒唐，他把狐爰拉到街市斩首；大臣陈举继续规劝，他把陈举绑到东门处决。齐湣王一系列荒唐之举，不仅让燕国觉得是个机会，其他国家也都觉得有机可乘。

但军事家乐毅还是比较谨慎，因为凭燕国的国力、军力，不是齐国的对手，因而提议联合其他国家，一起伐齐。

燕昭王拍板同意，并迅速派人联络魏、赵等国。乐毅是有名的战将，资望很高，人缘极好。赵惠王一听乐毅为将，不仅答应将军队叫乐毅统领，而且把攻伐齐国将获取的巨大利益做诱饵，劝秦国一起出兵。

公元前284年，乐毅佩燕、赵两国相印，率燕、赵、秦、韩、魏五国军队，向齐国发起进攻。秦国很配合，派大将蒙骜从河东方向发起侧攻，引诱齐军上当。齐军果然上当，倾全国主力，火速开往河东迎战。乐毅则率燕、赵主力，从赵国的南面向齐国挺进，一举拿下齐国的北境屏障灵丘，使得齐国国都临淄完全暴露在战火一线。齐湣王慌了，任命触子为大将，达子为副将，率军迎战乐毅大军。

触子认为，他率的不是齐军主力，应先避一避乐毅大军的锋芒，择机迎战。齐湣王一张口便否决了，并威胁触子，你再不出击，我斩你全家，挖你的祖坟。

面对叫士兵去白白送死的作战，触子不忍心，两军对峙后，触子突然鸣金收兵，悄悄逃跑了。齐军群龙无首，被乐毅大军打得落荒而逃。

副将达子收拾残兵败将，退守临淄西大门秦周。他对齐湣王说：敌强我弱，应拿出犒赏，激励斗志。齐湣王却大骂达子，说他与触子是一丘之貉，并逼迫他率军出击，结果秦周沦陷，达子战死。

攻下秦周后，参与作战的魏、赵、韩等国，大捞一把财物撤走了。乐毅则率燕军，以迅雷不及掩耳之势，攻下齐国国都临淄。

临淄一攻下，燕昭王便火速赶到了，封乐毅为昌平君，并命他为燕国驻扎齐国的全权代表。

驻扎在齐国的燕军，在乐毅的带领下，采取闪电战，快速出击，速战速决，在不长的时间里，齐国的战略中枢、要地全部荡平，只剩莒、即墨两座孤城。

即墨城易守难攻，乐毅率军围了三年。

这时谗言出来了，有人对燕昭王说：乐毅在片刻之间攻陷齐国七十余座城池，而一个小小的即墨，三年却攻不下来，这说明，他不是攻不下来，而是不想攻下来，他是在要价，想做齐王，独霸齐国。

燕昭王有定力，很大器，他说：乐毅要是当了齐王，燕、齐就成了兄弟之国，这不是天大的好事吗！于是，他下令把进谗言的人拉出去砍了，而后把王后的服装送给乐毅夫人，把太子的服装送给乐毅的儿子，并派丞相赶赴齐国，宣读乐毅为齐王的诏书。

乐毅非常感动，但坚决不予接受。

两年后，燕昭王去世，儿子燕惠王接任。燕惠王目光短浅，相信谗言，在他人的挑唆下，日益流露出对乐毅的不满、指责，并派一位叫骑劫的将领，赶赴即墨取代乐毅，令乐毅返燕。

乐毅是战国时期著名的军事家，他对这种权谋争斗的原因、结果看得很清楚，一旦返回燕国，厄运难逃。于是他卸下燕军统帅的将服，离开齐国，去了赵国。

乐毅一走，齐国的田单就使用奇招，把包围即墨的燕军击溃，并乘胜发起反击，一举收复七十余座城池，把燕军赶到了黄河边上。

燕惠王心眼儿小，乐毅一去赵国，他害怕乐毅率赵国军队攻击燕国，于是专门派出使节，到赵国去指责乐毅，说燕昭王如何器重乐毅，乐毅如何对不起燕昭王，等等。

乐毅听懂了燕惠王派人来指责他的真实想法，于是修书一封，请使节交给燕惠王。《史记》载，乐毅在信中写道，他绝不会为了个人恩怨，带赵国的兵去攻打燕国，“君子，交绝不出恶声”。

乐毅，战国时期的名将、君子！他胸怀坦荡，品德高尚，言而有信。他不仅没有带赵国的军队去侵犯燕国，而且经常穿梭于燕、赵两国，做相互修睦的工作。两国对他都很尊重，任他为客卿，最后终老赵国。

战国的奇人、奇招

乐毅率军进攻齐国时，齐国上下人心惶惶，纷纷逃命。在这种惶恐的气氛下，有一个人很镇定，并且在关键时刻，指挥齐军反击，挽救了齐国。

此人，就是田单。

田单在齐国为官，但级别很低，家住临淄城。临淄沦陷前夕，田单带着家小逃到了安平。不久，燕军向安平扑来，人们又惊慌失措，继续逃亡。大户人家带着细软、乘坐马车从城里拼命往外逃。田单不急，在别人逃跑时，他却在车两边的车轴套上了坚硬笨重的铁罩头。大家都挤到城门时，马车挤成了一团，不少马车的车轴被撞断了。田单的马车因车轴套了铁罩头，很快就逃了出来，逃到了即墨。

乐毅又率大军赶来，把即墨围了个水泄不通。

人们在逃亡中认为，田单最有谋略，推举他为首领，带领大家逃亡保命。

田单临危受命，但他站到即墨城头往下一看，心凉了。四周飘扬着燕军的旌旗，官兵扎下帷帐，住下来了。尤其令田单焦虑的是，乐毅派人大肆散布消息，说只要诚心归降，燕军不仅不抓，而且供给吃喝，分给田耕，闹得即墨城人心非常波动，想要出去投降的人很多，弄得田单不得不分派人手，成天做安定人心的工作。

如此坚持了三年，燕军没有撤退，即墨也没人出城投降。

三年后，围困即墨的燕军将领，由乐毅换成了骑劫，田单也由此改变策略，接连推出了几招。

第一招，打即墨人对祖先的祭祀牌。每次吃饭前，田单都祭祀祖先，引导民众乞求祖先保佑。祭祀在露天进行，饭菜的香味被风一刮，引得飞鸟纷纷前来啄食。时间一长，无数鸟儿按时按点从四面八方飞来，场面十分壮观。田单借此放话，说是上天派神灵来保护即墨百姓。消息传到围城的燕军耳中，官兵注目观看，信以为真。为了把这场戏演足，田单还找来一个士兵，让他坐在面朝东方的上座，用侍奉老师的礼节对待他。田单每次发号施令，都要把这个士兵请上座，祭祀一番。说这就是上天派来指导他的老师，并把这个消息也散布到了围城的燕军。

第二招，打的是悲情牌。田单故意放出风去，说即墨百姓最害怕见到燕军惩罚齐军俘虏的惨状，如果燕军割掉齐军俘虏的鼻子，即墨城就保不住了，一定不攻自破。

燕国围城将领骑劫，信以为真，把齐国俘虏拉到即墨城下，齐刷刷地割掉了他们的鼻子。站在即墨城墙上的人看到后，惨烈的呼叫声骤起，城上、城下撕心裂肺的呼喊号啕，使得即墨城的百姓义愤填膺，恨不能立即出城，与燕军做拼死搏斗。

第三招，打的是复仇牌。田单又故意放出风去，说即墨城百姓如今最害怕燕军挖他们城外的祖坟，侮辱他们的祖先。

骑劫没有脑子，听到这个消息后，下令把即墨城外的坟地都刨开，挖出尸骨烧成灰烬。

当祖先的尸骨变成灰烬漫天飘飞时，即墨城哭成一片，人们边哭边喊，纷纷向田单请战，决意冲出城去，与燕军以死相搏。

时机成熟了，田单开始做出城痛击燕军的准备工作。

他自己带头，把家里的金钱拿出来，又组织筹款，共筹得千金，派人送给燕军，请求攻破即墨城后，不要伤害妇女儿童。

接着，田单派人到燕军营地，与骑劫商量投降事宜。

骑劫兴奋无比，他乐毅围攻即墨城数年，一无所获，如今即墨城要在他的手里投降了，骑劫痛快地答应了，并约定了投降时间和出城地点。

夜幕降临，约定投降的时间到了，即墨城墙上站满了手持兵器的老人、妇女。城门一打开，突然冲出一千多头五彩斑斓的怪物，这些怪物疯狂奔跑，后面还燃着烈火。准备接受投降的燕军官兵，纷纷瞪大眼睛看稀奇，不知这是什么新鲜玩意儿。可没等他们愣过神来，五彩斑斓、后面冒火的怪物冲了过来，怪物后面还跟着数千名经过强化训练的敢死队员。

怪物是牛，牛角上都绑着锋利的刀，牛尾巴上都绑着浸了油的火把，火烧得牛生痛，疯了一般往前冲；牛后面跟着的，是被燕军割齐军俘虏鼻子、挖即墨人祖坟而激发得血脉偾张、决意以死复仇的敢死队员。

这阵势，突然，凶猛！

而燕军，傻呵呵地当热闹看！

尖刀、火牛和数千名敢死队员，冲进毫不设防的燕军，被牛角尖刀刺死的、被牛踩死的、被敢死队杀死的不计其数。

《史记》载："牛尾炬火光明炫耀，燕军视之皆龙文，所触尽死伤。五千人因衔枚击之，而城中鼓噪从之，老弱皆击铜器为声，声动天地。"

在城头老弱妇孺惊天动地的号啕、喊叫声中，在火牛横冲直撞的狂奔之中，在数千敢死队员以命相搏的赶杀中，燕军将领骑劫死在乱军之中，燕军一盘散沙，溃败逃命。田单率军乘胜追击，所到之处，被燕军攻陷的城市，纷纷发起反击，燕军一路逃命，一直逃回燕国。

仅此一战，齐国被燕军占领的七十余座城池，除个别小城池外，全部收复！

田单率众绝地反击，一战将燕军击溃赶走，无疑是齐国最大的功臣。此时的田单，齐国百姓一致拥戴，军队大权又掌握在他手里，登上齐国国王的宝座，顺理成章，没人阻拦。

而此时的齐湣王，正在逃亡的路上。他先投奔卫国，卫国国君卫嗣让出宫室给他下榻，供给他国君才能享受的物品。而齐湣王呢，根本就不把卫国的臣僚放在眼里，似自己的奴仆一般呵斥使唤，气得卫国切断了给他的供应，使得他不得不再逃。逃到鲁国，鲁国也很热情，特地派大臣到边境迎接。可齐湣王不接受教训，要求鲁国以天子之礼侍奉他，鲁国不吃他这一套，直接把他赶跑了。再逃的时候，就是奔邹国去。恰逢邹国国君去世，齐湣王则要以天子身份吊丧。要知道，天子吊丧的排场宏大，新任国君要背向棺木，站在西面台阶上，向北哭泣。而齐湣王则要坐在北面祭坛，一面接受新任国君的哭泣，一面举手表示慰问。邹国虽是弱国小国，但也不吃齐湣王这一套，又把他赶走了。楚国派来救援齐国的大将淖齿，没有救齐国，而是把齐湣王抓起来审讯。对齐湣王天警告地警告都充耳不闻非常气愤，他替天行道，砍了齐湣王的脑袋！

齐国无君了，田单四处寻找齐湣王的后人，把躲起来当仆役的太子田法章找到后，扶进了齐王殿堂，号称齐襄王。齐襄王一高兴，给了个丞相让田单做。

田单在丞相的位置上，勤勤恳恳，日理万机。有一年冬天，田单办理公务，在淄水见一位长者躺在岸边，衣衫单薄，连鞋子都没穿。他急忙赶过去询问，得知老人蹚过冰水，冻得站不起来后，赶忙脱下自己的狐裘大衣，给老人穿上。

这之后，在齐国传遍田单"解衣救人"的故事。

这故事一传，麻烦来了。一些大夫对田单进行诋毁，说田单已经功高盖主，还去收买人心，一定是图谋不轨，用心险恶。

齐襄王本就是个小肚鸡肠之人，听到这些谗言后处处提防田单，满脑子想的是如何收拾田单，以致禁不住自言自语：田单收买人心，是图谋我的王位，我如果不先动手，一定会栽在他的手里。

这话一出口，齐襄王警觉了，因为跟随他的侍从就在身边，于是他惊恐地问侍从听见没有。

侍从说全听到了。

齐襄王吓了一跳，他认定这个侍从就是田单安排在自己身边的耳目。于是问：既然都听到了，你说说，接下来我该怎么办？

侍从不是田单安排在齐襄王身边的耳目，但他比齐襄王明大理。他对齐襄王说：您应该嘉奖田单，天下人听到您的嘉奖后，就会认为，原来田单“解衣救人”是齐襄王叫他这么做的，美誉就加到了您的身上。侍从还告诉他，对诋毁中伤田单的人要严厉惩处，以此表明您与田单的关系极好，这样一来，世人对田单的爱戴就会转移到您的身上。

齐襄王虽是个不明大理的君王，但对侍从的提议还是听进去了，朝议时对田单“解衣救人”大加赞赏，并说田单这么做，深合他的心意。

《战国策》载：齐国百姓说：“田单之爱人，嗟，乃王之教也！”

不知田单听到百姓的这种赞誉后作何感想？其实无所谓，对百姓好，让百姓得实惠，功劳不一定记到个人的头上！

游说的茅焦版本

嫪毐攻杀秦王政被击败后，秦王政在车裂嫪毐、诛其三族的同时，把跟随嫪毐的同党，包括朝中的二十余个大臣，如内史肆、佐弋竭、卫尉竭、中大夫令齐等都砍了脑袋。不仅如此，秦王政还下令，将跟随嫪毐参与这次政变的人，分罪轻罪重两类，罪轻的，罚苦役三年；罪重的，剥夺爵位，迁到蜀中，徒役三年，涉及者达四千余家。

始作俑者太后赵姬，虽没有参与嫪毐的政变，但她与嫪毐在太后宫生两个儿子，使得做儿子的秦王政极其丢人。于是，秦王政在诛杀这两个弟弟的同时，把母亲赵姬逐出咸阳，迁到棫阳宫居住，并宣布与赵姬断绝母子关系，永不相见。

儿子宣布断绝与母亲的关系，这在儒家看来是大逆不道、悖孝之为。虽然秦国起源于西域少数民族，但在与中原诸国交往的近千年中，儒家、墨家等忠孝思想，已深入民心。因而臣僚一拨一拨地对秦王政劝谏，劝他宽容赵太后，把她接回咸阳。也许秦王政正在气头上，也许秦王政以为这些劝谏的臣僚与嫪毐有瓜葛，于是下令：敢为太后进谏者，“戮而杀之，蒺藜其背”。令秦王政没有想到的是，他下了杀戮令之后，一拨一拨的臣僚接着进谏。不能说话不算数，那就开杀。于是，二十七个进谏臣僚被杀，尸体悬挂在咸阳的宫墙之上，以儆效尤。

这一杀，没有人再敢劝谏了。

但门客茅焦站出来继续劝谏。他在咸阳四处宣扬，说儿子把母亲囚禁，断绝与母亲的关系，违背孝道；说自己虽不是秦国人，但天下人管天下事，所以还准备劝谏秦王。

看得出来，茅焦这类门客，是不可能面见秦王政的。他之所以四处宣扬，就是想引起秦王政的注意，从而达到被召见的目的。

果然，茅焦四处宣扬的消息传到了秦王政的耳里，秦王政没有派人去杀了他，而是派使者去训斥，说你好大的胆子，就不怕掉脑袋吗？茅焦则说：天上有二十八星宿，如今有二十七个荣登神位，砍了我的脑袋，正好凑齐二十八星宿，我有什么好怕的呢？

二十七个大臣被杀，说成是二十七个荣登二十七星宿，自己被杀，正好凑齐二十八星宿。茅焦这套卖弄毫无科学依据，但很玄乎，很神秘。

也许正是这个原因，秦王政召见他。

茅焦进宫之前准备了一缸水，沐浴更衣，把同室的门客吓坏了。因为秦国有连坐法，茅焦被杀，其他门客也脱不了干系，因而纷纷逃跑，跑之前还瓜分了茅焦的衣服行李。

听了使节的回报后，秦王政立即拿出了对策。他命人烧开一锅水，摆在大殿中间；他自己则取出君王剑，端坐在龙椅上，等着茅焦来见。

茅焦进殿一看到那口正翻滚着的大锅，也吓坏了，他虽说是准备冒死进谏，但心里盘算着自己死不了。进宫看到这架势，心里也怵得慌。但他马上镇定下来，故意挪着步子，一点一点往前移。使者催他走快点，他说：我这一去，就是横着出来，我磨蹭着多活一会儿吧。

秦王政高高端坐，手握君王剑，不催不语，满脸杀气。

茅焦好不容易挪到秦王政跟前，行礼后说：一个人长寿，是不忌讳谈论死亡的；一个国君，是不忌讳研究国家是否会灭亡的。因为人忌讳死亡，寿命不会增加；国君忌讳亡国，国家未必不会灭亡。不知大王是不是也这么认为。

茅焦这番话，不入主题，云里雾里。

秦王政开口了：你这话什么意思？

茅焦解释道：奉承的话，忠臣不讲；违背世俗的事，明君不做。然而看到大王行为荒唐，我就不得不说了。

秦王政继续呵斥道：有话便说，不要隐瞒！

茅焦说：大王是举世无双的明君，然而却做了一些不得人心的事：车裂假父嫪毐，为不仁之举；斩杀两个弟弟，为不友之举；将太后囚禁在外，为不孝之举；杀掉二十多个前来劝谏的大臣，这和夏桀、商纣有什么区别？大王所做的这一切，大家虽嘴上不说，但心里定然不会服气。如果战国天下听说大王是这么一个人，谁还会归附秦国？这怎能不叫人担心呢？

茅焦说罢，脱去衣服，趴在殿下，等着往滚锅里扔。

毋庸置疑，茅焦这是演戏，如果真的想死，连衣服也可不脱，直接跳到沸腾的大锅就行。

秦王政顿了一会儿，从高堂下来，扶起茅焦，叫他穿上衣服。

按照茅焦出的主意，秦王政下令厚葬因谏而杀的二十七个大臣，安抚其家人；亲自驾车从棫阳宫把母亲接回咸阳。

茅焦被秦王政立为太子傅，尊为上卿。

茅焦从门客到上卿的过程，可以说，是战国时期士人游说成功的典范。他从故意放风引起秦王政注意开始，到使者去斥责时讲二十八星宿的玄乎，再到见秦王政前沐浴更衣准备去死的做戏，到最后见到秦王时既阿谀奉承又说他的不仁不孝，一步一步都是事先设计好的，最终达到了他自己预设的目标。

这之中存不存在风险？

当然存在。

假如在秦王政发出敢有为太后之事进谏者，“戮而杀之，蒺藜其背”的诏令后，茅焦第一个去进谏，那他就是第一个人头落地。杀了二十七个进谏的大臣，杀得朝廷内外人心惶惶、议论纷纷了，秦王政慢慢平复心情，开始反思时，再有人去进谏，就可能不会没完没了地杀下去了，这时甭说是茅焦，换成李焦、王焦，只要胆大，且说得出似茅焦讲的那些道理来，也一样会成功，会被尊为上卿。

茅焦的成功，在于他能够抓准时机，设计好步骤，用步骤的稳步实施消除风险点，最终达到预设目的。可以说，茅焦的游说，堪称战国时期众多士人游说天下的范本。

侠客刺出的战国亮点

战国时期三位著名的侠客，是豫让、聂政、荆轲。三个侠客利剑出鞘，刺出战国天下各不相同的亮点。

下面按时间顺序，分别来写。

豫让刺出的，是赵无恤的仁义。

豫让出身贫寒，曾侍奉过范氏、中行氏两个家族，不被重视。范氏、中行氏两个家族被灭掉后，豫让投奔晋国的执政大夫智瑶，受到重视。正是这种由不重视到重视的转变，豫让操起了刺客的宝剑，向战国天下刺出了第一个亮点。

公元前403年，晋国的执政大夫智瑶，联合韩氏、魏氏攻打赵氏，决汾水灌晋阳城。关键时刻，韩、魏、赵三大家族联手，反决堤坝，倒灌智家军营地，智瑶连同族人几乎全数被屠，土地被瓜分。韩、魏、赵各自立国，三家分晋。赵无恤为了泄愤，把智瑶的脑壳涂上漆，当酒具。

豫让站出来，为智瑶报仇。他改名换姓，扮作犯罪受刑的奴仆，在赵国当差，并选择粉刷厕所的差事，怀揣短剑，打算在赵国国君赵无恤上厕所时，把他杀掉。而赵无恤上厕所时，突然觉得心里不对劲，让侍卫搜查，查出豫让和他怀揣的短剑。问他企图干什么，豫让不隐瞒，说杀赵无恤，为智瑶报仇。

侍卫要把豫让杀了，赵无恤制止了，说：这是个很讲义气的人，以后我小心躲避他就是了。赵无恤还说，智瑶没有后人，他的手下想替他报仇，说明他是个贤人啊！说罢将豫让放了。

豫让并没有因为赵无恤不杀他而放弃刺杀赵无恤，他被释放后，用油漆把自己的全身漆了，浑身上下变成癞疮；他还吞下火炭，烫哑自己的嗓子，愣是把自己活活折腾得谁也认不出他，连他的妻子也认不出来。在做完这一切以后，豫让打探到赵无恤要出门，便潜伏在他必经之路的一座小桥下，打算突然袭击，把他杀了。也是怪了，赵无恤一上桥，马突然惊了，明确表明它的主人将遇到不测的预兆。赵无恤立即想到是豫让躲在桥下，派侍卫一搜，果然从桥下把豫让和刀剑搜出来了。

赵无恤问：你曾为范氏、中行氏效力，智瑶把他们灭了，你为什么不替他们报仇，反而投奔到智瑶那里？现智瑶死了，你却死心塌地为他报仇，这是为什么？

豫让答：我为范氏和中行氏效力时，他们看不起我，所以我也以看不起他们的态度回报。智瑶把我当作国士厚待，我因此要舍命去报答他。

豫让这席话，把赵无恤的眼泪都说下来了。他叹息着对豫让说：豫让啊豫让，上次你想杀我，我放了你，可你仍想要我的命，这次我就不放你了。

豫让则说：上次您放了我，天下没人不称赞您的贤德，这次我本就没想得到您的宽恕。但我死前有个要求，请您把外衣脱下，让我刺几剑，以了却我为智瑶报仇的心愿，这样我就死而无憾了。

赵无恤当即脱下衣服交给豫让，豫让连刺三剑衣服后，刎颈自尽。

当豫让挥剑向赵无恤的衣服刺去时，利剑划出的亮点，既是豫让的侠义，也是赵国国君赵无恤的仁义！

因为赵无恤懂得各为其主的道理，还因为赵无恤能满足一名纯粹的侠客的心愿!

聂政刺出的，是姐姐的贞烈。

四十年之后，战国天下第二位赫赫有名的侠客登场了。

聂政，齐国轵邑深井里人，因杀人为避仇，带老母和姐姐，逃到齐国，以屠狗为业。

当时韩国的大臣严仲子，与韩相侠累结下怨仇。侠累是国君的亲戚，权重势大，对严仲子多有欺凌。严仲子气愤不过，逃亡游走各国，物色能够替他报仇出气的人。听说聂政义气千秋，勇猛过人，特地到聂政家拜求，连续去了好多趟，聂政都拒而不见。打听到聂政母亲的寿辰日后，严仲子特地备了一份丰盛的酒食，亲自送到聂政的母亲面前贺寿。聂政不好再拒绝了，留下严仲子一起喝寿酒。酒喝到尽兴时，严仲子捧出黄金百镒，孝敬聂政的母亲。聂政再三辞谢，坚决不收。严仲子于是悄悄对聂政说：我因有仇人，所以在各国游走。到齐国后，听人说你义气高尚，故送你百镒黄金作为供养母亲的费用，愿与你结为朋友，并没有别的意思。

聂政听懂了，他坚持拒绝收受黄金，他对严仲子说：“臣所以降志辱身居市井屠者，徒幸以养老母；老母在，政身未敢以许人也。”概括说即是：只要我母亲活着，我就不会去为别人卖命!

但是，聂政还是因为严仲子对他的器重而感动了。

聂政的母亲去世后，他仍然没有去为严仲子卖命。原因是他的姐姐聂荣尚未出嫁，他不愿因自己做刺客而连累姐姐。待姐姐出嫁后，聂政才找到严仲子，报答他对自己的器重，拔剑出鞘，直奔戒备森严的侠累相府，将侠累一剑毙命。

杀死侠累后，聂政的举动骇人惊心。他用刀剥去自己的面皮，挖去双眼，然后剖腹自杀。他这样做的原因是，他有一个已经出嫁的姐姐，他不愿因自己的作为而连累她，因而用毁容来对姐姐做最后的庇护。

没有人认识这个刺客是谁，韩国便暴尸于市，供人辨认。没有人认得出来，韩国又悬赏千金，诱人来辨认。

消息传到齐国后，聂政的姐姐聂荣哭了，说一定是我的弟弟聂政。她迅速赶赴韩国，抱着聂政的尸体大哭不止。

围观的人对聂荣说：这人杀了我们韩国的丞相，现韩君正悬赏千金调查他是谁，你怎么还敢前来认尸呢！

聂荣边哭边说：我弟弟就是因为我还在的缘故，才采取毁容残身的办法以免牵连于我，而我又怎么能为了担心牵连自己，埋没了弟弟的英名呢！说罢越哭越伤心，因悲伤过度而死在聂政的尸体旁。

聂政刺出的这一剑，划出的亮点是，姐姐聂荣的贞烈！

《史记》载："晋、楚、齐、卫闻之，皆曰：'非独政能也,乃其姊亦烈女也。'"

荆轲拔出利剑时，风萧萧兮易水寒而已。

聂政之后二百二十余年，荆轲作为刺客，走进历史，走进人们的口碑。

荆轲的祖先是齐国人，后迁徙到卫国。《史记》载："荆卿好读书击剑，以术说卫元君，卫元君不用。"说明荆轲最早也用游说推销过自己，只是没有成功。他不止在卫君那里游说，还游说过很多地方，也都没有成功。

公元前232年，秦国大将樊於期，统兵与赵国大将李牧交战，战败后怕受责罚，逃到燕国，被燕太子丹接纳。秦国杀了樊於期的家人，并赏千金买他的人头。太子太傅建议太子丹把樊於期送给匈奴，把祸水引走，太子丹不同意。

太子丹不同意，既有他讲义气的原因，但更主要的原因，是他痛恨秦王政。因为太子丹曾在赵国做人质，秦王嬴政也出生在赵国，小时候两个人一起玩耍，很要好。可后来，嬴政在秦国当秦王了，太子丹被燕国派到秦国做人质，地位悬殊于天地。秦王政坐在秦国的王位上，把小时候的友谊全忘了，压根儿就不把太子丹当回事，把太子丹气坏了。因此，樊於期逃到燕国，太子丹就收留了他。

不仅如此，太子丹还通过友人田光，找到了荆轲。他对荆轲大讲了一番秦国吞二周、抢九鼎、伐他国、掠天下的罪恶后，提出想找一位天下最大无畏的勇士，迫使秦王政停止对他国的侵伐，并归还抢夺他国的土地。在荆轲明确表示愿意充当刺客赴秦后，太子丹“尊荆卿为上卿，舍上舍。太子日造门下，供太牢具，异物间进，车骑美女恣荆轲所欲，以顺适其意”。

荆轲赴秦之前，在燕国住高级宾舍，供太牢具，享受车骑美女，满足了他所愿意享受的一切美好。

公元前228年，秦国大军攻陷赵国首都邯郸，接着统兵向北，兵锋直指燕国。太子丹吓坏了，他催促荆轲赶紧上路。荆轲则磨磨蹭蹭不走，提出要带两样东西，一是燕国地图，二是秦将樊於期的脑袋。理由是，没有这两样东西，去了秦国也见不到秦王。

太子丹不同意带樊於期的脑袋。樊於期逃到燕国后，族人已经全数被杀，秦国还赏千金买他的脑袋，在这种情况下，燕国怎能把他杀了呢！

荆轲于是背地里找到樊於期，历数秦王的暴政，激发他的仇恨。最后说：“愿得将军之首以献秦王，秦王必喜而善见臣，臣左手把其袖，而右手揕其胸，然则将军之仇报而燕国见陵之耻除矣。将军岂有意乎？”想来樊於期也是出于无奈，家人都被杀了，自己逃到燕国，寄人篱下，活着也没什么意思了。面对荆轲的劝说，即便自己不同意，还能有什么法子！于是拔剑自刎。太子丹听说后急忙赶来，见樊於期已死，趴在他身上大哭。

荆轲于是带着樊於期的脑袋和燕国地图上路了，燕赵大地于是发出“风萧萧兮”的吟诵。

到达秦国后，荆轲用重金贿赂中庶子蒙嘉，通过他得到秦王政的召见。荆轲先献上樊於期的脑袋，接着献上燕国地图。随着卷着的地图慢慢展开，图穷匕见。荆轲则在秦王政大惊失色的一瞬间，迅速伸出左手抓住他的衣袖，右手操起匕首狠狠刺去。秦王政挣脱了荆轲，伸手去拔剑，情急之下，剑拔不出来，荆轲则追上前去刺，秦王政则绕着大殿的柱子跑。而随秦王政上朝的大臣，根据秦国的法律，不能随身佩剑，大家赤手空拳，不知如何是好。恰在一片惊恐慌乱之时，御医夏无且急中生智，把随身带的一个药囊，向荆轲砸去。荆轲一愣，让秦王政逮住机会，拔出剑来，挥杀过去，便把荆轲的左腿砍下。倒地的荆轲做最后一搏，把浸染剧毒的匕首朝秦王政掷去，但偏差甚大，击中的是柱子，没有伤及秦王政一根毫毛。秦王政则持剑向前，连砍数剑，把荆轲砍得遍体鳞伤。

史载："轲自知事不就，倚柱而笑，箕踞以骂曰：'事所以不成者，乃欲以生劫之，必得约契以报太子也。'"

荆轲说的是，之所以没把秦王政杀了，是想生擒他。但从司马迁记载的情况看，满不是这么回事。图穷匕见时，秦王政惊呆了，荆轲操起短剑便刺，只刺中了秦王政的衣袖；秦王政的剑拔不出来，荆轲手里可是拿着匕首，追着秦王政围着大殿的柱子跑，可荆轲却追不上秦王政；被砍掉左腿倒地的荆轲，把染毒的匕首掷向秦王政，结果只击中柱子；荆轲最后靠着柱子，哈哈大笑，对秦王政说，要不是想生擒你，早把你杀了。可他在动员樊於期自杀时，说的是他将"左手把其袖，而右手揕其胸"，说的并不是要生擒秦王政，而是把他捅死。这些细节足以说明，荆轲作为刺客，手艺不高。

荆轲死了，但"风萧萧兮易水寒，壮士一去兮不复还"的吟诵，穿越两千多年时空，一直流传至今。这一吟诵得天地怆然、草木悲壮的诗句，似乎并不能说明什么问题。秦国一统天下是势所必然，是历史发展不可改变的结果，凭荆轲，凭一把染毒的匕首，阻挡不了！

鲁仲连树起游说典范

战国时期的士人游说，几乎无一例外都是为了谋求私利。

但有一个人例外，他游说是为了国家利益、民族利益，而非个人私利。

这个人叫鲁仲连，齐国人。司马迁对他的评价是："好奇伟俶傥之画策，而不肯仕宦任职，好持高节。"这个评价很高，说他节操高尚，智慧超群，善设奇谋妙计，而不愿做官。

公元前279年，田单率军攻击齐国境内的狄部落，出发前请教鲁仲连，鲁仲连则说：依我看，你打不垮他们。田单不服，结果打了三个月，毫无战果。孩子们编儿歌唱道：大帽子像个簸箕，长宝剑支住面颊，狄国打不下，枯骨已堆积如山。田单于是再请教鲁仲连。鲁仲连说，你在固守即墨时，坐着的时候就编草筐，站着的时候就挖土，同士卒同唱军歌：我们往哪里去？国家就要灭亡，只有拼命，再不能彷徨！当时你有必死的决心。而现在，你东有夜邑的奉养，西有临淄的丞相之尊，身戴黄金带，骑骏马驰骋，有生的无穷乐趣，怎么能把狄部落打垮呢？田单听懂了，第二天就亲擂战鼓，冒着乱箭投石带头冲锋，把狄部落扫平了。

公元前260年，秦、赵长平之战，赵国惨败之后，秦国又发兵包围了赵都邯郸。

赵国的平原君于是四处搬兵，从楚国搬来了八万，从魏国搬来了十万。但魏国十万大军开到邺地后，停在那里观战。原因是秦昭襄王派出使节，对魏安鳌王吓唬了一顿。说魏国如果救赵国，灭了赵国就来灭魏国。魏安釐王害怕，就授意魏军将领晋鄙隔岸观战。魏安釐王又派出一名叫新垣衍的将军，悄悄潜入赵国，对赵孝成王说：秦国攻打赵国的真正用意，是秦昭襄王逼迫各国拥戴他称帝。如果此时赵国带头拥护他称帝，秦王一定高兴，邯郸之围便解除了。

恰在这时，鲁仲连来到邯郸，提出要见新垣衍。新垣衍开始不愿见他，经过平原君撮合，两个人见面了。

见面后，鲁仲连不开口，干坐着，新垣衍只好问：据我观察，来到这座被围之城的人，都有求于平原君，您不求他，为什么还不离开呢？

鲁仲连开口了，他说：秦国不讲礼仪，秦王驱使士兵、奴役百姓，这样的人当了皇帝，天下万民会好过吗！我之所以来见你，就是帮助赵国不踏进这个火坑。

新垣衍觉得鲁仲连口气不小，于是挑衅问道：你打算怎么来救赵国？

鲁仲连说，叫魏、燕出兵。

新垣衍知道魏国不愿出兵，听鲁仲连一说，立即打断他的话，说：我是从魏国来的，您怎么说服魏国？

鲁仲连则讲了齐国的一段历史插曲，说齐威王倡导仁义，号召诸侯朝拜周天子，没人响应，只有齐威王一人去了。一年后，天子去世，各诸侯国都去奔丧，齐国最后一个才去。周王室于是给齐王送讣告说：天子去世，是天下最大的事，你作为藩臣的齐国，迟迟不来，依罪当斩！气得齐威王怒道：呸！这个婢女生的儿子，竟然如此无礼！鲁仲连说，你想想，一个已经过了气的周天子都这样，一旦强秦称帝，还不知要超过周天子多少倍呢！

鲁仲连讲齐国的这段插曲，发生在公元前370年，要说明的是，一旦秦国称帝，天下遭殃。

可是新垣衍没听懂，他反驳道：你没见过那些仆人吗？他们十个人服侍一个主人，不是他们的力量不如主人，也不是智慧不如主人，而是畏惧主人。

新垣衍说出如此不着调的话，遭到鲁仲连讥笑。他说：难道你们魏国已经把自己当成秦国的仆人了？

新垣衍竟然张口答道：是的。

鲁仲连顿时严厉起来，说：那我就叫秦王把魏王煮了！

新垣衍反唇相讥，说：我倒想听听您怎么叫秦王把我们魏王煮了？

鲁仲连则联系商纣王把九侯剁成肉酱、齐湣王游鲁邹接连碰壁的历史，得出结论说：当今天下，秦、魏都是拥有万乘战车的国家，国君都位居王位，仅仅看到秦国打了几次胜仗，就要尊他为帝，而自己却退缩到被剁成肉酱、被晒成肉干的卑微地位。可魏国没看清，一旦秦国称帝，就会换上他们所亲近信任的人，或许还会派出自己的子孙主持魏国。到那时，魏王不被煮杀，还有别的下场吗？而你还能受到宠信吗？

直到这时，新垣衍才起身下拜，连连道歉。

包围邯郸的秦将，听说鲁仲连与新垣衍的谈话后，下令退军五十里。

恰在这时，楚、魏大军也赶到了，邯郸之围得解。

赵国感谢鲁仲连，要给他封授，鲁仲连坚决不接受。恰逢鲁仲连生日，平原君给他设宴祝寿，酒喝得兴起时，平原君拿出千金赠给鲁仲连，鲁仲连拒收，并说："所贵于天下之士者，为人排患释难解纷乱而无所取也。即有所取者，是商贾之事也，而连不忍为也。"他辞别平原君，且终生不再见面。

鲁仲连的所作所为，堪称"贵于天下之士者"。

这之后，鲁仲连又发挥其士人的智慧，解聊城固守之难。

齐国的田单，采用奇招、奇战，绝地反击，将侵犯齐国的燕军打跑，但固守聊城的燕军，既不投降，又不回撤。原因是，燕军攻占聊城后，无恶不作，鱼肉百姓，引起民愤，纷纷向燕王控诉守城燕军的罪行。燕军将领害怕撤回燕国被罚，又怕投降齐国被罚，所以固守聊城。齐将田单率大军围攻聊城，死伤无数，仍攻不下来。

鲁仲连于是给燕军将领写了一封信，用箭射入城中。

信中写道："智者不倍时而弃利，勇士不怯死而灭名，忠臣不先身而后君。今公行一朝之忿，不顾燕王之无臣，非忠也；杀身亡聊城，而威不信于齐，非勇也；功败名灭，后世无称焉，非智也。三者世主不臣，说士不载，故智者不再计，勇士不怯死。今生死荣辱，贵贱尊卑，此时不再至，愿公详计而无与俗同。"

从非忠、非勇、非智三个方面，指出死守聊城的弊端后，鲁仲连又给燕军守将指出了回燕国、降齐国两条出路。投降齐国，自然是享受荣华富贵；回燕国的出路，则是把燕军全部带回去，让百姓看到他们的子弟平安回来。这样的话，燕王不会责罚，百姓还会感激。

燕军守将捧着鲁仲连的信，哭了三天三夜，思来想去，还是自杀。聊城因此得以收复。

齐国要封赏鲁仲连，鲁仲连则拔腿就跑，一直跑到海边隐居起来，只听他气喘吁吁地说："吾与富贵而诎于人，宁贫贱而轻世肆志焉！"

不接受富贵而屈从于人，宁享受贫贱而特立于世。这，就是鲁仲连作为士人，在战国天下树起的典范！

孔斌坚守的儒士本色

孔斌，孔老夫子第六代孙，学习传承儒学，在战国天下声望很高。

魏国国王魏圉，敬慕孔斌的贤能，派使节送上黄金绸缎，请孔斌担任魏国丞相。孔斌说：如果魏王采纳我的建议，而我的建议可以使魏国长治久安，就是叫我吃蔬菜喝凉水，我也心甘情愿。如果只是利用我的名声，给我优厚的待遇，魏王难道缺少一个平民吗？使节坚决敦请，孔斌才去魏国。

魏王亲自到郊外迎接，并任命孔斌为丞相。

孔斌上任后，大刀阔斧地整顿内政，把靠关系占据各部门官位而又没有本事的人，一律撤换，换上贤能的人；把一大批吃闲饭没事干的人员，全部裁撤，把省下的经费用到国家需要的事业上。没过多长时间，魏国政府的风气大变，办事效率也大大提升，官员的精神面貌为之一振。

被撤销官职和被裁撤的官员，开始散布谣言，对孔斌进行攻击。

孔斌的态度是：不介意任何攻击。

他如是说：任何一个政治家，改革之初，都会遭到反对。春秋时郑国的子产，当了丞相三年之后，才没有人再抨击他；我祖先孔丘当鲁国丞相，一开始人们编歌谣骂他，说“那个穿鹿皮长袍的家伙，干掉他，心里一点也不难过；那个穿鹿皮长袍的家伙，干掉他，不知用什么方法”。三个月之后，人们从改革中获利，又编歌谣夸他，说“那个戴大帽穿皮袄的人，满足我们的需要；那个戴大帽穿皮袄的人，对人民没有偏私”。所以，我不会因为遭受抨击而放弃改革。

当时的战国天下，赵国在与秦国的长平之战中，几乎丧失了全部的主力部队，在赵国的巨大伤痛尚未缓解过来时，秦国又发兵攻赵。面对这种形势，魏王召集大夫商议，魏国怎么应对。大家一致的意见是：秦国如果获胜，魏国就向秦国臣服；秦国如果战败，魏国就趁它疲惫，向它发起攻击。总之，赵国失败了，是赵国的耻辱，恰是魏国的利益；赵国打胜了，魏国就去攻击秦国，也能获得利益。

孔斌不赞同，于是讲了一个燕雀在屋梁筑巢的故事：燕雀在屋梁上筑巢，母子相亲相爱，叽叽喳喳，相互依偎，相互喂食，那种幸福快乐的场景，令人好生羡慕。燕雀自以为非常安全，不承想炉灶失火，房屋眼看要烧毁倒塌，而燕雀毫不惊慌，不知道大祸就要临头。讲完这则故事后，孔斌说：秦国战胜赵国后，下一个就轮到魏国遭殃。我真不明白，为什么你们的见解跟燕雀一样呢？

遗憾的是，孔斌用如此浅显的故事所揭示出的如此深刻道理，魏国君臣似燕雀般听不懂。不仅如此，孔斌所提的建议，凡涉及魏国大政方针的，一概不被采纳。于是他毅然辞去丞相，原因是，当魏国的丞相，拿很高的俸禄，又不能为魏国人民做什么贡献，深感内心不安，甚至是深感罪恶。

孔斌的好友新垣固问：你当魏国丞相，九个月就下台，是不是没有做出什么贡献？

孔斌坦诚地说：我是没有做出什么贡献，才辞去丞相的！

是的！在秦国的四处攻伐面前，各国无论多么小心谨慎地巴结它，讨好它，也不可能获得安生。自保还来不及，又怎么会有心思去革旧布新，发展经济，增强国力，安抚民心呢？所以孔斌断言：不出二十年，天下将全部被秦国吞并！

孔斌作为士人，学识渊博，目光深邃，堪称士人阶层的佼佼者。尤其与众不同的是，孔斌恪守儒士的本色，纯洁正派，坦坦荡荡，不贪恋高官厚禄，不谋求本就不该得的私利，为官做事，一心为民，特立独行，令人钦佩！

游说"择机"高手蔡泽

游说"择机"，是士人必备的目光和洞察力。但似蔡泽那般，游说的时间节点把握得那么好，在战国天下罕见。

蔡泽，燕国人，去过多国游说谋官，没有成功。他曾游说赵国，被驱逐，辗转去韩、魏的路上，他的行李、炊具还被人抢了。为此，他找相面的给他看看，将来能不能因游说而升官发财。相面的笑他说，你鼻子上翘，鼻梁下陷，面大脖短，肩宽腿弯。你这副尊容，我实在看不出你将来能否发达。可能是怕伤了他的自尊心，相面的补充了一句：圣人无相，你也许就是这种面相吧。

蔡泽没有受到相面的打击，而是四处寻找机会。

恰在这时，秦国丞相范雎遇到麻烦了，蔡泽便抓住了这个机会。

范雎的麻烦，是秦昭襄王的一声叹息。

公元前255年，秦昭襄王忽然叹息。丞相范雎问他什么原因，他说：现在白起死了，郑安平、王稽又都背叛了，内无良将，可外面的敌国多的是，不由得感到忧虑啊！

范雎一听，顿时毛骨悚然。

因为郑安平是范雎在魏国时的好友，在魏丞相李齐陷害他时，是郑安平伸出援手，将他更名为张禄，隐藏起来，并送到秦国的。为报答郑安平，范雎当了丞相后，推荐郑安平为将军，率军参与对邯郸的包围。在赵国的平原君、魏国的信陵君搬来援兵后，包围邯郸的秦军被击退，郑安平陷入重围，率两万人投降了赵国。

真是屋漏偏遭连天雨。公元前255年，秦国河东郡郡守王稽，与外国秘密勾结，被斩首。这王稽也是范雎的大恩人。王稽作为秦国使节出使魏国，范雎和郑安平扮作仆人求见，王稽听了范雎一席话，觉得他是个人才，悄悄带到秦国，推荐给了秦昭襄王。为报答王稽，范雎向秦昭襄王举荐，王稽当了河东郡守。

按照秦国的法律，被推荐的人犯法，推荐人也要受到同样的处分。眼下郑安平投降赵国，王稽又因叛逆被处决，这两个人都是范雎推荐的，依法范雎得死两回。故范雎听到秦昭襄王一声叹息后，毛骨悚然。

蔡泽抓的机会，即是范雎的麻烦。

此时的蔡泽，只是一个游士，想见丞相范雎，门儿也没有。

于是，蔡泽在咸阳街头四处放风，说秦国最近来了一个宾客，这个人很有才能，一旦受到秦王的接见，范雎的丞相就当不成了，就是他当了。

蔡泽放风的目的，就是激怒范雎，召见自己。

果然，范雎被激怒，派人召见这个狂徒。一见面便没好气地问：听说你四处扬言，要取代我当丞相，可有这事？

蔡泽毫不避讳，说是这样。

范雎更没好气，说既如此，谈谈你的高见吧！

于是蔡泽侃侃而谈，从士人的追求和愿望，士人应具备的品德和应负的责任入手，侃了一通后，问范雎：您是想得到秦国的商鞅、越国的文种、楚国的吴起那样的下场吗？

范雎知道蔡泽是用这三个人的悲惨下场吓唬自己，于是反驳：这三人都为自己的国家建立了巨大功业，像他们那样，为了仁义而殉难，杀身保全自己的名节，不正是士人所追求的吗？

蔡泽反驳道：论忠诚没有超过比干的，论明智没有超过伍子胥的，论孝顺没有超过申生的。结果怎样？殷商、吴国灭亡，晋国大乱。为什么？因为国君不贤明，不能采纳他们的忠告。作为您，也该考虑一下秦王是否英明，对您是否信任。再说，您比商鞅、吴起、文种强吗？

范雎软下来了，说自己比不了商鞅、吴起、文种，还说没有获得秦王的完全信任。

蔡泽说：您的功业不如商鞅、吴起、文种，可您的俸禄超过了他们三人。此时您不考虑身退，那么您的祸患就要超过他们三人。《书经》说“成功之下，不可久处”。《易经》说“‘亢龙有悔’，此言上而不能下，信而不能屈，往而不能自返者也。愿君孰计之！”

史载，范雎听了蔡泽一席话，说：“善。吾闻‘欲而不知止，失其所以欲；有而不知足，失其所以有。’先生幸教，雎敬受命。”

再上朝时，范雎对秦昭襄王说：有位从燕国来的门客叫蔡泽，不仅精通成就霸业的道理，而且非常熟悉世俗的变化。虽然我结识的人很多，但没有人可以和他相比，因此我斗胆向您推荐。

秦昭襄王立即召见，一席交谈，拜蔡泽为客卿。不久，范雎托病请求归乡，并交还相位，蔡泽接替丞相。

但蔡泽在丞相的位置上，只坐了几个月，便托病归还了相印。原因是有人在秦昭襄王那里说他的坏话，他深知“成功之下，不可久处”的古训，所以戴一顶纲成君的帽子，回到封邑颐养天年。

进择机，退亦择机，蔡泽获得了巨大的成功！

郑国恪守科学家的操守

郑国，韩国人，任韩国管理水利事务的官员，治理过韩国的荥泽水患，还修整过鸿沟之渠，在战国天下名气很大。

郑国所处的战国末期，七雄中唯有秦国，国力日益强盛，尤其是吕不韦推行的工商政策，使得秦国“礼抗万乘，名显天下”。秦国当然不安于做一个经济上的强国，它的欲望是吞并六国，一统天下。因而秦昭襄王采用范雎“远交近攻”的战略构架，与远在东方的齐国交好，连续发起对赵、魏、韩、楚、燕的攻伐，打得这五国节节败退，不断割地求饶。在这种情况下，燕国的太子丹，全天下寻找最勇猛的刺客，企图一举杀死秦王政，阻止秦国一统天下的步伐。韩国也想了一招，就是派出水利科学家郑国，以帮助秦国兴修水利工程为由，消耗秦国的财力，达到“疲秦”的目的，故而使得衰退的“疲秦”无力再东征西伐，让天下各国得以从秦国的攻伐掠取中摆脱出来。

这是极其低劣、荒唐的招数！

郑国于是阴谋出使，以术士身份入秦，得到秦王政的召见。

秦国干旱少雨，经常河床干裂，六料不收，饿殍遍野。郑国是名誉天下的水利专家，他来帮助秦国兴修水利，秦国当然非常欢迎。故而当郑国提出引泾水修渠，灌溉关东平原的工程设想后，秦王政当即拍板同意，并张口给了郑国一顶总指挥的帽子。

郑国主持修建的这个水利工程，被秦王政命名为“郑国渠”。

“郑国渠”修建于陕西的北山南麓，途经泾阳、三原、富平、蒲城、白水等县，全长三百余里。北山南麓地势较高，由西向东，与冶峪、清峪、浊峪、沮漆等水系相交。这种设计便于穿凿支渠南下，灌溉南面的大片农田。同时绕过了泾水的多沙河段，渠道的高差比降小，水流慢，在关中平原北部，泾、洛、渭之间构成密集的灌溉系统，使干旱缺雨的关中平原，得到源源不断的灌溉、滋养。

《史记》载：“渠成，用注填阏之水，溉泽卤之地四万余顷，收皆亩一钟，于是关中为沃野，无凶年，秦以富强，卒并诸侯，因名曰郑国渠。”

《史记》的这段记载，有两个问题得做点解释。

一是，“注填阏之水，溉泽卤之地”。说的是，从泾水流过来的水，带有淤泥，而灌溉的地，是咸卤之地。也就是说，关中平原的土地，原来是含盐咸的，经过带淤泥的水灌溉，土质改善了。其改善的土地面积达四万多顷。

二是，“收皆亩一钟”。一钟为六石四斗，而当时黄河中游的亩产是一石五斗。关中平原亩产的收成，是黄河中游亩产收成的四倍多。

至于“关中为沃野，无凶年，秦以富强，卒并诸侯”，也就无须解释了。

“郑国渠”从公元前246年开始修建，历时十年，确实耗费了秦国巨大的财力，但没有伤及其筋骨，渠修成之后，反而使得秦国的国力大增，吞并天下的支撑能力更强。

《史记》载：“中作而觉，秦欲杀郑国。”说的是，渠修到半截，秦国发现郑国是韩国派来搞“疲秦”活动的，也就是来秦国搞破坏活动的，秦国打算处死郑国。

的确，郑国是韩国派到秦国来搞破坏活动的。但怎么被秦国发觉的，历史没有记载。分析看，秦国采用李斯之计，向各国派出了大量间谍。这些间谍，怀揣金钱珠宝，贿赂他国权臣，不排除派往韩国的间谍，通过金钱珠宝的贿赂，打探到了韩国派郑国到秦国搞破坏的阴谋。

秦王政要杀郑国，郑国则直言不讳，承认“始臣为间，然渠成亦秦之利也”。承认自己是韩国派来“疲秦”的间谍。他说，虽然这一工程耗损了秦国的巨大财力，但给秦国留下了万世不拔的福祉。

此时的郑国，死已然不惧，他要求继续修建未完工的郑国渠！

这，就是科学家的操守。

可以想见，郑国在受领韩国赋予的“疲秦”使命后，便处于一种两难的矛盾之中。一方面，他是韩国人，肩负着韩国“疲秦”的国家使命，他不能有负于韩国。另一方面，他是水利科学家，由他主持兴建的水利工程，又不能违背科学家的职业操守和良知，耗费大量的财力、物力、人力，去建造一个毫无作用的烂尾工程。面对这种两难的选择，郑国无疑做了两选，既不负国家的使命——“疲秦”，又不负科学家的操守、良知——修建造福万世的“郑国渠”。

秦王政的明智在于，他没有诛杀郑国，而是让他继续主持修建这个水利工程，并在渠成后，命名为“郑国渠”。

十二岁的游说家

吕不韦的封邑在河间，即邯郸的漳河一带。他一心想扩大封地，决定联合燕国进攻赵国，使得赵国在战败者的板凳上，接受吕不韦在漳河扩大封地的要求。当时的燕国，已经被秦国彻底打服了，并派燕土喜的太子丹，到秦国做人质。吕不韦打算派秦将张唐，到燕国去做丞相，以促成他攻打赵国、扩大封地的目的。

张唐不敢受命，原因是“之燕者必径于赵，赵人得唐者，受百里之地”。张唐作为秦将，曾率军进攻赵国，杀了很多人，赵国人对他非常痛恨。而要到燕国去，必经过赵国，赵国已经贴出告示，抓到张唐的人，赏赐百里土地。

不受命，大权在握的丞相吕不韦非常恼火。

这时，一个十二岁的孩子站出来，这孩子叫甘罗，他大言不惭地对吕不韦说：我能叫张唐赴燕就职。

吕不韦一听更火了：“我自行之而不肯，汝安能行之也？”

是啊！我堂堂秦国丞相做工作做不下来，你一个十二岁的娃娃，竟口出狂言，能叫他赴燕就职？一边去吧你！

甘罗则说，项橐七岁就做了孔子的老师，我都十二岁了，就让我试一把吧！

甘罗是秦国大臣甘茂的孙子，小小年纪便在吕不韦府上做家臣。

可能是小甘罗很机灵，讨人喜欢，吕不韦就信他一回，同意他去游说张唐。

甘罗于是找到张唐，问：“卿之功孰与武安君？”

问的是，你张唐的功劳，能比得上武安君白起吗？

张唐答：“武安君战胜攻取，不知其数；攻城堕邑，不知其数。臣之功不如武安君也。”

那好，甘罗再问：范雎和吕不韦相比，谁在秦国的权势更重？

之前在秦国做丞相的范雎，与今天的丞相吕不韦相比，不是一个重量级。对此，张唐心知肚明。

在问了这样两个问题后，甘罗对张唐说：范雎想攻打赵国，白起认为有困难而不肯受命，结果是，白起被逐赐死；如今吕不韦想派你到燕国任相，你不肯受命，“臣不知卿所死之处矣！”

最后这句，我不知你会死在哪里，叫张唐大惊失色，他顿时清醒过来，立马答应赴燕。

十二岁的甘罗，给张唐所提的两个问题，都是纵观历史、立足现实的严肃问题，不懂得秦国的历史，不清楚权谋争斗的残酷，是不可能提出来的！

接着，甘罗找吕不韦，要五辆车，又去游说赵王。

见到赵王后，甘罗又问了两个问题。

一个是：燕太子丹到秦国当人质，你听说了没有？

一个是：秦国大将张唐到燕国做丞相，你听说了没有？

赵王的回答是都听说了。

好，你都知道了，我告诉你吧。甘罗说，燕太子丹入秦为人质，表明燕国不欺骗秦国；秦派张唐到燕国做丞相，表明秦国不欺骗燕国。秦、燕互不欺骗，赵国就危险了。因为秦、燕联手，就是想攻打赵国，以扩大河间的地盘。

甘罗这么一说，赵王顿时大惊失色，不知如何是好。

甘罗给赵王出主意，说如赵国割让给秦国五座城池，用以扩大河间的地盘，那我将请秦遣燕太子丹回国，秦、燕断交，转而秦与赵联手，攻打燕国。

赵王全盘接受，割让河间一带的五座城池给秦国，秦国即把太子丹送还燕国。赵国仗着秦国作后盾，发兵攻燕，占领燕国上谷郡三十六县。当然，赵国没有全部装进口袋，而是又给秦国送了几个县。

十二岁的甘罗，竟然在错综复杂的战国天下，当上了说客，且都能游说成功，这在今天的人们看来，简直是不可思议！

邹衍展示的理论智慧

邹衍，齐国人，阴阳学创始人，其主要学术成果，是“五行终始说”“五德终始说”。这一学说，似乎是为秦始皇吞并六国、一统天下、秦朝代替周朝而量身打造的。

司马迁写道：“邹衍睹有国者益淫侈，不能尚德，若《大雅》整之于身，施及黎庶矣。乃深观阴阳消息而作怪迂之变，《终始》《大圣》之篇十余万言。”

司马迁惜墨如金，但写邹衍，却不惜笔墨。他说，邹衍目睹一些国君越来越荒淫奢侈，不崇尚德政，不像《诗经·大雅》所要求的那样约束自己，再推及百姓。于是就深入观察万物的阴阳消长，记述怪异玄虚的变化，并写了《终始》《大圣》等文章，共十万余字。

司马迁的进一步解释是：邹衍所写的，宏大广阔而荒诞不经，但他都是从细微的事物观察、验证入手，然后扩展开去，验证世间大的事物，以致达到无边无际。

邹衍认为，盘古开天地以来，金、木、水、火、土五行相生相克，决定物质世界的发展变化，而这五行反映到人类社会，就是五种德性。这五种德性也相生相克，与历代朝廷帝王的更替相照应。这便是人们所认知的，天降祥瑞或灾祸与人事相应。

毫无疑问，邹衍的这套理论，战国天下特别是各国的君王，没有人做过观察论证，更多的人是云里雾里听不懂。但，五种德行与历代朝廷、帝王的更替相照应，便足以引起天下特别是君王的高度重视。所以，邹衍是齐国人，在齐国备受尊重；他去魏国，魏王远接高迎，同他行宾主之礼；他去赵国，名誉天下的平原君侧身陪行，亲自为他拂拭席座；他去燕国，燕昭王拿着扫帚清扫道路为他作先导，自己则坐在弟子的座位上，还专门为他修建了供他居住的碣石宫。

邹衍的“五德终始说”，在齐、燕两国各做过一次尝试。他很识时务，也很灵活。在齐国，他推行的是五行相生说；在燕国，他推行的是五行相胜说。

《吕氏春秋》记载了他所讲的道理是：“凡帝王者之将兴也，天必先见祥乎下民。黄帝之时，天先见大螾大蝼。黄帝曰：‘土气胜。’土气胜，故其色尚黄，其事则土。及禹之时，天先见草木秋冬不杀。禹曰：‘木气胜。’木气胜，故其色尚青，其事则木。及汤之时，天先见金刃生于水。汤曰：‘金气胜。’金气胜，故其色尚白，其事则金。及文王之时，天先见火赤乌衔丹书集于周社。文王曰：‘火气胜。’火气胜，故其色尚赤，其事则火。代火者必将水，天且先见水气胜。水气胜，故其色尚黑，其事则水。水气至而不知数备，将徙于土。”

邹衍搬出黄帝、禹帝、商汤、文王四个贤君的朝政更替历史，外加更替之前“天必先见祥乎下民”的情况，即黄帝时见大螾大蝼、禹帝时见草木秋冬不杀、商汤时金刃生于水、文王时赤色的乌鸦衔丹书集于周社，用这种世间罕见的怪异，论证朝代更替后应崇尚的不同颜色。因而齐、燕二君在邹衍的鼓动下，先后称帝，东边的齐湣王称东帝，北边的燕昭王称北帝，把崇尚的颜色全部改为黑色。

令邹衍没有想到的是，齐、燕两国，既不是赵国、楚国的对手，更不是秦国的对手，秦国今天侵齐，明天伐燕，早把这两国打成菜鸟了，叫这两个菜鸟国家的君主称帝，天下各国都不服。加之周王室虽衰微得只剩下残喘，但好歹还是春秋延续下来的一个“共主”符号。让齐、燕两国取代周王室这个符号，天下各国都不干。

在天下一片声讨的浪潮中，齐、燕两国只好取消帝号。

虽如此，也得承认，邹衍的“五德终始说”取得了巨大成功，因为有两个国家的国君跟着他的学说动起来了。

这之后，邹衍的“五德终始说”被秦王政所接受，为他的称帝及吞并六国，作为理论旗帜高高举起。《史记》载：“邹子之徒论著终始五德之运，及秦帝而齐人奏之，故始皇采用之。”秦王政以水德之治，崇尚黑色。

由此可见，理论的力量是巨大的。虽然邹衍的“五德终始说”，是否揭示出了人类社会发展的一般规律，拿今天的科学手段去验证，也未必能得出什么结论。但它是一个全新的理论，且这一理论把物质的五行，与人类社会的五德相因应，启发了人们的认同感，因而被想称王称帝的君王所接受，使得这一理论产生了强大的现实力量。

不仅如此，邹衍还创立了一个理论，叫“大九州说”。

这一理论挑战的是儒家的“中国”概念，体现了天外有天、海外有海的科学推想。古代的宇宙论，有“盖天说”，认为“天象盖笠，地法覆盘”，这一学说立足于内陆；还有“浑天说”认为水不仅载着地，而且撑着天，这一学说立足于海洋。邹衍的“大九州说”，是以海洋为基础的大九州观。

邹衍认为：“儒者所谓中国者，于天下乃八十一分居其一分耳。中国名曰赤县神州。赤县神州内自有九州，禹之序九州是也，不得为州数。中国外如赤县神州者九，乃所谓九州也。于是有裨海环之，人民禽兽莫能相通者，如一区中者，乃为一州。如此者九，乃有大瀛海环其外，天地之际焉。”

解释一下邹衍所说：儒家的所谓中国，其实是整个天下九九八十一的“一分”，且这“一分”是海洋中的一块陆地。从中国内部看，就是大禹勘定的九州，而中国的九州之外，“有裨海环之”；“裨海”之外，还有“赤县神州”；“赤县神州”之外，还有“大瀛海环其外”。而这些地方，与中国之间“人民禽兽莫能相通”。

这在当时无疑是惊世骇俗的理论，但无疑也是前无古人的宇宙观、海洋观！虽然他将中国说成是天下九九八十一的“一分”，不符合今天已知的世界地理划分，但中国不是全天下，中国之外还有诸多国家，中国只是海洋中一个陆地等概念，在邹衍大九州说里完全表述出来了。

邹衍的理论智慧，确实值得中华儿女自豪、骄傲！

如今的北京密云有一景，叫“黍谷先春”，与邹衍有关。

邹衍在燕国受到礼遇，他便四处游览，一年春天，来到渔阳郡，即今密云的西部。别的地方春色满园，而渔阳郡却依然是冬天，草木枯黄，寒气逼人。于是邹衍登上郡城南面的一座小山，吹起了律管，演奏春之曲，这一吹便是三天三夜不停不歇。三天之后，暖风从南面吹来，阳光普照，冰雪消融，树叶绿了，花儿开了，整个渔阳大地一派春意盎然，农民纷纷下地，播种耕作，秋收时五谷丰登。不仅当年如此，渔阳此后年年如此。当地百姓为纪念邹衍，特地把他吹律管的小山，定名为黍谷山，山上还建了祠堂，让他享受香火供奉。

邹衍在燕国的礼遇，源于爱惜人才的燕昭王。燕昭王死后，燕惠王便不再礼遇他了。加上邹衍是齐国人，在燕昭王以乐毅为将，率秦、楚、韩、赵、魏联合伐齐时，身处燕国的邹衍，既不出伐齐的主意，也不出阻止的主意，完全置身于此事之外。燕惠王身边的奸臣，便以此作为陷害他的借口，鼓动燕惠王将他逮捕入狱。

《淮南子》载：“邹衍事燕惠王尽忠，左右谮之，王系之，（衍）仰天而哭，五月为之下霜。”邹衍被打进大牢时，正值夏天，而他仰天一哭，整个燕国被一层白霜覆盖了，像被雪包裹了一样。这便是“六月飞雪”的原始版本。

燕惠王很是恐惧，听人说是邹衍被冤枉，才引得“六月飞雪”，赶紧把邹衍从大牢里放出来。邹衍出牢门后，随手捡起一根竹子，吹奏了一段乐曲，顿时天空放晴，阳光普照大地，包裹大地的白霜顿时消融。

邹衍，这位在中国历史上创造过“邹衍谈天”“六月飞雪”成语的大学者，必然有这样那样的趣闻逸事，在人们的口头流传中立起碑来！

公孙龙的“名家”贡献

公孙龙，赵国人，平原君赵胜的门客，是名家的代表人物。其代表作是《白马论》和《坚白论》。

与儒、墨、道、法、兵、卦一样，名家在春秋时期，就加入了百家争鸣的思想文化领域，促进了百花齐放的生动局面。但春秋天下，礼制的气氛浓厚，对其他学说多有抑制，故名家未能站到争鸣的舞台中央来。进入战国后，儒家礼制的那套定律，被攻打征伐、弱肉强食的法则打乱了，从周王室到各诸侯国，只是把礼制作为一种遗传下来的王道符号，或挂在嘴上，或束之高阁，儒学礼制基本弃之不用了。在这种情况下，思想文化的百花盛开怒放，各显神通，名家也就应运而生。

所谓名家，主要是运用逻辑学原理，辨析事物的“名”“实”性状，并开拓出一个有着特殊探讨价值的领域；其主要表现方式，是辩论，且辩论多集中于与政治实务无关的哲学问题。

名家的主要贡献，是从哲学领域，推动了我国古代逻辑学的发展。

但名家靠耍嘴皮子辩论的做法，湮没了他们的贡献，不大为人们所认可。

公孙龙是名家的主要代表人物，他的主要辩题之一，是“白马非马”。

据说赵国一度流行传染病，导致大批战马死亡。为防止瘟疫传入秦国，秦国特地在函谷关贴出告示，严禁赵国的马入关。

公孙龙却骑着一匹白马要进关。关吏说，你人可以进去，马不能进。

公孙龙于是开始辩论了，他说，白马不是马，怎么不可以进关呢？

关吏听了莫名其妙，白马怎么不是马呢？

公孙龙说："白马"这个概念，分开来就是"白"和"马"。"白"和"马"，是两个不同的概念。如果说我要马，给黄马、黑马等等都可以，但如果我要白马，给我黄马、黑马等就不对了。这就证明，"白马"和"马"不是一回事，所以说"白马非马"。

普通百姓是无论如何接受不了公孙龙辩解的这一套的！

其实，公孙龙的辩词是这样的："马者，所以命形也；白者所以命色也。命色者非命形也。故曰：白马非马。"公孙龙的这一辩词，聚焦了逻辑学上的三个问题。

一是概念的内涵。公孙龙认为，凡是具有马的形态的都叫马，凡是白颜色的都叫白，"马"的内涵是一种动物，"白"的内涵是一种颜色，"白马"的内涵是一种动物加一种颜色，三者内涵各不相同，所以说"白马非马"。

二是概念的外延。公孙龙认为，马的外延，包括黄马、黑马等一切马。而白马的外延，仅限于白颜色的马，黑、黄等马就不能包含在内。因马与白马的外延不同，决定了"白马非马"。

三是个性与共性的关系。公孙龙认为，白，是一切白色的共性，而不是马；马，是一切马的共性，而不是白。白马，是白色的共性加马的共性，所以"白马非马"。在这里，公孙龙从马与白马两个概念，指出了个别与一般的差别。

但，公孙龙夸大了这种差别，把个性与共性完全割裂开来，并加以绝对化，以求达到否认个性，只承认共性，使共性脱离个性而存在的目的。这无疑是把抽象的概念，当成脱离具体事物的精神实体，陷入了客观唯心主义。

无独有偶，在公孙龙提出“白马非马”“鸡三足”“飞鸟未动”等辩题的同时，远在意大利南部的伊利亚，古希腊哲学家芝诺，也提出了“飞矢不动”的辩题。东西方几乎同时提出类似诡辩式论题进行呼应，是巧合呢，还是契合了人类文明发展的某个轨迹?

再看公孙龙的另一个辩题：“离坚白”。

公孙龙这个辩题的切入点，是“坚白石”。其核心论点是：“视不得其所坚而得其所白者，无坚也；拊不得其所白而得其所坚者，无白也。”说的是，眼前一块白石，用不同的方式去感知它，将产生两种不同的结果。一种方式是，用眼睛去看，不知道它是坚硬的，而只知道它是白颜色。另一种方式是，用手去摸，只知道它是坚硬的，而不知道它是白颜色。用眼看的方式，石头的坚藏起来了；用手去摸的方式，石头的白藏起来了。因而公孙龙得出结论，白色与坚硬并不是结合在石头里，而是脱离石头独立存在的。这便是“离坚白”的主要论点。

用哲学的视角来看，公孙龙的这个辩点，否定了一般存在于个别之中，明显带有强词夺理的诡辩色彩。

但也应看到，公孙龙辩论所分开的“石”“白”“白石”，源于与语言世界密不可分的概念世界。当人们把各种不同颜色、形状的“石”，命名为“石”时，这时的“石”便已经脱离了一块块具体的“石”，而进入人们的思维、语言领域了，这也即是公孙龙所辩称的“离”。同样，“白”这一概念，对于脱离了各种各样石头的颜色，进入人们的思维、语言领域，“白”也就脱离出来了。

这么写来虽有些拐，但无疑属于逻辑推理的范畴。

公孙龙善辩，他的名气也因此而广泛传播。史载，当时战国天下的名人，只要路过赵国，都要找他辩论。

孔子的六世孙孔穿路过赵国，就专程到平原君府上，找公孙龙辩论，而且被辩得无言以对。

孔穿不同意公孙龙“白马非马”那一套，公孙龙则说，你的老祖宗孔子可是赞成的啊，并且讲了证明孔子赞成的一个故事。

故事是这样的：楚庄王张开繁弱弓，装上亡归箭，在云梦打猎，结果把弓弄丢了。随从要去找，楚庄王拦住他说：不用了，楚国人丢了弓，楚国人拾了去，何必找呢！孔子听到后说：楚王的仁义还没有做到家，应该说，人丢了弓，人拾了去，何必要说楚人呢？公孙龙讲这个故事，要说的道理是：人们肯定了孔子把楚人和人区别开来的看法，为什么要否定我把白马与马区别开来呢！最后公孙龙说：你孔穿遵奉儒家学说，却反对孔子赞同的观点；你提出向我学习，却叫我放弃要教你的东西。即便一百个像我这样的老师，又能做你的老师吗？

孔穿无言以对。

儒学大家孔穿无言以对，心里是窝着火的，于是当平原君问他昨天辩得怎样时，孔穿开始撒火了，他说：公孙龙几乎能让奴婢真的长出三只耳朵来。我想请教您，现在论证三只耳朵十分困难，又不是事实，论证两只耳朵十分容易，而确属事实，不知您将选择容易的、真实的，还是选择困难的、虚假的呢？

平原君无言以对。

邹衍路过赵国，平原君请他与公孙龙辩论，邹衍明确拒绝。

拒绝的理由是：“夫辩者，别殊类使不相害，序异端使不相乱。抒意通指，明其所谓，使人与知焉，不务相迷也。故胜者不失其所守，不胜者得其所求。若是，故辩可为也。及至烦文以相假，饰辞以相惇，巧譬以相移，引人使不得及其意，如此害大道。夫缴纷争言而竞后息，不能无害君子，衍不为也。”

邹衍认为，用繁文缛节作为凭据，用巧言饰辞相互诋毁，用华丽辞藻偷换概念，用诡辩纠缠不休，咄咄逼人，总要让人认输才住口，这样的辩论，有害治学大道，也有害君子风度！

养士三千，且常为公孙龙善辩而感到有面子的平原君，在听了邹衍的一席话后，渐渐冷落了公孙龙。

名家，之所以能在诸子百家中独立成家，绝非偶然。名家“不法先王，不是礼义”，其辩论也不只是展示一种口才，各种事物的关联，在他们的辩词中，甚至在诡辩中，把这千丝万缕的关联，变成了一种学说，即逻辑学。

第六章　秦国的血腥一统

春秋时期，中原国家蔑称秦国为西戎……

秦穆公登上西域霸主的高地，秦国仍不被中原国家从蛮夷行列除名……

秦孝公要求参加中原诸国的会盟，被拒……

被人鄙视和抗拒鄙视，是一种动力……

这动力能量超常，迸发出来时，就不只是血性，更是血腥……

智慧是血腥的，谋略是血腥的，治国理政是血腥的，战争攻伐更是血腥的……

刚刚从春秋脱胎出来的战国，天下不适应这种血腥，而当适应与不适应进行磨合时，血腥便是赢家，中华一统便是必然……

"石牛便金"之诈

公元前316年，远在今成都、重庆的蜀、巴两国打起来了，两国都派出使节，到秦国来搬援兵。

蜀国位于今成都一带，是西南古国，自然资源丰富，文明程度也较高，三星堆出土的青铜器、金器、玉石等，就足以证明蜀国的文明程度。蜀国雄霸西南，被誉为"戎狄之长"。

巴国位于今重庆嘉陵江一带，自然资源丰富，人民勤劳朴实，军队勇猛强悍，是西南重要的蛮夷国家。

巴、蜀是在西南最有实力的两个国家，但谁也不服谁，常常为一点儿小事发起攻伐。这次又打起来的原因，是蜀王的弟弟苴侯，与巴国的国王交上朋友了。哥哥认为这是弟弟勾结外敌，于是发兵讨伐，追到巴国，两国打起来了，打得很激烈。打着打着便都派出使节，到秦国来搬援兵。

这给了秦国一个机会。但与这个机会同时来的，是韩国军队向秦国开来了。

秦惠文王立即召集张仪、司马错等人商议。

张仪不同意出兵巴、蜀，他给秦惠文王的建议是：秦国先于魏、楚结盟，而后发兵黄河、洛水、伊水，站在太行山顶上控制韩国。在此基础上，让魏国切断南阳的通道，让楚国发兵挟制郑国，秦国则发兵攻打新城和宜阳，趁机把仗打到周王室辖区，把存放在周王室的九鼎搬到秦国来。张仪特地强调：要追求名声，就到朝廷；要追求利益，就到市场。三川之地和周朝国都，犹如市场和朝廷，秦国的军队要往这个方向开，而不是开到穷乡僻壤的巴、蜀去。

张仪绘制的秦国称霸路线图，显系一厢情愿，不确定的因素太多。

司马错则建议发兵巴、蜀。他受儒家礼法思想的影响较深，不似张仪那般急功近利。他说：要想国家富强，一定要开疆拓土；要使军队强大，一定要使百姓富足；要想称霸天下，一定要广施仁德。周朝虽已衰微，但仍有一定的影响力，把九鼎从周朝搬到秦国来，犯了天大的忌讳，各国都会谴责秦国，且可能联手攻秦。如果是这样，九鼎得不到，还会背负天下骂名。

秦惠文王采纳司马错的意见，下诏发兵巴、蜀。

其实，秦国早就对巴、蜀垂涎三尺。巴、蜀是秦国向外拓展的西南通道，巴、蜀之道一打通，犹如给楚国的后背插上一刀，楚国从此就不可能高枕无忧了。尤其是，巴、蜀是“天府之国”，是天下最富庶的一个大粮仓，对秦国征伐中原各诸侯国的战争，无疑是最有力的支撑。从地理形势看，把巴、蜀囊括进来，秦国据西河、崤山之险，控长江上游，居高临下，进可攻，退可守，窥视天下的视野才更开阔，更宏大。

但是，发兵西南，谈何容易！唐朝大诗人李白的《蜀道难》，用“难于上青天”“一夫当关，万夫莫开”“尔来四万八千岁，不与秦塞通人烟”等诗句，把今天人们的想象带到公元前316年。似猿猴那般攀缘都难过蜀道，秦国大军连同战车如何过得?

其实，秦国早就使诈，打通了攻蜀之路。

这诈，便是“石牛便金”。

据传，秦国造了五头石牛，叫作“石便金”，说这些石牛每天都拉出黄金粪便。这种低级诈骗，中原国家无一例外都不相信，而蜀国国王信，他悄悄派人打探，并流露出想得到这些石牛的愿望。秦国则称，如蜀国与秦国交好，便把这五头“便金”牛送给蜀国。蜀王大喜过望，迅速派使节赶往秦国，看到秦国有百余人守护这五头石牛，这些石牛每天都“便金”，蜀国使节还得到金锭。蜀王于是一心与秦国交好，并向秦惠文王提出，迎请五头石牛。

但每头石牛都很重，人抬是抬不走的，得用马车拉。

蜀王下令，在蜀国的崇山峻岭，打通一条能过马车的道路。

目的达到，秦惠文王很痛快，把五头“便金”的石牛，无偿送给了蜀国。蜀国则派人赶着马车，把石牛拉走了。

石牛到达蜀国以后，不再“便金”了。秦国给出的解释，是水土不服。

秦国大军剑指巴、蜀，走的就是这条拉石牛走的路，秦人把它叫作“金牛道”。

坦率地说，“金牛道”只是钻在崇山峻岭的山野小道。从今陕西的勉县向西南行，越过七盘岭，从四川入境，经朝天驿、剑门关，一路上处处是险隘，凭着“一夫当关，万夫莫开”的地形优势，蜀国稍有防备，派兵把守，秦军是难以过去的。而此时的蜀王，一心想的是与巴国开战，压根儿没想秦国会从背后插上一刀。当听说秦国大军已经抵达蜀国后，蜀王赶紧从巴国率军回撤，在葭萌一带构筑营垒接战。秦军将领是赫赫有名的司马错，他率领的军队装备精良，训练有素，秦军士兵个个如狼似虎。两军一交手，蜀军大败，蜀王也被杀了，蜀国尽入秦国版图，“戎狄之长”的蜀国就这样灭亡了。

灭了蜀国之后，秦军又扑向巴国，把巴国收入秦国版图。秦国于是分设蜀郡、巴郡，并动员关中上万户人家，移民迁居巴、蜀。从此，巴、蜀的面貌大为改观，土地得到开发，人口密度增加，“天府之国”成了秦国的粮仓，也成了秦国攻伐六国、一统天下的后方保障基地。

接下来的历史演变，是值得称道的！

南方雨水多，“天府之国”的蜀国，更是雨多少晴，且常因水而丰，因水而患，其中岷江水患最为突出。为根治岷江水患，公元前256年，秦昭襄王找到隐居的水利工程专家李冰，一纸诏书，任命他为蜀郡郡守。李冰“知天文，识地理”“识察水脉”，他上任后，带着儿子二郎，到岷江实地考察，本着“道法自然”“天人合一”的理念，开始了中国历史上浩大的水利工程——都江堰建设。这一工程的核心设计是，将岷江水分出一条来，穿过玉垒山，将水引入成都平原灌溉农田。玉垒山在未发明火药之前的穿凿，是极其艰难的，李冰父子的办法是以火烧石，使岩石爆裂，用这种原始的土办法，愣是在玉垒山凿出一个宽20米、高40米、长80米的山口。因其形状酷似瓶口，故取名“宝瓶口”，把凿山分离出来的石堆，叫作“离堆”。“宝瓶口”打通后，因江东地势较高，水分流进去的很少，为此，李冰父子又在岷江中修筑分水堰。分水堰的前端像一条鱼的头部，故称作“鱼嘴”。为保证分水堰分流至“宝瓶口”的水，保持足够的流量，不因水充沛时涝，水少时旱，李冰父子又在鱼嘴分水堤的尾部，靠“宝瓶口”的一方，修建了分洪用的平水槽和“飞沙堰”，用于溢洪。溢洪道前修有弯道，江水形成环流，水超过堰顶时，洪水中夹带的泥石便流到江外，有效防止了淤塞内江和宝瓶口水道。

都江堰是中国古代水利工程建设的代表作。都江堰的建成，彻底改变了成都平原的面貌。《史记》写道：“蜀守冰凿离碓，辟沫水之害，穿二江成都之中。此渠皆可行舟，有余则用溉浸，百姓飨其利。至于所过，往往引其水益用溉田畴之渠，以万亿计，然莫足数也。”

是的，都江堰使得成都平原超过三万亩的农田得到灌溉。涝时，泄洪于外江，旱时，导水于内江，使巴蜀成为名副其实的“天府之国”。

今天，都江堰依然屹立在岷江。奔腾向前的江水，穿越两千多年的时光，证明都江堰仍然年轻力壮，它还将润泽天府，造福万民！

芈八子的秦国时代

芈姓，是楚国的国姓，王室成员姓芈。

秦惠文王称王时，楚怀王为表示祝贺，将芈八子嫁到秦国，给秦惠文王当妃子。芈八子异父同母的弟弟魏冉，和同父异母的弟弟芈戎等一干王族成员一并入秦。

秦国后宫嫔妃分八个等级：王后、夫人、美人、良人、八子、七子、长使、少使。可见芈八子初嫁至秦时，地位不高。但她为秦惠文王生了三个儿子，长子叫嬴稷，即在秦王位置上执政长达五十六年之久的秦昭襄王。

按照传统惯例，芈八子的儿子是不能继承王位的，但芈八子就能把这种“不能”变成“能”！

公元前318年，楚国牵头，联合魏、韩、赵等五国攻秦，秦、楚两国的友好关系，因此逆转，芈八子在秦国的日子也不好过。加之秦惠文王的嫡妻担心芈八子的儿子抢夺王位，千方百计地对芈八子进行打压。秦惠文王一死，秦惠文后的儿子秦武王继位，立马将芈八子的长子嬴稷送到燕国当人质，把他从秦王朝的核心区域支走。

芈八子不敢提反对意见，她甚至乐意叫嬴稷到燕国去当人质，认为这对锻炼提高嬴稷的国际视野和应变才能，不能不说是件好事。再说呢，那个时候的芈八子只能蛰伏，用蛰伏来韬光养晦，培植自己的势力，等待翻身的时机。

秦武王是秦国历史上极有个性的君主，他身高体壮，浑身是力气，喜欢跟人比试，他的身边聚集了一群力大无比之人，有乌获、任鄙、孟说等等，这些人都能赤手锤死老虎豹子。秦武王把他们招到身边，封高官，享厚禄，经常与他们进行角力比试。公元前307年，秦武王与孟说进行举“龙文赤鼎”比赛，不幸折断胫骨，不久便气绝身亡。

巧的是，秦武王没有子嗣。

这便是芈八子韬光养晦等来的机遇！

围绕谁接任秦国国王，王室正统集团与外戚集团结成了死对头。王室正统方扛旗的，是秦惠文王的嫡妻惠文后，主要骨干是秦武王的王后，和秦武王的弟弟公子壮；外戚方扛旗的，当然是芈八子，主要骨干是她的异父同母弟弟魏冉。

按常规看，王室正统集团占优，芈八子的外戚集团斗不过。但芈八子极有心计，着手谋划也极早，她凭着秦惠文王对她的宠幸，早早地把魏冉推到了统兵打仗的位置，并多次取得战功，在秦国积累了极高的声望。不仅如此，芈八子还派人贿赂拉拢韩、赵两国国君，得到他们的幕后支持。

双方先是打嘴仗，王室正统集团力推公子壮；外戚集团力推嬴稷。嘴仗打了两年，打不出结果，就改为打武仗。

关键时刻，秦惠文王的异母弟，手握秦国兵权的樗里疾，突然选择了沉默，即王室正统方与外戚集团方，哪方也不帮。

这种谁也不帮的沉默，实际上是一种明确的站队，即站到了外戚集团方。

因为芈八子异父同母的弟弟魏冉，早就在秦国掌握了一定的兵权，且数度统兵打仗，打出了一定的声望。而在王室正统集团与外戚集团的这场君位之争中，取胜的唯一仰仗，是樗里疾站出来，带领军队与芈八子和魏冉斗，且只有斗起来，必胜无疑。可就在这生死存亡的关键时刻，樗里疾谁也不帮，实际是对外戚集团获胜的助力。手里捏着军队的魏冉，与手里没有军队的王室集团一开战，魏冉便把胜利的旗帜举起来了。

没有任何史料记载樗里疾为什么突然保持沉默，这就给了人们极大的想象空间。比如，外戚集团给了他巨大的贿赂？比如，外戚集团给了他事成之后的巨大利益许诺？比如，芈八子用女色把他拉下了水？等等。芈八子在运作自己的美色上，手段是极其高超的，可以说是百试不爽，屡试屡成。传说她为了牢牢地把自己的异父同母弟弟魏冉控制住，就对他使过自己的美色。樗里疾用沉默表明的倒戈，说不定就是芈八子把美色这一招用上了。

外戚集团在秦国君位之争的胜利成果，即是把芈八子与秦惠文王生的儿子嬴稷扶上了君位，即秦国著名的秦昭襄王。

儿子嬴稷登上王位后，芈八子要求他做的第一件事，即是封自己为宣太后。这个太后开启垂帘听政的先河长达三十六年。当然，跟随她出嫁到秦国的七亲八姑，个个封侯授爵，其中魏冉出任丞相，继续掌管秦国的兵权。

芈八子垂帘听政的头三年，是与秦国王室血统势力做斗争的三年。秦武王的母亲惠文后、秦武王的王后，以及缘于秦武王血统的贵族势力，在已经立了嬴稷为秦昭襄王后，又把公子壮拥立为秦王，号称“季君”，继续与以芈八子为首的外戚势力做斗争。双方你来我往，打来打去，最后在垂帘听政的芈八子指挥下，被手握重兵、重权的魏冉悉数诛杀。

从此，秦国进入较长的稳定期，使得其可以从国内的事务中腾出手来，问鼎中原，与战国六雄争锋。

公元前318年，楚、赵、魏、韩、燕五国联合攻秦，而秦国的后院也起火。

点燃这把火的，是位于甘肃、陕西和宁夏一带的义渠国。

《后汉书·西羌传》载：“及平王之末，周遂陵迟，戎逼诸夏。

自陇山以东，及乎伊、洛，往往有戎。于是渭首有戎、邽、冀之戎，泾北有义渠之戎，洛川有大荔之戎，渭南有骊戎，伊、洛间有杨拒、泉皋之戎。”说的是，秦国周边全是少数民族。这些少数民族虽生产力极其落后，但作战打仗极其凶猛。西周末年，周幽王被杀死在骊山脚下，就是犬戎干的，使得周平王不得不迁都洛邑。

秦国被中原国家视为西戎，但秦国插手中原的事务早，加之帮助周王朝剿灭戎、狄有功，周平王东迁洛邑时，封秦襄公为诸侯，与中原诸国平起平坐。但中原国家始终没有放下对秦国的歧视、偏见。

早在秦穆公时期，就率军进攻过义渠国，《史记》载：这次征伐，秦国“益国十二，开地千里”。秦国站上了西戎霸主的历史舞台。

秦国当然不甘心于做西戎霸主，它的目标是中原称霸。为稳定自己的后院，秦国早在公元前444年，发兵十万，向西至西海固草原，南至泾水，北控宁夏河套，占地达十万平方公里的义渠国，发起了猛攻。秦国大胜，义渠国称臣。但不过二十年，义渠国卷土重来，打到了秦国的渭南，掠去了秦国大片国土。一百多年后，秦国再次向义渠国发兵，再次把义渠国打得俯首称臣。满以为后院稳定了，不承想，在赵、韩、燕、楚、魏联合攻秦时，义渠国又变脸，向秦国背后插了一刀。秦国为解除腹背受敌之忧，特地以“锦绣千匹，美女百人”贿赂义渠王。而义渠王不买账，反而趁势进攻，一战斩获秦军数万。

在这种情况下，秦国只好缓和与东方诸国的关系，暂停了向中原攻伐的步伐，回过头来审视与自己较劲了数百年的义渠国。

审视得出的共识是，后方不稳，无法东征。公元前314年，秦国调集二十万大军，向义渠国发起全面进攻，一举攻克其二十多座城池，把义渠国基本上打残了。义渠国休养生息了十年，仍缓不过劲来，遂派出使节，与秦国修好。

此时义渠国打的还是老主意，借与秦国修好之机，进一步休养生息，积蓄能量，适时翻脸反扑。而秦国疲于应对东方六国的征伐，正需要与义渠国的修好，来稳定自己的后方。

但义渠王一脚踏进咸阳，见到垂帘听政的芈八子宣太后之后，两国的算盘都重打了，历史也因此重写了。

为人妇、为人母的宣太后虽一大把年纪，但仍美貌倾城，风流依旧。义渠王见到后，忘了自己来秦国是干什么的，立马拜倒在宣太后的裙下，不能自拔。宣太后本是楚国王室女子，生性敢爱敢恨，且不顾世人如何评价。在义渠王的百般追慕下，坦然投怀送抱，一头扎进了与义渠王如胶似漆的欢愉之中。从此以后，宣太后还隔着帘子管管秦国的大事，给儿子秦昭襄王指指点点。而义渠王则完全沉浸在与宣太后的男欢女爱之中，娃娃生了一个又一个，把义渠国的国事完全抛在了脑后。

这一晃三十年过去了，秦国的后方稳定了三十年，使得秦国集中力量对中原六国攻伐了三十年。战国天下的局势，完全掌控在秦国手里，崛起的战国七雄，唯有赵国还残存了一点抗衡秦国的实力。

三十年之后，义渠王风烛残年了，没有利用价值了，义渠国也被秦国剿灭了，宣太后的目的达到后，便毫不留情地把义渠王杀死在甘泉宫中。她与义渠王生的两个孩子，历史没有记载结局如何，从此杳无音信。

儿子嬴稷在秦王的座椅上坐了三十六年后，宣太后收起了听政的垂帘，把权力交给了他。算来宣太后也是风烛残年之人，但她仍不甘寂寞，仍寻求感情上的补充。

《战国策·秦策》载：人老珠黄的宣太后，在杀死义渠王之后，为填补后宫的空虚，喜欢上了一个名叫魏丑夫的男宠，病得快要告别人世时，还提出要魏丑夫为她殉葬。魏丑夫对她动的不是真感情，而是慑于她太后的淫威不得不从。但要他做她的殉葬，魏丑夫极不情愿。于是，魏丑夫疏通关系，请大臣庸芮前去做宣太后的工作。

庸芮对躺在床上等死的宣太后说：人死后，是否有知觉?

宣太后保持了一份清醒，回答说：照本宫看，或许这世界上，根本就没有灵魂一说，人死如灯灭，尘归尘，土归土。

庸芮于是说：假若人死后没有知觉，太后您叫魏丑夫殉葬，不是白白牺牲了心上人的性命？假若人死后有知觉，那您想想，先王秦惠文王死后几十年，您先是与义渠王生子，后又与魏丑夫风流，如今还要魏丑夫殉葬，这不就惹出大麻烦了吗！

宣太后临闭眼前说了一句：你说得有道理。

宣太后死了，她给战国、给后人留下了一段传奇。她桀骜不驯、信马由缰，不受世俗的约束，却在为儿子争夺君位的权谋争斗中，始终保持着政治上的敏锐和灵活；她把自己的色相在权谋争斗中运用到极致，俘获了秦惠文王的感情，与自己的弟弟厮混，为义渠王生娃，身边还有许多男宠，却没有坠入情海不浮出水面，而是把自己的色相当作手段，为政权、为秦国谋求千秋大业。正是在她由芈八子变身为宣太后的过程中，秦国的历史改写了，战国的历史改写了，泱泱中华的历史也改写了。

基于此，我们不得不承认，从楚国王室一路走来的她，是中国历史上一位伟大的女性！

战神白起的血腥

白起，战国时期最著名的战将。

也是，战国时期最血腥的战将。

但凡名将，没有不沾染血腥的。那是因为，在刀光剑影的杀伐中，不是你死，就是我死，流血不可避免。但，白起不完全是在你死我活的杀伐中作出选择，故他与其他战将不同，他选择的是血腥，是不该的选择！

是他，将战国之前的春秋、东周、西周，乃至商、夏之前各朝各代战果记载的“斩”，改为“坑”。“斩”，显然是对战场不是你死、就是我死的选择记载，也是战争规律的体现。而“坑”，就完全改变了性质，它所表明的场景，不是战斗进行中，而是战斗结束后，是战后对俘获的敌方军人，挖坑活埋。

这完全是不该有的选项，是背离人道精神的残忍！

但也得看到，这是在战国的世道下，秦国一统天下难以避免的血腥！

白起，芈姓，楚国王室白公胜的后裔，可能是在楚国王室女子嫁到秦国时，随同来到秦国的。但在秦国，白起没有享受楚国王室后裔的待遇，据司马迁《史记》载：“白起者，郿人也，善用兵，事秦昭襄王。”郿人，即陕西郿县人。也就是说，在司马迁的刀笔之下，白起是个庶民，他作为战国时期的名将，是从基层升迁上来的。

秦国具有让普通民众向贵族攀升的政治构架，这一构架，是商鞅设置的。

商鞅变法的一个重要内容，是建军功赏爵。士兵只要斩获敌人甲士一个首级，就可以获得一级爵位、一顷田、一处宅、一个仆人。斩获的首级越多，所获爵位越高。

白起十六岁从军，十年后，也就是秦昭襄王十三年，就获得了“左庶长”的爵位。秦军爵位分二十级，“左庶长”是第十级。也就是说，二十六岁的白起，经过十年战火的熏陶，已经成为秦军领导层中最年轻的一个将领。

当然，二十级军功爵位，才到十级，白起是不满足的，他的雄心壮志是更高、更快。于是，在白起的爵位达到十级后，便开始寻找政治上的靠山，并且很快被宣太后、魏冉纳入视野。

宣太后联手魏冉，虽然在君位之争中把儿子嬴稷扶上了秦王的位置，且用三年时间，将惠文后、武王后为首的嬴姓贵族势力击溃了，但毕竟根基不牢，党羽不众，急需培植自己的势力。白起，芈姓，出身楚国王室血统，又在秦国为将，自然是培植目标。

据说，宣太后最初对白起有些小视，原因是魏冉介绍白起时，说他冷血，果断，不懂政治，缺乏心机，使得宣太后觉得白起成不了大器。而掌握秦国军权的魏冉，恰恰认为白起正是他要培植的对象，并力排众议，给了白起一个千载难逢的机会。

这个机会，就是抢占新城。

韩国新城，即今河南的伊川，位于当时韩、楚两国的交界处，也是秦国东进的最佳通道。秦国控制新城，不仅可以切断韩、楚之间的联系，而且可以迫使韩国转而向秦国交好。而此时的楚国已是日暮西山，国力极其衰弱，韩、魏、赵三国联合秦国，打算一举把楚国瓜分掉。面对这种局势，楚国率先出手，派军队驻守新城，以阻止四国的联手进犯。

公元前294年，白起也出手了。出手之前，白起对局势做了个分析，看清了韩国对联合攻楚的摇摆，也看清了魏、赵两国的犹豫。于是白起做了三件事，一件是，提升士气，许诺给作战勇敢的加官晋爵；一件是，让人给新城的守军放风，说秦军的作战风格是，割下敌人的头去领取军功；一件是，向新城军民散播谣言，说秦军一到，魏、赵会掉转枪头，向韩军进行夹击。

真真假假的放风、谣言在新城传开后，军心涣散像大雾一样弥散开来。白起趁着这种弥漫，率不足一万兵力，以迅雷不及掩耳之势，直扑新城，一举拿下。

这一仗打下来，战国天下都知道秦国又出了一个令各国都发怵的战将。白起直升两级，被封为“左更”，与秦国大名鼎鼎的司马错大将平级。

转年，公元前293年，白起再次在战场上扬威。

秦国占领新城后，魏国的都城大梁，直接暴露在秦军的刀锋之下。为解除这一威胁，魏国与韩国联合，发兵指向新城。

这一次，魏、韩是做足了准备的，下了必须把新城拿下的决心。魏国派出的统兵大将是公孙喜，韩国派出的大将是暴鸢。这是两个久经沙场的名将，都创造过名扬天下的光辉战例。且这两位将军多有合作，曾联手攻入楚国的方城，特别是在垂沙之战中，几乎让楚国的精锐损失殆尽。加之韩国有号称“材士”的弓弩步兵，“超足而射，百发不暇止，远者达胸，近者掩心”。魏国还存有吴起训练“魏武卒”的遗风，士兵耐力超强，虽身披重甲，却能健步如飞。韩、魏两国总共出动了二十四万大军。

反观白起，秦国只给了他十万兵力，且不是秦国的主力，多是临时征发的。关键是，秦军官兵对这个年轻的统兵将领白起缺乏信任。

白起的战略谋划是一着险棋，即把战场从秦国占领区，转移到韩、魏占领区，实现中央突破，把韩、魏联军打开，而后各个击破。实现这一战略意图的关键，是抢占韩、魏门户伊阙。伊阙作为韩、魏的门户，自然是重兵把守。伊阙的地势十分险要，两山对峙，伊水还流经其间。白起要抢占伊阙，难度非常之大。

但白起决心一定，便着手实施。

他先是给魏将公孙喜写了一封信，极尽卑辞奉承，希望魏军中立，让他率军与韩军作战，许诺获得的战利品与魏国平分。

这连普通士兵都看得出来，白起使的是反间计，何况久经沙场的战将公孙喜呢！公孙喜看后，哼了一声，嘴角露出轻蔑的微笑。

不仅公孙喜在笑，白起手下的官兵也在笑。

可没等人们的笑容收敛，白起将写给公孙喜的第二封信又送去了。信中不仅深表对魏军配合的感谢，而且泄露了秦军攻击韩军的具体时间，请求秦、韩两军打起来时，魏军不要插手，事后给魏军好处。

跟随白起作战的将领，对白起嗤之以鼻，认为这太小儿科了。倒是魏将公孙喜拿到信后心生疑虑，这白起耍的是哪一招？想干什么呢？

白起想干什么，只有白起知道。因为打一开始，白起就不是离间老成沉稳的魏将公孙喜，而是离间脾气暴躁的韩将暴鸢。他给公孙喜写第一封信，暴鸢就已得到了风声；给公孙喜写的第二封信，很快到了暴鸢手里。

暴鸢非常愤怒，决心甩开魏军，自己单干。因为他信心满满，只要弓箭手在伊阙两山把弓拉满，白起的秦军就甭想踏进这里一步。

而白起呢，他的谋略并没有把暴鸢激怒而打住，而是在泄露给魏将公孙喜发起攻击韩军的时间点上，果然把军队开到伊阙。这样一来，暴鸢更证实了自己的愤怒，公孙喜也完全弄蒙了。

令这两位老将军没想到的是，秦军开到伊阙后，没有任何实际进攻的动作，只是摆开了阵势，不似箭在弦上，倒像搞演习。

谁也不知道，白起磨磨蹭蹭在等什么。

一看这阵势，魏军统帅公孙喜不等韩军统帅暴鸢招呼了，率军前去协助韩军。在公孙喜看来，这是个战机，正面有韩军顶着，他从侧面斜插过去，可以形成两线夹击，打秦军一个措手不及。

白起等的就是公孙喜率军前来。

半夜时分，公孙喜率领的魏军赶到了，白起发起的进攻也打响了，他不是打韩军，而是利用夜色，向魏军发起进攻。刚刚赶来尚未摆开阵势的魏军，一个个正气喘吁吁时，秦军排山倒海杀过来了。魏军猝不及防，阵脚大乱，公孙喜只好率军且战且退，向韩军驻守的营地退去。

此时的韩军统帅暴鸢，隔岸观火，谁也不帮，站到了秦军和魏军的中间。他要看看白起连续给公孙喜写信，到底是怎么一回事。

就在暴鸢糊里糊涂没看清个所以然时，魏军像潮水般溃败下来，涌进暴鸢统领的韩军营垒，韩军、魏军相互交叉，乱成一团，部署好的阵势也被冲得七零八落。

而在这时，白起放下魏军不打了，突然掉转枪头，杀向韩军，杀得韩军落花流水，形不成任何抵抗和对攻。

直到这时，公孙喜、暴鸢两员老将，才看清自己上当了，只好收拾起剩下的十余万人马，向偃师方向退去。白起哪里肯放过，他下令军队脱掉笨重的铠甲，丢弃所有的粮草辎重，只持刀剑，拼命追击。前面是只顾逃命的魏、韩军队，后面是杀红了眼追来的秦军，追着追着，天降大雨，倾盆而下。秦军士兵脱去衣服，光着膀子在滂沱大雨中猛追，不少跑得慢的魏、韩士兵，被秦军斩杀。暴鸢和公孙喜只好叫军队也脱去上衣，光着膀子在大雨中奔跑逃命。

天不帮韩、魏啊！大雨一直下个不停，待韩、魏逃兵跑到伊水时，河水暴涨，汹涌奔腾。没有退路了，逃命的韩、魏士兵，被持刀挥剑的秦军逼进伊水，咆哮的河水翻卷着他们的尸体，瞬间冲卷得无影无踪。

这一仗，白起率军杀敌二十四万，还将五座城池收入秦国囊中。

跟随白起作战的官兵，没有人再怀疑他的军事谋略和指挥才能了。秦国在白起的手里，终于打通了数百年来也没有打通的入主中原的函谷关通道，也开辟了秦国一统天下的道路。

这之后，白起作为秦国的最高军事统帅，用连战连捷，为自己贴上了战国天下第一名将的标签。

《史记》载："昭王三十四年，白起攻魏，拔华阳，走芒卯，而虏三晋将，斩首十三万。与赵将贾偃战，沉其卒二万人于河中。昭王四十三年，白起攻韩陉城，拔五城，斩首五万。四十四年，白起攻南阳太行道，绝之。"其中的昭王三十四年攻魏，一口气吞并魏国大小城池六十一座。

连续攻伐掠取，把韩、魏彻底打衰了，不仅主动与秦国签订屈辱条约，而且还奉献给秦国大片土地。韩国奉献出武遂一带的二百里土地，魏国奉献出河东一带的四百里土地。至此，河西之地尽归秦国。

此时放眼战国天下，东方六国中，只有齐国和赵国还有抗衡秦国的能力。而从军事力量看，赵国强于齐国。

那好，白起就拿赵国开刀。因为赵国有名扬天下的战将廉颇、赵奢，与这样的名将作战，才能凸显他白起的军事才华。

但秦昭襄王没有让白起去攻打赵国，而是叫他去攻打楚国。因为楚国占了大片的江南富庶之地，号称有百万兵甲。楚国人的蛮性，常常不按规矩出牌，你今天跟它结盟，它明天就可能毁约；你今年把它打痛了、打伤了，不用到明年，它的伤口就痊愈了，一夜之间又能征发数十万大军卷土重来。秦国若是攻打赵国，楚国一看有机可乘，必定会斜插一刀。因此，不把楚国摆平，不能对赵国动手。

秦昭襄王问白起：大败楚军，需要秦军多少精锐？

白起答：七万。

理由呢？

白起答：楚人之俗，轻剽颛急，战时勇于攻取而拙于守御，只需学昔日之伍子胥，选精取锐，长驱直入，数战则可破郢矣。

白起于是带七万精兵，顺汉水而南下，直接深入楚国腹地。此役白起的七万大军，不带粮草辎重，一路进发，一路掠抢，还动员沿途的民众，为他的军队运送粮草。更绝的是，南方水多桥多，白起规定，只要秦军经过的桥梁，过后便拆桥毁船，自断归路。以此告诉他带领的官兵，只能以战胜敌人而求生还，否则，就有去无回！

就这样，深入楚地的七万秦军，且打且走，长驱直入，迅速攻占邓地及几座城池后，抵达楚国陪都鄢都城下。

鄢都离楚国郢都只有二百余里，是拱卫国都的北大门。鄢都一丢，国都不保。因此楚顷襄王下令汉水流域的守军，全部回援鄢都，坚决把秦军顶住。楚顷襄王看清了，秦军没带辎重粮草，虽能从民间掠夺一些，但十天半月之后，再也没有可掠了，这时秦国援兵不到，白起必亡无疑。

白起也认清了这一点，但一时也没想出应对之策。眼看一天一天过去了，白起还是想不出办法。秦军军心开始浮动，白起内心焦急，但表面上还是谈笑风生。情急之下，白起跳进汉江，在水里游起泳来。游着游着，白起的灵感上来了，他急忙上岸，把几个心腹干将召来，让他们速带几千人，到离鄢都西北数十里的蛮河武镇筑坝拦河，同时在汉江支流东西方向，筑一条水渠。

坝筑成渠修好后，白起在夜里下令决口灌水。随着鄢都城西一声巨响，刹那间河水倾城而入。第二天天亮再看鄢都，一片汪洋，水面浮着一片尸体。

楚国的精锐之军，几乎被白起的这一水攻消灭殆尽。楚顷襄王一看大事不妙，带领臣僚和部分军队放弃郢都，把国都迁到楚国东北的陈国故地。

白起率军进入楚国郢都，这可是当时中国手工业最发达的都城。在这里补充粮草辎重，就堆积如山了。于是，白起乘胜追击，兵分三路向楚国的腹地发起进攻。一路向南打到了洞庭湖，一路向西打到了夷陵，一路向东打到了竟陵。凡打过的地方，人仰马翻，尸横遍野。楚国辽阔富庶的土地，任由白起大军驰骋。

夷陵，位于湖北宜昌东南，这里是楚人的宗庙，埋葬着楚人的祖先。白起一脚踏进夷陵，没有想起自己的祖先也葬于此地，而想的是，如何彻底断掉楚人的气数，叫楚人从此再不能东山再起。说白了，就是挖楚人的祖坟，毁掉楚人再次中兴的风水。

但在白起毁楚人宗庙之前，他想起一个人，这个人就是秦国的宣太后。她姓芈，楚王室的公主，她的祖先就安葬供奉在这里，毁她的祖宗，她同意吗？

历史在这里埋下了一个天大的伏笔，这伏笔是：

楚虽三户，亡秦必楚！

伏笔是需要日月运行、天地运转的！此时的白起，就连宣太后也预测不到日月将如何运行，天地将如何运转。于是，宣太后和白起，凭着自己所能预见的大局走势，点起一把火，把楚人的祖陵烧成断壁残垣，夷为平地。

在熊熊大火燃烧的光亮中，白起授封为“武安君”。

楚国被彻底打残之后，秦国便拿战国天下最后一个强敌赵国开刀了。

当时的战国天下，楚国被秦国打得毫无还手之力，魏国、韩国被打得割地求饶，齐国作为秦国的战略棋子，此时正与秦国交好，唯有赵国、燕国既不与秦国结盟，又没有发生大规模的正面战争。燕国人口少、兵力弱，在秦昭襄王眼里可以忽略不计。而赵国就不同了，它久居中原富庶之地，人口众多，兵强马壮，在秦国收拾其他国家时，赵国非常谨慎，不与他国结盟抗秦，因而也就避免了国力、军力的损失。

作为秦国的最高军事统帅，白起几乎与天下战将都交过手，且都打败了他们，唯独没有与赵国的战将，像廉颇、赵奢，包括讲军事理论一套一套的赵括交过手。赵括嘛，白起几乎不看在眼里，他那套纸上谈兵的嘴上功夫，在白起注重实际的战法中，是绝对占不了上风的。至于廉颇、赵奢，才是他白起最想在战场上见面的对手。

在和廉颇交手之前，秦军已经拿下了韩国的上党，打通了进攻赵国的门户。

公元前260年，历史上的秦、赵大战，在长平正式打响。

大战打响后的两个关键点，决定了战争的胜负。

第一个关键点：赵国撤廉颇，换赵括。白起率军面对廉颇，几乎没有找到任何机会。廉颇本身就是保守型战将，一上来几经交手之后，便深筑营垒，严防死守，不再出战，且任白起如何挑衅谩骂，就是不接招。面对这种战局，白起又玩起了离间计，他四处放风，说廉颇被打成缩头乌龟了，不敢再战了；还说秦军怕的不是廉颇，而是怕赵括。此时赵奢已经去世，赵孝成王听了信以为真，加之廉颇闭垒不战，没有给他传回胜利捷报，于是把廉颇换成了赵括。这一换，长平战场秦、赵两军的对峙胶着状态改变了，战局的走势，步入白起的谋划圈套。

第二个关键点：秦昭襄王亲自到战场督战，赵孝成王连援兵都没有派来。秦、赵两军的大决战，各自精兵都派上了战场。比较看，秦军劳师远征，兵员补充和粮草供给更困难，赵军则要便利得多。关键时刻，明智的秦昭襄王把国内事务全交给丞相范雎，自己则跑到秦国新占领的上党南部招兵买马，十五岁以上的男子，赐爵一级，全部带到长平战场。这些新征调的士兵，没有作为主力投入战场，而是负责营造壁垒，参与大部队对赵军的包围，包括插入长平与邯郸之间，掠取赵军粮草，在关键时刻，发挥了巨大的辅战作用。反观赵孝成王，他在王宫焦虑万分的，不是战场态势的变化，以及如何做好赵军的后援，而是盼着送来赵军的胜利捷报。秦、赵两国君王的不同作为，也决定了战争的最终胜负。

作为赵军统帅赵括，虽然被历史戴上了一顶“纸上谈兵”的帽子，但还原到历史，特别是还原长平战场，赵括还是令白起敬畏的。

赵括先是向白起的秦军发起进攻，没有占到优势后，便迅速退守丹河谷，重新筑垒，保存实力，寻找突围机会。就在这当口，在上党地区与秦军作战的赵军败下阵来，而秦昭襄王亲自征发的后援部队赶到了长平，赵军从长平至邯郸的粮草补给线被秦军切断，四十五万赵军，瞬间陷入孤立无援的境地。

这一极其严峻的战场态势，赵括看清了，但他没有惊慌，而是冷静分析判断，发现秦军南北防线有些薄弱，是唯一可以发起突破的方向。于是，在与秦军对峙几天以后，赵括在几乎弹尽粮绝的情况下，率军向秦军的南北防线，连续发起了四十六天的拼死突围。赵括突破秦军一个营垒，白起就后撤加修一个营垒；白起夺回一个营垒，赵括就进攻另一个营垒，战场的争夺进入白热化，到处是倒下的尸体，到处是断壁残垣。

要知道，赵括是在弹尽粮绝、活着的士兵吃死去士兵尸体的惨烈情况下，与白起进行战场对决的。四十六天下来，赵军有二十五万士兵倒在血泊中，秦军也有二十万士兵魂断黄泉。

仗打到这个份上，赵括也没有放下武器，率军投降，而是做最后的殊死搏斗。他将剩下的赵军分成四队，自率一队，置生死于度外，呼啦啦地向秦军冲去。面对如此顽强的赵军，不要说白起手下的将领，就连白起都深感胆寒。恰在这时，秦国又一拨从上党赶来增援的军队到了，一支利箭把赵括从战车上射得摔落在地，长平之战才停止相互搏杀。

然而，战场的搏杀停下来之后，另一场惨绝人寰的坑杀上演了。

长平、上党两个战场上，被秦军俘获的四十万赵军，摆到了秦昭襄王和白起的面前。秦昭襄王虽杀伐果断，但他不愿背负杀四十万俘虏的千古骂名。于是，他不跟白起打招呼，便驱车返回了秦国，把四十万俘虏的处置难题，留给了白起。

跟随白起作战的将军王龁、王翦，以及司马错的儿子司马梗，看到黑压压一片四十余万俘虏，也都心惊肉跳。而此时的白起，反倒十分冷静，他双手沾满无数鲜血，似乎不在乎再杀多少人，也不在乎背负千古骂名。

白起下令，从俘虏中找出二百四十个不满十四岁的俘虏，其余的分成十个大营，由不同的军队分别看管，以接受秦军选拔为骗局，把他们骗到阳谷的一个山涧。当四十万大军挤进山涧时，两边山上早就堆满的石头，如狂风暴雨般砸下，偶尔从滚石中爬上来的，又被扔了回去重砸。顷刻之间，赵国的四十万俘虏，全部被砸成肉酱，葬身涧底。

这惨绝人寰的一幕，白起让二百四十个赵军娃娃兵看完后，再放他们回赵国。

据传，第二天阳谷山涧的上空，晴天霹雳，突然降下瓢泼大雨……

据传，从此之后，阳谷山涧只要夜幕降临，瘆人的哭泣和哀嚎便此起彼伏……

据传，从此之后，阳谷山涧方圆数百里之内，没有野兽，连凶狠的狼都见不到……

长平之战后，白起从军为将的辉煌，由此宣告结束……

白起，这个战国时期首屈一指的名将，就这样被钉在千夫所指的耻辱柱上，不仅被历史学家痛骂不绝，也被普通民众咒骂至今……

范雎的宽阔与狭隘

创立“远交近攻”大战略的，是范雎。

这一著名战略的核心要点是：秦国与远在东方的齐国交好，重创就近的韩、魏两国，再伺机攻打楚、赵；待韩、魏、赵、楚被打得对秦依附后，再以五国之力，集中攻齐；齐国被打得无还手之力后，再就近灭韩、灭魏，而后把赵、楚、齐、燕等被打得无招架之功的国家一并灭掉，秦国一统天下。

范雎对秦昭襄王说，实行“远交近攻”，“得寸则王之寸；得尺亦王之尺也”。范雎要说的是，齐国离秦国很远，派军队去攻打，人少了，打不过齐国，人多了，打下齐国还占不住。如此就不如与齐国交好，拿身边的韩国、魏国开刀，打下一寸就得一寸，打下一尺就得一尺。

“远交近攻”的实质，是秦国分别拿六国开刀，打谁，谁就陷入孤立无援的境地；打到最后，才拿与之交好的齐国开刀。

范雎制定的“远交近攻”战略，为秦国踏平六国、一统天下做出了巨大的贡献！

“远交近攻”战略，胸怀天下，高屋建瓴，是秦国一统天下唯一正确的选择。由此足见，制定这一战略的范雎，其胸怀是多么开阔，其视野是多么宏大。

范雎，魏国人，想侍奉魏王，但因家贫拿不出钱来打通关系，就在魏国的中大夫须贾手下当差。须贾出使齐国，范雎随从出使。在齐国待了几个月后，齐王听说范雎很有口才，便着人赏赐他黄金，还有食物。须贾得知后大怒，以为是范雎出卖魏国的秘密换得的好处，下令范雎把黄金退还，只留点食物。回国后，须贾把这事报告给魏国丞相魏齐，魏齐非常愤怒，下令鞭打范雎，打断了他的肋骨，打落了他的牙齿。范雎被打得昏死过去，被人用草席裹着，扔进厕所。魏齐还不放过，又叫宾客轮流往草席上撒尿。范雎被尿刺激，苏醒过来，对看守说，你要是把我弄出去，以后我一定报答你。看守乘魏齐喝得大醉，向他报告，请求把范雎当死尸扔掉。由此范雎得以逃脱。

范雎逃回家后，妻子悉心照料，她与范雎同在一个屋檐下生活，深知他的才华，故一如既往地支持他继续攀登仕途。

与范雎交好的市民郑安平，帮助隐瞒范雎逃回家的消息，还叫范雎更名张禄，在生活上多有支助。

范雎看清了，战国天下，唯有去秦国才有发展的广阔空间。

恰巧秦国使节王稽来到魏国，范雎便与郑安平扮作奴仆，利用夜幕的掩护，溜到公馆拜见王稽。王稽深感好奇，便热情地接待了他们，并令人端来酒菜，边吃边聊。范雎一张嘴，便将战国的形势分析得头头是道，还特地就秦国该如何发展，大谈了一番自己的看法。王稽虽不是大才大智之人，但范雎所讲的，他还是深受触动和启发。于是他决定，把范雎带回秦国，推荐给秦昭襄王。

当时的秦国，对天下有识之士有巨大的吸引力，无论是真有本事的，还是没本事混饭吃的，都往秦国赶。而实际掌控秦国的宣太后和丞相魏冉，不怎么看中这些所谓的谋士，他们看中的是自己的嫡系、党羽，担心真正的谋士被秦昭襄王重用以后，削弱自己的权力，因而他们对进入秦国的谋士多有防范。

对于这个问题，范雎在进入秦国的路上就感受到了。

一天，王稽等人行至秦国的湖县，远远望见前方尘土飞扬，一队车骑疾驰而来。范雎马上意识到，来人派头很大。因为秦国的法律规定，地位低下的人，不可快马奔驰。于是范雎藏匿于车厢之中，想实际观察一下来者究竟是何人，是个什么做派。

疾驰而来的是秦国当朝丞相穰侯魏冉，王稽急忙下车拜迎。魏冉也下车，与王稽相互寒暄，并问王稽是否带来所谓的能人异士，王稽自是不敢说范雎就藏在车里，魏冉也没有上车盘查。

继续赶路时，范雎下车从小路行走，并约定前方见面地点。他料定，魏冉必派人来再查。没走多远，身后马蹄声响起，疾驰过来一队人马，奉丞相之命前来搜查，没发现可疑之人，也就离去。王稽则在前方，把范雎拉上车向咸阳驶去。

几乎与所有的能人异士一样，范雎虽然到了咸阳，但要面见秦昭襄王，是非常困难的。王稽出使复命，见到了秦昭襄王，也向他推荐了张禄（范雎的化名），但秦昭襄王心不在焉，对张禄毫无兴趣，只是吩咐给张禄安排一个住处。

没辙，只好等。这一等，便是一年。这期间，范雎想过诸多面见秦昭襄王的办法，都未能奏效。比如，范雎求人向秦昭襄王举荐，说魏国的张禄求见，他犹如潜龙下凡来到秦国，才华横溢，智谋出众，能辅佐秦国完成千秋大业，特来求见秦王。话传进去以后，秦昭襄王仍不予召见。

范雎无奈，只好继续等。倒是在等的日子里，范雎对秦国的局势有了更深入的了解。秦国的大权，没有掌握在秦昭襄王手里，而是掌握在他的母亲宣太后和他的舅舅魏冉手里。宣太后的几个亲戚，魏丞相、泾阳君、华阳君、高陵君，并称秦国的“四贵”，不仅掌握秦国的政权，而且控制秦国的财富。秦昭襄王戴着秦王的帽子三十多年，应该早就想把大权揽到手里，可能也是觉得斗不过宣太后和“四贵”，才忍气吞声把自己蛰伏起来。范雎分析，秦昭襄王绝不会甘心，只要抓住机遇，他定然要把大权从宣太后和“四贵”手里夺回来。

由此，范雎制定面见秦昭襄王的策略是：激将法！

恰在这时，咸阳大街贴出告示，说秦国即将攻击齐国的纲、寿两地。这一攻击方向，是与范雎谋划的“远交近攻”战略相悖的。齐国远在东边，中间隔着魏、赵两国，秦国跨魏、赵去攻齐，岂不是自找受多国夹击的麻烦吗？再细一打听，范雎才看清问题的本质。原来颁布的这一谕令，并非秦昭襄王的主意，而是丞相魏冉绕过秦王的自作主张。因为齐国的纲、寿两地，与魏冉的陶山封邑相邻，攻打纲、寿，是魏冉为了扩大自己的封邑。

抓住这个机会，范雎还以化名张禄向秦昭襄王上书，火力全开，矛头直指“四贵”。他写道：秦昭襄王是大树的主干，宣太后和“四贵”则是枝叶，枝繁干弱则不能树起君王的统治地位；善于使自己殷富者，大多取之于国，善于使国家殷富者，大多取之于诸侯；有了英明的君主，诸侯就不会贪赃枉法，原因在于，明主善于分割诸侯的权力，而将所有的权力集中到自己的手中；良医可以预知病人的生死，明主可以预知国家的成败，利则行之，害则舍之，疑则少尝之。最后范雎特地强调，有些话信上不便说，希望秦王见他，让他一述衷肠。

当然，这是范雎故意卖关子，留了一些治国兴邦的悬念，以促使秦昭襄王尽快召见他。

秦昭襄王看了范雎的上书后，大为震撼，范雎所言，正是他的隐疾。于是，让王稽代为传命，召张禄火速入宫。

《史记》载：“于是范雎乃得见于离宫，佯为不知永巷而入其中。王来，而宦者怒逐之，曰：‘王至！’范雎缪为曰：‘秦安得王？秦独有太后、穰侯耳。’欲以感怒昭王。”

《史记》所载的这个细节，足见范雎晋见秦昭襄王，是做好了充足准备的！已知是秦昭襄王召见，又看到在一群人的簇拥下，秦昭襄王从对面走来，范雎却故意走进永巷。宦官上前呵斥范雎，说大王到了，你还不回避！范雎则反唇相讥，说秦国只听说有宣太后和魏冉，何曾听说还有个大王？

当面激将，直戳秦昭襄王内心深处的隐疾。

在与秦昭襄王的交谈中，范雎故弄玄虚，欲言又止，在彻底获得秦昭襄王的信任后，才把自己分析战国天下形势，思谋秦国兴旺发达的谋略和盘托出。

范雎说："夫穰侯越韩、魏而攻齐纲、寿，非计也。少出师则不足以伤齐，多出师则害于秦。""王不如远交而近攻，得寸则王之寸也，得尺亦王之尺也。今释此而远攻，不亦缪乎？"

秦昭襄王问：如何近攻魏？

范雎说："王卑辞重币以事之；不可，则割地而赂之；不可，因举兵而伐之。"

史载，秦昭襄王听从范雎的建议，"使五大夫绾伐魏，拔怀。后二岁，拔邢丘。"

如何近攻韩呢？

范雎说："秦、韩之地形，相错如绣。秦之有韩也，譬如木之有蠹也，人之有心腹之病也。天下无变则已，天下有变，其为秦患者孰大于韩乎？王不如收韩。"

收买韩国，它听吗？

范雎说："韩安得无听乎？王下兵而攻荥阳，则巩、成皋之道不通；北断太行之道，则上党之师不下。王一兴兵而攻荥阳，则其国断而为三。夫韩见必亡，安得不听乎？若韩听，而霸事因可虑矣。"

范雎被秦昭襄王拜为客卿，谋兵事，言听计从。

客卿，绝非范雎的人生目标。秦王对范雎的言听计从，因受宣太后、魏丞相的掣肘也多有限制。因而范雎在客卿位置上重点谋划的，是扳倒宣太后和"四贵"，为自己登上丞相之位扫清障碍。

范雎对秦昭襄王如是说："臣居山东时，闻齐之有田文，不闻其有王也。闻秦之有太后、穰侯、华阳、高陵、泾阳，不闻其有王也。夫擅国之谓王，能利害之谓王，制杀生之威之谓王。今太后擅行不顾，穰侯出使不报，华阳、泾阳等击断无讳，高陵进退不清。四贵备而国不危者，未之有也。”

范雎所言，从如何才是君王，以及宣太后专权擅行，“四贵”肆无忌惮的角度，直指秦昭襄王表面是秦王，其实不是秦王，不掌握实权。

《战国策》载，范雎在这次游说中，给秦昭襄王讲了一个故事。故事是这样的：恒思那个地方有个强悍的少年，要求和具有强大神力的神丛打赌。这个少年说，我抛下一个棋子，正面朝上你赢，反面朝上我赢。如我赢了，你把神力借我用三天；你赢了，我任由你处置。结果这个少年赢了，神丛把神力借给了他。三天后，神丛要这个少年归还神力，少年不给。五天后，神丛开始枯萎，七天后，神丛便死了。范雎讲这个故事想说什么，秦昭襄王无疑听懂了。

范雎接着说：“臣闻善治国者，乃内固其威而外重其权。穰侯使者操王之重，决制于诸侯，剖符于天下，征敌伐国，莫敢不听。战胜攻取则利归于陶，国弊御于诸侯；战败则怨结于百姓，而祸归于社稷。”

范雎的这段话，则是集中攻击魏冉。毕竟宣太后是秦昭襄王的亲妈，此时算来已是一大把年纪了，故范雎的攻击避开了宣太后。

最后，范雎所说的则是这次谈话的要害、症结。他说：“夫三代所以亡国者，君专授政，纵酒驰骋弋猎，不听政事。其所授者，妒贤嫉能，御下蔽上，以成其私，不为主计，而主不觉悟，故失其国。今自有秩以上至诸大吏，下及王左右，无非相国之人者。见王独立于朝，臣窃为王恐，万世之后，有秦国者非王子孙也。”

话说到这个份儿上，秦昭襄王不能不“大惧”了。于是使出霹雳手段，“废太后，逐穰侯、高陵、华阳、泾阳君于关外”。“拜范雎为相，收穰侯之印，使归陶。”

秦昭襄王这顶王冠，戴了四十一年后，在范雎的操弄下，终于实至名归。

范雎坐上秦国丞相交椅后，做的第一件事，就是攻伐魏国。从

“远交近攻”的角度分析，范雎的这一决策出于公心。因为秦国要东出函谷关，荡平六国，首当其冲的拦路虎，就是魏国，魏国不拿下，东路出关受阻。但从范雎的内心分析，这一决策出于私心。他在魏国受到奇耻大辱，如今他是秦国丞相，他既要拿魏国开刀来一雪前耻，又要以此向秦昭襄王一表忠心。

魏国得知这一消息后，大为恐慌；但听说秦国新任丞相叫张禄，原是魏国人，又似乎看到希望。于是派大夫须贾前去秦国，打算用丰厚的贿赂，做通丞相张禄的工作，进而觐见秦王，两国重新修好。

范雎听说魏国派来的使节是须贾，内心感慨无限，沉寂下来之后，构思并上演了一场精彩大戏。

戏是这么演的：

范雎脱掉丞相服，换上一套破衣烂衫，从丞相府溜出来，来到须贾住的馆驿，没等通报，便走到须贾面前。

须贾见到范雎，大惊失色，他以为范雎早死了，没想到他还活着。再看范雎的衣着，以为他不成大器。但在咸阳见到故人，须贾仍感到亲切，故而问范雎怎么活下来的，问范雎在秦国做什么活计，令人给范雎端上饭菜，看范雎衣着单薄，还特地把自己的缯袍给范雎披上。

范雎则将落魄的下人演得很逼真。他本不饿，但须贾把饭菜端上来，他狼吞虎咽，吃得直打饱嗝；须贾把缯袍披在范雎身上，范雎也不推辞；问他在咸阳靠什么为生，范雎说打工糊口……

须贾并不期望眼前这个落魄的范雎能帮他什么忙，但其掩饰不住的内心焦虑，还是把要见丞相张禄，当闲话给范雎说了。

范雎听说须贾想见丞相张禄，便主动应承下来，说自己和张禄有交情，能引导须贾去拜见。

面对衣着寒酸的范雎口出如此狂言，须贾内心是不信的。但身处咸阳，人生地不熟，眼下又找不到其他人帮忙，就好歹信他一回。

在约定时间，范雎赶着车来了，车是丞相专用车，范雎亲自驾车，拉着须贾去见张禄。

车在丞相府停下后，范雎叫须贾候着，自己走进丞相府去通报。

左等不来，右等不来，须贾便走到门卫打听。门卫告诉须贾，刚才进去的那个衣着褴褛的人，就是大秦丞相张禄。

须贾一听，如晴天霹雳，脑子顿时一片空白。稍微回过神来，想跑，但转念一想，在咸阳这块地界上，能跑到哪里去？只好脱袍解带，跪在丞相府外，并托门卫前去禀报：罪人须贾，跪拜求见。

进得丞相府去，只见两边的刀斧手威风凛凛，范雎高坐于堂。须贾跪地磕头，嘴里连称有罪。

范雎历数了须贾三罪："雎之先人丘墓亦在魏，公前以雎为有外心于齐而恶雎于魏齐，公之罪一也。当魏齐辱我于厕中，公不止，罪二也。更醉而溺我，公其何忍乎？罪三矣。"范雎之所以没有处死须贾，则是"以绨袍恋恋，有故人之意"。

须贾免于一死，离开秦国前，向范雎告别。范雎则把各国使节都请来宴饮，把须贾安排在仆人席上，给客人上大鱼大肉，给须贾上了一盘马料，旁边站着两个人，用筷子夹着草料和黑豆往他嘴里塞。范雎叫须贾给魏王捎信："急持魏齐头来！不然者，我且屠大梁。"

至此，范雎一手导演并参与演出的这场精彩大戏，落下帷幕。

范雎算报了被辱的大仇，但这仇报的，没有一点君子风度，更不可能把他与制定"远交近攻"战略的人联系起来，倒使人能把他与一些没文化的痞子、恶棍联系起来，没胸怀，很狭隘！

范雎的这种狭隘，还表现在阻挠白起攻取邯郸的建功上。

长平之战，白起坑杀四十余万赵军，彻底把赵国打残了。秦昭襄王采纳白起的建议，令他率军直取邯郸，吞并赵国。

赵国刚刚经历了长平惨败，又面临秦军前来围攻邯郸，朝野上下恐慌万分，人人都不知有今天还有没有明天。

在这种恐慌万分的气氛中，苏秦的弟弟苏代站出来。他也是个游说家，对秦国的君臣关系，特别是丞相范雎与战将白起的微妙关系，看得十分清楚。白起是个典型的军人，对秦国忠心耿耿，只知道为秦国打胜仗，夺土地。而范雎就不同了，他在帮助谋划秦国利益的同时，更想着自己的利益权势。因而苏代信心满满，带着赵国给他的大量珍宝，面见范雎。

苏代就是趁着秦国将相不和的间隙，前去做离间工作的。他把大把的珍宝往范雎跟前一推，开门见山就说：长平一战，白起建功至伟，如今趁势围攻邯郸，赵国一亡，秦国就可称帝，白起也就封为三公。而你范雎，就位处白起之下。

核心的就这几句话，把范雎彻底说动了。于是，范雎摇动三寸不烂之舌，搬出一套又一套成立和不成立的理由，说服秦昭襄王，下令白起从邯郸撤兵。

撤兵的条件，是赵国割让六座城池，与秦国修好。

白起从邯郸撤回后，丞相范雎便想方设法阻止他继续在战场上建功。

一转脸，赵国就撕毁合约，六座城池不给秦国了，而是给了齐国，请齐国给予救援。秦国于是再次发兵，包围邯郸，统兵大将则把白起排除在外。

而此时的战国天下，各国都痛恨秦国，深知赵国一亡，就是“唇亡”，牙齿能不寒吗？于是，赵国的毛遂跟随平原君出使楚国，搬来了楚国的八万大军；魏国的信陵君窃符救赵，魏国也出动了十万大军，很快突破了秦军设在邯郸外围的防线，秦国不断增派的四十万大军，竟然全线溃败。尤其是范雎举荐提拔的将军郑安平，率两万被围秦军投降了邯郸。

范雎看出了自己面临的危机，对秦昭襄王说，不是秦军攻不下邯郸，而是不想攻下邯郸，这是秦军用这种方式，声援他们心中的战神白起。

秦军这不是逼宫吗！秦昭襄王非常恼火，直下诏令，命白起为主将，前去邯郸战场指挥。

白起暗地里跟范雎较劲，他知道对自己的诸多诋毁、谗言，都出自范雎。秦昭襄王如果信任范雎，自己无论是打了胜仗还是败仗，都会被踢出秦国的核心层。因而他接到秦昭襄王的诏令后，自称有病，拒不受命。

秦昭襄王大怒，强求白起：即使躺在担架上，也要受命赴邯。

而白起的态度是，宁愿脑袋被砍，也不做一个屈辱的将领。

秦昭襄王劝不动白起，拂袖而去，随即下了一个诏书：白起武安君的爵位废除，贬为士卒，流放到西北苦寒之地。

白起称病不走，他还在等着秦昭襄王回心转意。

秦昭襄王下令：抬也要把白起抬走。

此时的白起，已经深知秦昭襄王彻底抛弃了自己，只好收拾行装上路。

白起在前面走，从咸阳派出的人马从后面追，追上以后，送上一把秦昭襄王赐给他的宝剑，令他自尽。

其实，与其说是秦昭襄王赐予白起自尽的宝剑，倒不如说是范雎赐予。因为在白起离开咸阳之后，范雎便给秦昭襄王进言，说白起对他的处置不服，说白起生病是装的，说白起一定会投奔别的国家，成为秦国的心腹大患。秦昭襄王在范雎的劝谏下，赐白起死。

白起在把宝剑架到脖子上时，说了一段检视良心的话，他说："我固当死。长平之战，赵卒降者数十万人，我诈而尽坑之，是足以死。"

死前的白起，好歹对自己的良心，进行了一番检视。

而范雎呢？他具有几乎所有战国时期的人都不具有的战略视野，提出了"远交近攻"的战略方针，使得秦国征讨杀伐，屡打胜仗，日益强大。可以说，他是秦国荡平战国天下、一统六国的奠基者。可范雎的人性、良知，与他的大视野、大胸怀是分裂的，岁月磨不平他对恩怨的释怀，大局解不开他对功利的追逐，就因为苏代对未来预测的假设，说他的地位将在白起之下，便把自己的全部智慧用到了阻挠白起的建功上，进而用到了将白起置于死地上。

范雎，是人格分裂呢？还是目光的一时短路？

吕不韦对秦国的经营

古谚云："天下熙熙，皆为利来，天下攘攘，皆为利往。"

吕不韦，河南濮阳人，经商，"往来贩贱卖贵"，家累千金。后在赵国国都邯郸做生意，结识秦国派驻赵国做人质的嬴异人。嬴异人是秦昭襄王后宫二十多个孙子中，夏姬所生的，地位卑微，正是在白起率军对赵国进行攻击时，嬴异人在赵国做人质。秦国供给嬴异人的费用很少，没有金钱支撑他在赵国的交往，因而赵国的达官显贵，几乎没有人跟他交往。吕不韦结识他时，他穷困潦倒。

吕不韦对秦国的经营，就是从嬴异人开始。

结识嬴异人后，吕不韦向父亲请教了三个问题：

问：种地有几倍的利润？

答：十倍。

问：贩卖珠宝玉佩呢？

答：那很高，起码一百倍。

问：如果扶持一个人做国家的君主呢？

父亲倒吸了一口凉气，答：千万倍，甚至难以估计。

吕不韦的父亲肯定也是个商人，很懂经营行情，但对经营一个人做国君这样的大买卖，实在是不敢想，不由得倒吸一口凉气。

吕不韦则从向父亲的讨教中，坚定了信心。

他经营嬴异人的第一步，是让他成为太子的太子。

这一步经营得很遥远，吕不韦算是看清了。

公元前267年，秦昭襄王的太子嬴悼死了。两年后立第二个儿子安国君嬴柱为太子。安国君的正室是华阳夫人，她深受宠爱，但却没有为安国君生出儿子来，所以安国君没有立太子，只能到时在后宫的二十多个儿子中，选定一个作为太子。嬴异人就是他这二十多个儿子中的一个，因为他的母亲夏姬不受安国君宠爱，所以他的地位很低，被派往赵国做人质。

让嬴异人成为安国君的太子，吕不韦瞄向了华阳夫人。

当然，选谁给华阳夫人做儿子，是有讲究的。华阳夫人有权把别人的儿子要过来做儿子，但后宫地位高的，要她的儿子，必有一争，你没有儿子，正好我的儿子可以补上太子的位置，我干吗要给你呢！地位低的，不敢争，争也没用，还巴不得把儿子送给华阳夫人做儿子。嬴异人正是地位低的人选，他的母亲夏姬，巴不得把儿子送给华阳夫人做儿子。

华阳夫人芈姓，楚国王室的公主，宣太后芈八子之弟芈戎的族女。芈八子就在秦国王室上演过几乎不可能而成为可能的精彩故事，且在秦昭襄王时期，利用打造的芈姓外戚势力，主政秦国数十年，使得秦国在战国七雄中，不断崛起，越战越强。历史演变到华阳夫人后，楚国王室的芈姓族人又在秦国演绎了一出精彩故事。

吕不韦先是拿出大把的金钱，为嬴异人装点门面，出门坐豪车，请客很奢华，出手很大方，赵国的达官显贵纷纷登门拜见，嬴异人的名声很快在赵国传开了，而且传到了其他国家，把他传成了一个贤人。

接着吕不韦带着大把的金钱珠宝到咸阳，贿赂华阳夫人的姐姐。吕不韦很识相，他怀里虽然揣着大把金钱珠宝，如直接去贿赂华阳夫人，可能连门都进不去。她可不缺金钱珠宝，她缺的只是儿子。华阳夫人的姐姐就不同了，她虽然也不缺金钱珠宝，但再多也是不嫌多的。再说姐姐进妹妹的后宫大门，是想进就能进的。

吕不韦用金钱珠宝把华阳夫人姐姐的环节打通后，吕不韦要说的话，便通过华阳夫人姐姐的嘴出来了：靠自己的美貌得到宠爱，一旦美貌衰退，宠爱也就消失；夫人得到的宠爱已到极致，但可惜没有儿子，如果不从庶子中培养一位贤才，确定为嫡子，万一有那么一天，色衰爱弛，再去说就来不及了；庶子群中，嬴异人最有才干，他自知上有哥哥，下有弟弟，嫡子根本没有他的份儿；夫人如果特别垂爱他，使他本没有国家而忽然有了国家，夫人本没有儿子而忽然有了儿子，则夫人的宠爱，将在秦国永存。

华阳夫人被说动了，吕不韦打发嬴异人与她见了一面。嬴异人是穿着楚人的服装去的，得到了从楚国王室出来的华阳夫人的第一眼好感，华阳夫人高兴地说：我是楚国人，你当然是我儿子。嬴异人再遵照吕不韦的叮嘱，说了一通如何日夜思念华阳夫人的话，说得虽极其肉麻和言不由衷，但华阳夫人爱听。于是，华阳夫人流着泪对安国君说：我不幸未能为您生一个儿子，愿收嬴异人做我的儿子，有了儿子，我就可以托付终身了。安国君也听到不少对嬴异人的赞誉，华阳夫人一哭，他不仅满口答应，而且当场剖开玉石，交给她作为信符。安国君还赏赐给嬴异人很多金银财宝，聘请吕不韦当他的老师，还将嬴异人更名为嬴子楚。

吕不韦经营秦国的第一步，大获成功，使得嬴异人这个在二十多位王孙中地位卑微的庶王孙，陡地成了名正言顺的太子的太子，成了秦国的合法继承人。

吕不韦经营秦国的第二步，是叫嬴异人最喜欢的女人，怀上自己的孩子。

嬴异人被立为太子后，非常感激吕不韦，许诺接替秦王后，“得分秦国与君共之”。这可是秦国的半壁江山啊！什么商人、做什么买卖能赚取一国的半壁江山呢！在巨大无比的利益许诺面前，吕不韦对秦国的经营，进入了更深层次的谋划。

吕不韦在邯郸做买卖时，娶了个邯郸美女，叫赵姬。吕不韦成了嬴异人的老师后，经常召嬴异人到府上喝酒。坊间的传说是，开始嬴异人到吕不韦府上喝酒，吕不韦不让赵姬露面，待赵姬怀孕了，才招呼赵姬出来斟酒。也许是赵姬实在是太漂亮了，也许是嬴异人本就是个淫色之辈，还也许是酒喝得半醉起了作用，嬴异人一见赵姬，顿时色眼放光，神魂颠倒，当即提出叫吕不韦赠给他。吕不韦则假装生气，教导嬴异人不能夺老师之爱。他二人一个真要，一个假不给地闹腾一番后，吕不韦最终把赵姬赠给了嬴异人。

公元前258年，赵国国都邯郸被秦军包围。嬴异人成为秦国太子的太子后，也就成了赵国与秦国谈判的重要筹码，不肯放他回国了。这可急坏了吕不韦，他经营秦国的步骤，如果不能把嬴异人营救出去，他的经营前功尽弃不说，后面的经营也就画上句号了。于是，他散尽家财，贿赂邯郸的守城将士。他说的是：我不是赵国人，全家来到邯郸做生意，却遇到秦、赵这么持久的战事，只好打道回府，生意不做了，钱也不要了。

吕不韦说得合情合理，守城官兵收了吕不韦的钱，放他一家出城，家人中包括打扮成随从的嬴异人。出得城去，吕不韦领着"一家人"直奔秦军营垒，向秦军将领王龁说清情况后，乘着豪华马车，在军队的护送下，来到了秦国国都咸阳。赵姬暂住邯郸娘家，之后才来到咸阳。

一年后，赵姬生一子，叫嬴政，即中国历史上赫赫有名的秦始皇。

公元前251年，秦国执政近半个世纪的秦昭襄王去世，安国君嬴柱继位，称秦孝文王。

刚刚接替秦王的嬴柱，会见完宾客，处理了一些事务，回到寝宫便一睡不醒，死了。

嬴异人顺理成章地接替君位，称秦庄襄王。拜吕不韦为丞相，封文信侯。

三年后，秦庄襄王去世，年仅十三岁的嬴政继位，尊吕不韦为仲父，主持秦国国事。

吕不韦怎么也料不到，秦国的君位更替得这么快，且很快更替到他与赵姬所生的儿子头上。

这似乎是唯有上天，才能帮助吕不韦做到的事！

其实，吕不韦经营秦国的第二步，走得极具冒险性！他把赵姬的肚子搞大以后，献给嬴异人，他怎会知道赵姬肚里怀的是个男婴呢？若生下来是个女娃呢？他充其量只能在嬴异人作为秦王时，戴一顶丞相的帽子，之后对秦国的经营也就画上句号了。

但不得不说，即便如此，吕不韦作为商人，也是谋得了天大的利益！

吕不韦经营秦国的第三步，是在丞相的位置上，让秦国这架机器按照自己的意志运转。

吕不韦作丞相十三年，特别是秦王政年少不主政的十年间，秦国的国家机器完全由他掌控，治国理政、军事外交的大政方针，虽以秦王政的名义颁布，但都无一例外出自他的意志和操控。他延续了范雎"远交近攻"的战略构架，不断发起对六国的攻伐，进一步削弱了六国抗衡秦国的实力；他亲自率军消灭了东周，使得这个形式上的周天子不复存在，把"天子共主"的符号彻底抹去了；他延续商鞅的法治方略，同时大量招纳天下儒士，逐步把儒家的治国理念，提升到秦国的内政治理层面，极大地扩展了儒家思想和文化的传播。在经济上，吕不韦主张尚农的同时，鼓励工商。他说："凡民自七尺以上者属诸三官，农攻粟，工攻器，贾攻货。"他本身是商人，对工商业情有独钟，因而在丞相的位置上推行力度很大，秦国的工商业"礼抗万乘，名显天下"，就是他大力推行工商政策的结果，为秦国最终兼并六国、一统天下，奠定了丰厚的经济基础。

可以说，这是吕不韦经营秦国最得意、最风光的一步。这一步后，他对权力的掌控和享受，达到了人生的最高点。

吕不韦经营秦国的第四步，是第三步的延续，其着落点，在于提出一统天下的秦帝国治国纲领。

中国人崇尚“人过留名，雁过留声”。“留名”，当然是留好名声。而“留名”的重要途径之一，就是将自己的思想、理论、文化、科技、艺术等，编成著作传世。可以说，吕不韦经商从河南濮阳走出来，至此什么人生目标都实现了，且他实现人生目标的高度，是他人所不可企及的！在这种情况下，他人生的更高追求，就只剩下“留名”了。

必须承认，吕不韦在他经营秦国的前三步中，高度重视了自身的修养和学识的积累，已经具备编写重大理论著述的目光和能力。

公元前239年，吕不韦召集天下名士，编纂了《吕氏春秋》。书成之后，将其“布咸阳市门，悬千金其上，延诸侯游士宾客有能增损一字者予千金”。吕不韦门下的食客数千人之多，其中不乏饱学之士，让这些人对“布咸阳市门”的《吕氏春秋》挑毛病，无疑能将其修改得完美无缺。

可以毫不夸张地说，天下名士共同编纂的《吕氏春秋》，是先秦著作中结构体系最完备的著作，也是收录老祖宗优秀传统文化最丰富的著作，还是文字最考究、引经据典最准确的著作，是当时天下学者名流共同学识、智慧的结晶。作为主编的吕不韦，厥功至伟。

《吕氏春秋》是中华民族先秦时期的百科全书，是集儒、墨、道、法、兵、卦等诸子百家先进思想文化、天文、农业、科技于一体的知识宝库。

该书第一次完整地记载了九野及二十八星宿的名称，这可是天文学上的伟大创举。我们的祖先没有在记载星宿的名称上止步，而是把每月太阳、月亮、星星所在的位置，和与之相应的节气、物候特征等对应起来，以此告诉人们，太阳、月亮、星星在什么位置，便处于什么节气，该耕种或收获什么作物。祖先把彗星、天棓星、天竹星、天英星、有斗星、有宾星等九种星列为妖星，认为这些妖星在不同的季节、不同的位置出现时，人世间就会出现种种怪异，如牛马开口说话，猪狗相互交配，马长犄角等。该书警告君主，出现这样的怪异时，君主要检讨自己，爱民恤民，积德行善，只有这样，灾祸的惩罚才可避免。

该书第一次比较全面地记载了我国音乐旋律的起源，特别是乐律的六律、六吕，以及计算的三分损益法，为后人研究古代音乐的起源和发展，提供了宝贵的资料。

该书第一次全面系统总结了我国先秦时期种植农作物的实践经验，并对耕种和供养做出了明确规定。即每个农夫种地产粮要供养九人，但种下等田的，供养五个人，饲养的家畜包括在一个农夫的劳动之内，折合计算。该书就如何使用土地的问题，包括土质改造、灌溉、除草、耕作等十个方面的具体细节，提出了明确要求。该书还对稻、黍、麻、豆、麦等主要农作物，什么季节种，怎么种，怎么施肥浇水，怎么除草杀虫等，讲得十分详尽。包括庄稼种好了，吃到嘴里是什么味道，吃了对人体有什么好处，等等，都详尽做了介绍。

当然，治国理政的方略，是《吕氏春秋》的主旋律，民本思想是该书高举的旗帜，认为民众是国家存亡安危的关键，治理天下，首先要得民心。“人主有能以民为务者，则天下归之矣。”“古之君民者，仁义以治之，爱利以安之，忠信以导之，务除其灾，思致其福。”在坚持民本思想的同时，《吕氏春秋》还倡导以德治国，其“劝学”篇鼓励人们加强学习，认识圣贤是“疾学”而成的，那些品德低下的人，是因为“生于不学”。至于儒家倡导的诚信和孝道，《吕氏春秋》更是不惜笔墨。它把诚信作为天道运行规律看待，认为：“君臣不信，则百姓诽谤，社稷不宁；处官不信，则少不畏长，贵贱相轻；赏罚不信，则民易犯法，不可使令；交友不信，则离散郁怨，不能相亲；百工不信，则器械苦伪，丹漆染色不贞。”认定讲诚信，就能与天意相通。该书把孝道作为治国之本，把孝说成“三皇五帝之本务，万事之纪”，视孝为“民之本教”，执守孝道，能使“百善至，百邪去，天下从”。认为一个人的罪过，“刑三百，罪莫重于不孝”。总之，儒家思想的精华，包括墨家的兼爱、节用、尚法等理论，在《吕氏春秋》的治国方略中交相辉映。

《吕氏春秋》中的民本思想、治国理念，不仅在秦国统一六国后的秦帝国缔造中得到遵循，而且在此后的历朝历代的治国理政中多有遵循。这更说明，因为《吕氏春秋》是中华民族先秦时期的经典，吕不韦也因此扬名万世。

吕不韦经营秦国的第四步走完后，快要走到他人生的终点了。

辩证法就是这样，任何人、任何事无一例外要受到历史规律的衡量和检测，而衡量和检测的标准，无一例外要回到人的品德上去。董仲舒“天人感应”“君权神授”的理论，就明确提出：人民的言谈举止，可以上感天，下动地，决定君主的兴废存亡。君行道，民必归之，君行不义，民必叛之。那么道是什么呢？道就是天。天是什么呢？天就是治国理政、教化天下的儒学。“道者，所由适于治之路也。仁义礼乐皆其具也。”

吕不韦经营秦国的轨迹，恰恰应验了道德的报应。

秦庄襄王嬴异人去世后，赵姬年纪轻轻的成了太后。按照王室的规矩，再年轻的太后，也既不能嫁人，又不能再与其他男人上床了。这一规矩本身就是道德的要求。但赵姬做不到，断不了与吕不韦厮混，这似乎可以理解。毕竟她曾与吕不韦是夫妻，老感情难以割舍。还因为秦王政是个孩子，尚未掌控政权，也不懂男女之间的性爱，对他也还好隐瞒。但随着秦王政一天天长大，吕不韦害怕了，估计赵姬也不会不怕。于是，吕不韦找了一个叫嫪毐的男人，让他拔掉胡须，装成宦官，把他送到了赵姬的太后宫，自己则从太后宫拔出腿来。假若事情按吕不韦所谋划的那样，嫪毐在太后宫让赵姬的性生活得到满足，不惹出什么事端来，这事就算摆平了，皆大欢喜。

可事情的发展，大大超出了吕不韦的谋划。

嫪毐在太后宫，与赵姬一连生了两个儿子，这已经是大出其格了！更出格的是，嫪毐谋划待秦王政百年之后，让他的儿子接替秦王之位。为此，嫪毐自称“假父”，到处笼络培植党羽，他门下养的食客，竟然也达千人以上。秦王政在雍城蕲年宫前举行加冠之礼时，嫪毐打算先下手为强，盗取了秦王的玉玺，调动了数千县卒、宫卫士卒，发起对蕲年宫的进攻，企图杀死秦王政，直接抢班夺权。

嫪毐的这一阴谋，早就有人报告给了秦王政，因而当嫪毐向蕲年宫进攻的命令一下，秦王政平乱的军队就出现了。秦王政还亲自下令：参加此次平乱的军士，凡立下战功的均拜爵厚赏，即使是宦官，只要参战的也拜爵一级。结果是，嫪毐叛军很快被击溃，只剩嫪毐带几十个死党仓皇逃窜。秦王政一纸诏令，通告全国，生擒、杀死嫪毐者，重赏！不出数日，嫪毐及其死党全数被剿，嫪毐遭车裂，其三族被诛，连同他与赵太后生的两个儿子，一并诛杀。

吕不韦是无论如何也脱离不了干系了，相位被免，贬谪到河南。一年后，秦王政给吕不韦写信，谴责他的同时，令他离开河南，前往蜀中。

贬到河南，又贬到蜀中，不用多想，下一步就不是贬了，而是诛。聪明的吕不韦选择了饮毒酒自杀。

“天下熙熙，皆为利来，天下攘攘，皆为利往。”吕不韦对秦国的经营，应验了这句中国人的古谚。所不同的是，他的手笔大，谋算深，步骤远，因而他能从经营起步，进而由商人变为政治家，在政治家掌权的最高平台上，继续经营国计民生的大利益，为自己谋求物质利益之外的更高利益，即千古留名的大利！

吕不韦的经商之道告诉我们：商人必须懂政治，巨商必须是政治家！

李斯的强秦之谏

李斯，河南上蔡人，当时属楚国。年轻时，李斯做一名小吏。司马迁写道：李斯为郡小吏时，“见吏舍厕中鼠食不洁，近人犬，数惊恐之。斯入仓，观仓中鼠，食积粟，居大庑之下，不见人犬之忧。于是李斯乃叹曰：‘人之贤不肖譬如鼠矣，在所自处矣！’”司马迁所写的是李斯对两只老鼠的观察，一只蜗居于茅厕，吃的是肮脏恶臭的粪便，还时刻心惊胆战，害怕被上茅厕的人和犬发现。另一只则居住在粮仓之中，安逸舒适，天天饱食，还无人打扰。李斯认为，所谓贤智之人与不肖之人，就和老鼠一样，就看你所处在什么地方了。可见李斯为小吏时，其思考和观察事物的能力，就有过人之处。

李斯不甘于做一名小吏打发一生，于是投奔到荀卿门下，学帝王之术。

荀卿是齐国稷下学宫中脱颖而出的大儒，他一改孔子儒学空谈政治理想的弊端，从时局出发，对传统的儒学进行改造，使之适应社会发展的需要。因而如何治国理政、平定天下的帝王之术，成了荀卿研究和教授的主要课题。

学成之后，李斯打算赴秦谋求发展。荀卿先前也去过秦国，他的主张秦国并不采纳，因而他问李斯，为什么要去秦国？李斯答：“斯闻得时无怠，今万乘方争时，游者主事。今秦王欲吞天下，称帝而治，此布衣驰骛之时而游说者之秋也。处卑贱之位而计不为者，此禽鹿视肉，人面而能强行者耳。”李斯说的是，游说之士很受秦国重视，这正是说客发挥作用的好机会。如果地位低下而不去争取，就像抓住了鹿却白白盯着它的肉一样，又有什么用呢！

说白了，李斯看清了秦国吞并天下的大势，他想去为自己出人头地争取机会。

李斯到达咸阳后，投奔在吕不韦的门下，因为才华与众不同，很受吕不韦欣赏，任他为侍卫郎官。侍卫郎官便有了接近秦王的机会，李斯建议秦王政抓住六国衰弱的机会，抓紧对六国攻伐掠取，直打得六国再也无力合纵了，秦国才能吞并天下称帝。

李斯这番话，秦王政中听，一张嘴给他戴了顶长史的官帽。

李斯于是进一步给秦王政出主意，建议秦王政暗地里派出谋士，实际是间谍，带上大把的黄金珠宝，到各国去游说。凡是能用金钱珠宝贿赂的重要权臣，就用金钱珠宝将其拿下；不接受贿赂的，随后派刺客去暗杀；挑拨君臣之间的关系，一旦把混乱制造出来了，接着便派精锐之师前去攻打。

李斯给秦王政出的这些招数，都是见不得光的阴招！秦王政采纳之后，大获成功。李斯于是又得到提升，拜为客卿，专门负责研究秦国消灭六国、一统天下的策略。

当秦国按照李斯的谋划，大踏步实施一统天下的具体行动时，有一个韩国人来到秦国，延缓并阻止了秦国的步伐。

这个人叫郑国，著名的水利科学家。

郑国是韩国派来的。

秦国统一天下的战略步骤是，首先拿韩国开刀，彻底打通横扫魏、赵两国的通道。韩国在一片惊恐气氛之中，想出一招，派水利科学家郑国，以术士身份入秦，以帮助秦国兴修水利事业为由，损耗秦国的财力，使得秦国无力东征。

郑国在当时名誉天下，一到秦国，便受到秦王政接见。郑国则直入主题，建议秦王政引泾水与渭水汇合，再往东修渠注北洛水，灌溉关中平原。这是一项巨大无比的水利工程，毫无疑问，这项工程完工后，关中平原便是陕西的江南了。

秦王政欣然采纳郑国的建议，并任命他为主持修渠的指挥官。

但全长三百余里的引水工程，将耗费秦国的巨大财力！

郑国是肩负韩国“疲秦”使命到秦国来搞“破坏”的。但水利科学家的良知，使得他又不能不对自己的作品负责。两难选择面前，郑国做了两面选择，一面选择损耗秦国的财力，一面选择把工程修好。

秦国派往韩国的间谍，迅速打探到这是韩国的阴谋。秦王政大怒之余，下了逐客令，即把在秦国谋得官职的外国人，一律驱逐出秦国。

李斯来自楚国，虽贵为客卿，也在被逐之列。

于是，李斯向秦王政写了一封信，即著名的《谏逐客书》。

李斯写道：“臣闻吏议逐客，窃以为过矣。昔穆公求士，西取由余于戎，东得百里奚于宛，迎蹇叔于宋，来邳豹、公孙支于晋。此五子者，不产于秦，而穆公用之，并国二十，遂霸西戎。孝公用商鞅之法，移风易俗，民以殷盛，国以富强，百姓乐用，诸侯亲服，获楚、魏之师，举地千里，至今治强。惠王用张仪之计，拔三川之地，西并巴、蜀，北收上郡，南取汉中，包九夷，制鄢、郢，东据成皋之险，割膏腴之壤，遂散六国之众，使之西面事秦，功施到今。昭王得范雎，废穰侯，逐华阳，强公室，杜私门，蚕食诸侯，使秦成帝业。此四君者，皆以客之功。由此观之，客何负于秦哉！向使四君却客而不内，疏士而不用，是使国无富利之实而秦无强大之名也。”

李斯真不愧为思想大家、文字大师，短短文字，把秦国春秋时的穆公、战国时的孝公、惠王、昭王四代明君，招揽天下智者、贤士，参与治国理政、攻伐掠取，从而使得秦国一步步走向强大的历史情况，写得清清楚楚，给秦王政上了一堂实实在在的秦国发展壮大历史课。

李斯接着写道：“今陛下致昆山之玉，有随、和之宝，垂明月之珠，服太阿之剑，乘纤离之马，建翠凤之旗，树灵鼍之鼓。此数宝者，秦不生一焉，而陛下说之，何也？”李斯写的是，秦王政身上佩戴的珠宝，把玩的夜明珠，随身佩的宝剑，出门乘的宝马等，无一例外，都不产自秦国，而产自其他国家，不是很受用吗？接着写道，如果他国的东西都弃之不用，全都用秦国产的，那么美丽的夜光璧不能装饰朝廷，精巧的犀牛角、象牙制品只能丢弃，后宫中郑、魏的美女都得赶走，马棚就不能养駃騠宝马，江南的金锡就不能做秦国的器物，西蜀的丹青就得退还，艳丽的赵国女子就不能立在君王之侧，嵌着宛珠的簪子、配上珠玑的耳饰，王妃都应该丢掉。果真如此的话，秦国人心情会舒畅、生活会舒适吗？

再讲了上述一番很现实的道理后，李斯收笔，作出上书的结论：“夫物不产于秦，可宝者多；士不产于秦，而愿忠者众。今逐客以资敌国，损民以益仇，内自虚而外树怨于诸侯，求国无危，不可得也。”

秦王政读了李斯的上书后，心胸大畅，深受启发，他当机立断，取消逐客令，并派人把走在半路的李斯接回来，从此更加注重招揽天下贤才，重用列国客卿。一时间，战国天下大批各怀绝技、饱读诗书、擅长谋略的人才，又一次纷纷前往秦国，汇聚在秦王政的旗帜之下。

李斯则凭这篇《谏逐客书》，受到秦王政重用，被提升为主管秦国刑法律令的廷尉。在这个平台上，李斯为秦帝国法律制度的制定、实施，乃至整个国家机器的构架、运转，做出了巨大贡献。

但李斯也得两说，他虽然主管秦国的刑罚律令，可对正宗的法学巨子韩非，不是崇敬拜学，而是直接陷杀。

公元前233年，秦国再攻赵国，连陷赵国的宜安、平阳、武城，把与赵国接壤的韩国吓坏了。韩国马上割地，献上国王的印信，请求降格为秦国的附庸国，并派韩非到秦国拜谒。

韩非是韩国的王子，战国天下的法学巨子，著有《孤愤》《五蠹》《内储》《外储》《说难》等传世佳作。眼看着韩国日益衰弱，韩非忧心如焚，多次向韩王提出兴国强兵建议，都不被采纳。韩非在给韩王的上书中，劝谏其拒绝“五蠹”，即舞文弄墨的文人、翻云覆雨的政客、仗义疏财的游侠、欺上压下的左右亲信、一味追逐物质利益的奸商，把心思用在招贤任能上来，用在培养人才上来。

秦王政非常欣赏韩非的贤能，读到《孤愤》《五蠹》之后，说：“嗟夫！寡人得见此人与之游，死不恨矣！”因而听说韩非使秦，打算立即召见。

但历史在这里打了一个死结！

有史记载，韩非到达咸阳后，欣赏韩非的秦王政没有召见他，韩非也没有请求秦王政召见，而是给秦王政写了一份“卖国上书”。

“卖国上书”写的是，韩非向秦国贡献破坏合纵联盟的具体方案。据说韩非信誓旦旦地写道：秦国用此方案，如不能教赵国投降、韩国灭亡、楚国和魏国屈服、齐国和燕国归顺，秦国的霸王之名不能建立，天下国君不来秦朝觐，就把我韩非杀了，用以作为对秦王不忠诚的警戒。

韩非口吃，是写得比说得好。但他可是名誉战国天下的法学巨匠，在他的著作中，深怀忧国忧民情怀，对韩国不用贤才，而用“五蠹”这些败类，深感焦虑，怎么会一到咸阳，便抛弃自己的学术主张、政治主张，拜倒在秦王政的脚下投降呢！

疑点是：无论是司马迁的《史记》、司马光的《资治通鉴》，包括《战国策》，都没有韩非“卖国上书”的原文！

倒是司马迁、司马光都写道，李斯出面了，他对秦王政说：韩非是韩国的王子，他不可能忘情韩国而为秦国效力。但如果放他回韩国，凭他的才能，就一定是秦国的后患，不如用法律除掉他。秦王政同意，逮捕韩非。李斯则派人送去毒药，令韩非自杀。

但秦王政很快后悔了，急忙派人去赦免韩非，晚了一步，韩非喝了李斯送去的毒药，已经死了。

李斯陷害韩非的动作，如此之快，如此之麻利，令人生疑！

不知历史如何定论，难道这也是李斯的强秦之策？

王翦灿烂的生命之花开在田园

白起之后，王翦是战国天下第一将。

秦国兼并天下，横扫八方的过程中，王氏、蒙氏两个家族起了重要的支撑作用。王氏王翦、王贲父子，蒙氏蒙骜、蒙恬、蒙武祖孙三代，个个功名盖世，威名远扬。司马迁如此评价："秦始皇二十六年，尽并天下，王氏、蒙氏功为多，名施于后世。"与秦国抗衡的六个强国，除韩国外，其余五国都是在王氏父子的帅旗下被相继攻灭的。

公元前228年，王翦挂帅，发起对赵国的最后进攻。赵王迁兵败投降，他的哥哥赵嘉逃向北方，在代郡集结十余万残军，并打出重新创立合纵联盟的旗号，共同抗秦。只是天下大势已去，几乎没有哪个国家响应。

历史走到公元前225年，与秦国对垒的，只剩下两个国家，一个是楚国，一个是齐国。楚国是因为在秦国征伐中原的赵、魏、韩、燕时无暇顾及南方而得以休养生息，元气有所恢复。齐国则因为长期与秦国结盟，秦国出于战略考虑，需要用结盟暂时稳住齐国而避免战争的消耗。相比较而言，楚国是秦国一统天下最难啃的一块儿硬骨头，它地域广，人口多，土地丰腴，战争动员能力强。加之少数民族众多，山林水泽的作战能力很强。因此，秦国对楚国作战的胜算，充满着许多未知的不确定性，困难和挑战很多。

派谁为帅去攻打楚国，秦王政颇费了一番心思。王翦智勇兼备，身经百战，无疑是最佳人选。但他已经是功高震主了，再叫他立下灭楚大功，将来恐怕难以掌控。于是，秦王政在放弃王翦的同时，想到了年轻将领李信。李信也是在战争中迅速出人头地的一个优秀将领，他刚刚在襄平之战中创造了以少胜多的经典战例，在战国天下的资望飙升。因此，秦王政决定派李信为帅，去攻打楚国。

但在公布这一决定之前，秦王政分别召见王翦、李信，听他俩的看法，实际是对他俩进行比较。

秦王政问王翦：需要多少兵力才能攻灭楚国？

王翦答：六十万。

秦王政问李信：需要多少兵力才能攻灭楚国？

李信答：二十万。

秦王政观察发现，王翦的回答毫不犹豫，李信的回答信心十足。于是，选择让李信统兵，攻打楚国。

王翦则告老还乡，回到老家频阳，过着田园生活。卸掉朝廷命官的包袱，过着早上听着小鸟叫醒起床，洒扫庭除，太阳升起扛着锄头下地，傍晚赶着太阳下山回家的农民日子，是那样轻松、惬意。除了白天、傍晚对自己有所召唤，甚至有所约束外，身心抖落得轻轻松松，只要抬眼望去，在风中摇曳的小草、鲜花便收入眼帘。从硝烟中摸爬滚打出来的王翦，从来没有想过，在乡野田园，人的生命之花，竟然像小草、鲜花那样如此灿烂。

率军进入楚国的李信，采取惯常的分割包围战法，一路高歌猛进，迅速攻克了楚国设在原陈国的都城，而后采取阶梯式推进的方式，一波一波地向楚国纵深进攻。楚军则针对李信的进攻方式，分别隐藏在河网、丘陵之中，悄然尾随秦军，三天三夜后，抓住战机，突然向秦军发起猛攻，一举将秦军全线击溃，七名都尉被杀，李信狼狈逃回秦国。

秦王政则在李信败逃回来的同时，驱车来到了王翦的老家频阳。见面没有客套，单刀直入，请王翦出山，昭示万万不可推辞。

王翦也不说不出山，只是说自己年纪大了，身体不好，脑子也不好使，手脚也不灵便了。既而又说，没有六十万大军，是不能攻灭楚国的。

秦王政满口答应，并说，等战事结束后，搬过来和王翦住在一起。

王翦挂帅出征，秦王政亲临霸上，为王翦践行。喝完酒，祭拜完天地祖宗，王翦并不翻身上马，而是缠着秦王政要田宅。他说："为大王将，有功终不得封侯，故及大王之向臣，臣亦及时以请园池为子孙业耳。"

秦王政听了，哈哈大笑，满口答应。

王翦这才上得马去，率军进发。

司马迁载："王翦既至关，使使还请善田者五辈。"意思是，王翦率军出了函谷关，还一连派出五拨使节，给秦王政写信，提出要这要那。

跟随王翦的副将蒙武大惑不解，说："将军之乞贷，亦已甚矣。"意思是，您从秦王那里要的东西已经够多了，怎么没完没了呢?

王翦这才说出实情。秦王政把六十万大军交给他王翦，几乎把秦国的主力全交给了他。而王翦又是当时天下首屈一指的名将，由此，他手握六十万大军，东出可以平天下，西进则可以灭秦国。秦王政心里不放心，曾说等战事结束后，搬过来和王翦住在一起，是笼络王翦而说的。这更说明秦王政对王翦统六十万秦军不放心。而出征前找秦王政要田宅，走在路上反复给秦王政写信，要这要那，便可消除秦王政的疑虑。事情明摆着，王翦表现得越贪，秦王政越放心，因为王翦要什么，秦王政都给得起，也舍得给，唯独秦国的江山，秦王政屁股下的龙椅，是万万不能给的！

王翦要来的封赏，没有往家搬，而是分给了跟随他出征的将领。

公元前232年，王翦统领的六十万大军，浩浩荡荡地开到了楚国，他没有下令军队马上进攻，而是严令军队高筑营垒，护好粮草和粮道。秦军守垒不出，楚军则挑战、谩骂不止。司马迁道：“王翦日休士洗沐，而善饮食抚循之，亲与士卒同食。久之，王翦使人问军中戏乎？对曰：‘方投石超距。’于是王翦曰：‘士卒可用矣。’”

因为长时间坚守营垒不出，楚军误认为秦军主力已经转移，急忙向东撤离。王翦抓住这一战机，率军出击，打了一连串的歼灭战。“至蕲南，杀其将军项燕，荆兵遂败走。秦因乘胜略定荆地城邑。岁余，虏荆王负刍，竟平荆地为郡县。”

从春秋走到战国的楚国，在王翦手里消亡了。

王翦是攻打杀伐的名将，却懂得政治上的进退取舍。尤其是他告老还乡的那段日子，虽然时间不长，但家乡泥土的芬芳，小鸟的鸣叫，百花的怒放，使得他深深领悟了一个道理：灿烂的生命之花，其实是开在田园的！

把九鼎搬到咸阳

《史记·封禅书》载："禹收九牧之金，铸九鼎，皆尝烹鬺上帝鬼神。遭圣则兴，迁于夏商。周德衰，宋之社亡，鼎乃沦没，伏而不见。"说的是，夏禹在建立夏朝之后，用天下九牧所贡之金铸九鼎，象征九州。九州即：冀州、兖州、青州、徐州、豫州、雍州、扬州、梁州、荆州（史上也有称青州、梁州不在九州之列，而说幽州、营州的）。

九鼎是象征国家权力或天子权力的传国之宝，商代以此显示身份和贵贱，通常士用一鼎或三鼎，大夫用五鼎，天子用九鼎，祭祀天地祖先时，用九鼎大礼。

历史走到东周时，强大的诸侯国便对九鼎有欲望了。公元前606年，楚庄王在周天子的眼皮底下搞完军事演习后，就打听过九鼎的事。走到战国后，随着周王室的没落，各国特别是强国对九鼎的欲望开始膨胀。但囿于传统观念的约束，哪个国家露出要九鼎的心思，便会遭到天下各国的一致讨伐，因而象征天子权力的九鼎，一直存放在周王室的宫殿。

周王室虽然守着九鼎，但几乎没有任何号召力了。依附在周王室身边的各大宗族，名义上世代享有周天子授予的爵位，实际远比不上各国贵族的富有，甚至连商人都比不了。至周赧王时，周王室只有三十多个城池，人口不足三万户，且分东西二周分而治之，东周公管一半，西周公管一半，周赧王被彻底架空了。

此时的战国天下，除秦国外，其余各国都彻底泯灭了获得九鼎的欲望。雄心勃勃的秦昭襄王，则对获得九鼎的欲望空前高涨。但他没有贸然行动，而是在等待时机。

公元前249年，机会来了。

在此之前，魏国的信陵君召集燕、赵、韩、楚联军，打败过秦军对魏国的进攻。这极大地激发了楚国春申君的斗志，他决定联合六国，再来一次合纵攻秦，彻底把秦国打垮。叫谁来牵头呢？春申君想起了周赧王，于是派出使节，对周赧王打气，说他是天下共主，只要他振臂一呼，天下各国莫不响应。

几乎已经被天下遗忘的周赧王，万万没想到竟然有人把他当天下"共主"看，激动万分，当即表示站出来扛旗，而且做东西二周公的工作，凑六千兵马，随联军参战。

这六千兵马如何保障、供给？周赧王拿不出钱来，但他盘算的是，六国参战，甭说兵马倾巢而出，就是出一半，秦国也必败无疑。打败了秦国，分赃还债富富有余。于是他向各宗族借钱，还向东西周二公立下字据，许以重利。

有钱了，六千人马也凑齐了，只等六国联军出兵了。此时的周赧王，已经找到东周先祖"天下共主"的感觉了。可他没有看清，此时的天下已今非昔比了。秦国虽偶尔打一两次败仗，但底气犹存，天下各国莫之能比。赵国、魏国元气大伤，齐国正与秦国称兄道弟，韩国正忙于面对秦军进攻而自保。这些国家出兵攻秦，叫得很响，动作很慢，只是表示一下，没有付诸实际行动。剩下赵、燕二国，一看这架势，也都把头缩回去了。最终加上周赧王的六千兵马，总共凑了不到五万人马。当秦国十万大军往函谷关一摆开，春申君第一个逃走了，燕国的军队跟着开溜，最后周赧王的六千人马，也作鸟兽散去。

周赧王灰头土脸地一回去，便被各宗族的大老包围了，他们手里拿着契约，找他要账，吓得周赧王躲在宫里不敢出来。人们把宫殿围起来，敲门砸墙，喊声骂声一浪比一浪高，又吓得周赧王爬上后宫的一个高台，由此写就了“债台高筑”的成语。

更令周赧王忧心的是，秦军已经攻克韩国的阳城，正旌旗猎猎地向周王朝开来了。已经没有任何路可走了，只好率三十六城池的三万户居民，集体向秦国投降。

当周赧王双腿跪地，向秦昭襄王磕头谢罪时，这个立国近九百年的王朝，便从中国史册上翻了过去。

秦昭襄王需要这个曾经不可一世的周赧王向他跪地谢罪，但他更需要的是象征天子王权的九鼎。乾坤运转，已经到了由他来掌控九鼎了。于是，秦昭襄王大手一挥：把九鼎搬到咸阳来！

九鼎搬到咸阳以后的历史，便是秦国攻灭六国、一统天下的历史。

公元前230年，韩国在韩王的带领下，率残部向秦国投降，韩国从此消亡。

公元前225年，秦军截黄河水淹魏国首都大梁，城垣崩塌，魏王率众投降，魏国从此消亡。

公元前223年，秦军生擒楚王芈负刍，楚国从此消亡。

公元前222年，秦军生擒燕王姬喜，燕国从此消亡。

公元前222年，秦军攻击赵国的代郡，生擒赵王赵嘉，赵国从此消亡。

公元前221年，秦军攻击齐国，齐国军民无一人抵抗，齐王率众投降，齐国从此消亡。

秦国书写这段历史的，是中国历史上赫赫有名的大帝——秦始皇。

“皇”和“帝”二字结合起来，第一次用在了始皇帝嬴政头上。中国历史上三皇（伏羲天皇、神农地皇、燧人人皇）、五帝（黄帝姬轩辕、姬颛顼、帝喾姬夋、唐尧伊祁放勋、虞舜姚重华）的全部光辉，聚焦到了秦始皇大帝一人头上。

后　记

春秋、战国、秦汉各写一本书，是我给自己做的承诺。如今，《春秋卦》已经出版，《战国谣》进入收尾推敲，我的心情很好。

战国延续了春秋思想文化的百花齐放、百家争鸣，而儒学却在战国天下，不如春秋时期耀眼。虽然有孟轲、荀卿这样的儒学大家，且是他们把儒学与政治的两张皮，糅合成了一张皮，但儒学不被各国器重，甚至被束之高阁，是不争的事实。倒是道家一脉的阴阳家，还有名家，在战国天下大受追捧。因而在本书中，我舍弃了孟子、荀子，写了阴阳家代表人物邹衍、名家代表人物公孙龙的学说及贡献，当然，也只是点到，没有深究。

《战国谣》完稿后，我即着手写《秦汉诀》。

不为别的，只为兑现自己的承诺，为兑现承诺而强迫自己学习。

2017年5月